그리고 그리니 마냥 그리워

그리고 그리니 마냥 그리워

성 지 혜 소설

문이당

작가의 말

이른 새벽, 가족은 잠들고 나만이 누릴 소중한 시간이다.

노트북과 마주 대하자, 언뜻 떠오른 게 그리움이다. 세상에 그리움보다 더한 묘약이 있을까. 그리움은 내 삶의 자양분이었다. 항시 나는 꿈꾸듯 그리움에 젖었다. 그래, 그 주제로 알곡을 낳아야지. 그러자 제목이 기다렸다는 듯이 다가왔다.

'그리고 그리니 마냥 그리워'

기록하고 보니, 새삼 한글의 우수성에 감탄했다. 제목에 따라 글도 술술 풀려나왔다.

인간의 사귐에서 누구를 만나느냐에 따라 삶이 기름지고 지혜롭다.

시인 이성교 선생도 내겐 귀하신 분이셨다. 그분은 〈한국문화예술인 선교회〉 회장을 지내셨고 나는 그 선교회 회원이었다. 그 선교회는 문학, 미술, 무용, 서예, 연극 등 크리스천 예술 회원들이 모인 단체였다. 그분은 내가 쓴 글을 조목조목 평해 주셨다.

"성지혜 선생은 글을 꽃 같이 쓰니 '글 꽃'이라 부르겠노라."

나는 너무 감읍해 화답했다.

"글을 꽃 같이 쓰란 격려인 줄 아옵니다."

이미 김동리 선생도 나의 필명을 효장孝章이라 지어주셨다.

나는 첫돌 무렵 홍진을 앓은 후유증으로 코피를 심하게 흘려 까무러치곤 했다. 아버님은 딸의 이름을 命淑이라 지으셨다. 명이 길어 오래 살라던 염원이었다.

내가 지혜란 필명을 사용한 건 하도 아둔해서였다. 그리하여 기도원에서 성경 잠언 4장 7~9절을 읽은 순간 깨달음이 왔다. '지혜가 제일이니 지혜를 얻으라…… 그를 높이라…… 그가 아름다운 관을 네 머리에 두겠고 영화로운 면류관을 네게 주리라 하셨느니라.' 그 구절이 마음을 사로잡아 '지혜'란 필명을 사용했다.

내가 김동리 선생에게 문장 지도를 받은 건 진주여고 선배 명자 언니의 권유에 의해서였다. 명자 언니는 '서라벌예대 문예창작학과' 출신으로 동리 선생의 제자였다. 동리 선생은 내게 이르셨다.

"命淑이란 이름은 살아가는 덴 괜찮은 이름이지만, 작가가 되기 위해선 효장이라 부르는 게 좋을 거네. 내가 금이를 경리라 지어 朴景利가 되었고, 명자를 지연이라 지어 金芝娟이 되어 문명을 떨치잖은가. 이젠 成孝章이 두 선배랑 더불어 삼두마차가 되어 모교 교사를 비봉산 봉우리에 턱 올려 놓아야제."

비봉산은 우리 모교의 뒷산이었다. 예전부터 명당이라고 알려졌다.

그 당시 박경리 선생은 『김약국의 딸들』 출간으로 베스트셀러 작가였다.

　김지연 선생은 신문에 소설을 연재한 인기 작가였다.

　나는 너무 부족해 그 필명을 사용할 수 없었다. 언젠가는 작가로 우뚝 서면 사용하리라 아껴두었다. 그랬는데 세월이 훌쩍 지나도 작품다운 작품을 쓰지 못했다. 뒤늦게 효장이란 필명을 사용하려고 하자, 이성교 선생이 일렀다. 이미 알려진 지혜를 그대로 사용하고 효장은 호로 영접하란 격려였다.

　날이 갈수록 김동리 선생과 이성교 선생의 말씀이 엄청난 축복임을 깨달았다. 그리하여 '효장'과 '글꽃'을 호로 영접한 복을 지녔다.

　문학을 향한 뜨거운 열정은 아직도 유효해 노트북 앞에서 밤을 새운다. 언제나 그렇듯 아쉬운 마음 금할 길 없다. 좀 더 잘 쓸 수 있을 텐데, 산뜻한 창의력과 유려한 문체는 어디로 갔을까. 삶을 관통할 명쾌한 해답은? 고민에 고민을 거듭한다. 하지만 이만큼이라도 세상을 거울처럼 밝히기 위해 혼신을 기울인다면 언젠가는 나 자신이 미소를 머금을 명작을 낳지 않겠는가. 하늘을 향해 고개 숙인다.

2024년 5월

글꽃 성지혜

차례

작가의 말

작품해설

아빠 면접 소동

이름 : 진태옥. 출생 : 대한민국 서울. 키 : 165cm. 나이 : 43
세, 용띠. 취미 : 고미술품 가게 순례. 생김새 : 잘나지도 못나지
도 않은 그저 그런 미모. 학력 : 코리아 한영대학교 영문학과 중
퇴, 영국 케임브리지 대학교 영어학부 중퇴. 자산 : 서울 강남구
논현동 집 한 채. 가족 : 대학 3년생 딸. 직업 : 영어 번역가.

디오 결혼상담소에 부쳐 온 서류 내용이었다. 그걸 훑어본 상
담소장이 평했다. 알곡 지성인 데다, 알짜배기 자산가이군. 그만
한 이력이라면 일이 쉽게 이뤄질 것 같아.

디오 킴의 미간이 펴였다. 수입이 바닥이라 입술에 거품인 지
도 이태 지났다. 그나마 그 노릇을 못 치운 건 뾰족한 수가 없어
서였다. 고교 졸업에 실직자로 지내다 보니 할 짓 없어 뛰어든 게

결혼상담소 직업이었다. 멀쑥한 생김새에 입담 좋은 것도 그 직업의 마침맞은 호재였다. 그나마 가겟세가 안 나가 다행이랄지.

중매쟁이가 알곡 지성인이라고 후한 점수를 매긴 건 영어 번역가란 직업이었다. 대한민국에서 영어 번역할 실력이라면, 영어가 밥 먹여 주기 때문이었다. 여행 가이드나 학원 강사도 쌍수 들고 환영받을 상황이었다. 논현동에 집을 소유한 것도 알짜에 보탬 되었다. 가만가만, 대학 중퇴자라면 뭔가 석연치 않잖아. 결혼상담 이력서에 기재된 내용을 훑어보면 미국, 영국, 호주 등의 대학 중퇴자란 게 쌔고 쌨던 것이다. 알고 보니 입학은 쉬운데 졸업이 어렵다던가. 그래도 영국 어느 대학 중퇴자가 코리아 웬만한 대학 중퇴자보다도 먹혀들던 것도 고려해 봄직했다. 케임브리지 대학교 4학기까지 다닌 증명서가 동봉된 걸 보면 거짓은 아니잖아. 생김새는 별로 잘나지도 않은 그저 그런 미모라니. 그건 속임수가 아닌 겸양의 미덕인지도 모르지. 진짜배기 못난이라면 그런 너울을 뒤집어쓰진 않을 테니. 대학 3년생 딸이 딸렸다는 건 걸림돌이 되어도 아들보단 나을 걸. 곧 졸업함으로 고교생보다도 훨씬 먹혀들 거고. 말썽 피운 것도 딸보다는 아들이 더할 테고. 마흔셋이라니. 그 나이 또래 노처녀가 흔하고도 흔한 세태잖아.

어쨌든 부딪치고 볼 일이야.

디오 킴은 목울대를 세웠다.

중매쟁이의 그물에 걸려든 첫 상대는 모 대학 경제학과 교수였다. 초급대학이지만 서울 소재 대학인 데다 오십 대 독신이었다. 아내가 숨져 홀아비가 되었다. 슬하에 자식도 없어 재혼 상대로는 그저 그만이었다.

맞선 본 자리는 소공동 롯데호텔 레스토랑이었다. 상대가 대학생이라 교수는 의아한 표정을 지었다.

— 아빠 감을 면접 보기 위해 왔다뇨?

— 그렇죠. 엄마보다도 저의 눈에 확 당겨야 하거든요.

제자 또래 애한테 존대어는 금물이었다. 교수는 스승의 기질이 튀어나왔다.

— 진 여사가 아닌 게 심히 유감이네, 그려.

— 엄마 사진은 보셨겠죠?

— 사진으로 상대를 가늠할 순 없잖아.

— 순간의 포착이라 가장 진실한 모습이거든요.

당돌함이 지나쳐 막가파 기질이다.

— 사진을 보고 어느 정도 마음에 닿아 예까지 온 게 아니겠나. 전공과목은?

— 유아 학과입니다.

— 어린이 교육이 나라의 초석 아닌가. 썩 맘에 당긴 학과로군. 이름은?

— 사유리예요.

— 사 씨라? 희귀성이군.

— 명나라 예부 상서였던 윗대 어른께서 고려에 귀화하셨대요. 전 엄마 배우자가 사 가였음 얼마나 좋을까 했거든요.

— 이유는?

— 희귀성인 데다 숫자도 매우 적어 엄마가 아이 낳으면 이복동생이지만 남들에게 낯가림도 없을 테고. 사가 인구수에도 더해지잖아요. 아무리 수소문해도 그런 분이 안 계시더라고요.

— 유감이네. 내가 사 씨가 아니라서.

교수는 휑하니 밖으로 나가 버렸다.

두 번째 상대는 육십 대 사업가였다. 재벌회사에 자동차 부품을 납품하는 알부자였다. 남매를 두었는데 결혼해 일본 지사에서 근무해 신경 쓰지 않아도 되었다.

유리가 면접 나가려 하자, 진 여사가 능장부렸다. 너랑 내가 몇 살 차이니? 22년. 딸이 느긋해 하자, 엄마가 퇴짜 놓았다. 아서라. 그분이 65세라면 나랑도 22년 차이잖아. 너보다 43살이나 많은데 아빠라 부를래? 그런 노인이면 할아버지라 불러야지. 그래도 유리는 엄마 몰래 그 사업가를 만났다. 동안이며 청년의 기백이 드러나 도무지 환갑 넘긴 노인 같지 않았다. 나무랄 데 없는 인품이더라. 우리 모녀가 한남동 저택에 살아도 된대. 딸의 권유에 진 여사는 단호히 거절했다. 내 취향 아냐. 얘, 할 일이 그리도 없니? 네가 아무리 극성부려봤자, 얼토당토않은 모순이야. 유리는 단념하지 않았다. 알다가도 모를 일이 남녀 관계라던가. 어느 순간 뿅 갈 수도 노상 배제 못 하겠지.

세 번째는 39세 이혼남이었다. 모 기업의 회사원이었다. 홀아비라 부르기엔 너무 젊어 노총각이라 함이 타당할 텐데. 요즘 세태에선 환갑 지낸 노총각도 드물진 않잖아. 신랑감이 아닌 구랑감이란 딱지가 붙긴 해도. 굳이 티 잡는다면 세 살 아들을 친척 유모가 기른다던가.

– 맞선을 여러 번 봤지만, 당사자가 아닌, 그 따님과 마주한 건 처음입니다.

상대는 아리송한 표정을 짓더니 아예 정신 이상자가 아니냐는 눈초리였다.

– 엄마 눈이 내 눈이거든요. 내 눈을 통해 아빠를 구할 참이랍니다.

– 엄마는 엄마고 나는 나 아닌가요?

– 만일 그렇다면 진짜배기 혈육 관계가 아닌 거죠.

– 왜 진 여사가 안 나오시고 따님이 나왔습니까?

– 엄마가 그럽디다. 네 눈에 먼저 들어야 한다나요. 첫 결혼은 언제 하셨으며 왜 이혼하셨을까요?

유리의 궁금증이었다. 빵빵한 체격에 뻔뻔한 인상을 풍겼다.

– 당사자도 아닌데 그런 질문은 너무 하잖습니까?

– 그런가요? 그럼 그 질문은 취소하겠습니다.

– 아, 아닙니다. 진실을 밝히지요.

웃음거리겠지만, 나의 부모님이 애 엄마랑 궁합이 상극이라 반대하셨지요. 며느릿감의 됨됨이도 영 맘에 안 들기도 했고요. 난 쥐띤데 애 엄마는 범띠라 물과 불이 만난 격이랍니다. 우린 속도위반해 신붓감이 미혼모가 될 상황이라 도리 없이 부모님 몰래 결혼식을 올렸지요. 이태 동안 신접살림이 꿀맛이었는데 애 엄마가 정신분열증 환자지 뭡니까. 자신이 낳은 피붙이도 못 알아볼 정도니. 이별의 쓴잔을 마신 거죠.

– 연상 여인, 것도 사십 세 넘은 데다 딸 둔 과부를 선택하시겠다고요?

– 난 쥐띠라 용띠랑 찹쌀 궁합이래서. 어머님도 아버님보다 네 살 위인데 모범 가정의 본보기랍니다.

유리는 귀가해 엄마를 설득했다. 압구정동에 아파트도 있고 괜찮게 산대. 진 여사는 또 또 퇴짜 놓았다. 내 취향 아냐.

엄마의 취향은 뭘까. 상담소를 세 번 옮기고 열두 번이나 맞선 본 뒤라 유리는 지쳤다. 정형외과의사, 학원장, 고교 교장, 영어 번역가, 법무사 등 썩 괜찮은 상대들이었다. 그런데도 퇴짜 놓은 구실이 취향 운운이었다. 유리는 자신이 알고 있는 취향과 엄마의 취향이 다른지 사전을 들춰 볼 정도였다. 유리는 사전에 적힌 그대로 취향 趣向, 한자까지 쓰고는 살폈다. '하고 싶은 마음이 쏠리는 방향', 유리는 모녀끼리 취향의 뜻은 알고 있지만 서로 해석이 다르다는 게 문제란 걸 터득했다. 엄마 마음이 쏠린 상대는 누굴까. 아니면 쏠릴 상대는 또 누구여야 하나. 생각하고 고민을 거듭했다. 그런 와중에 필시 누군가는 반드시 이 세상에 존재하리란 확신이었다. 맞선 본 자리마다 진 여사는 전연 얼굴을 내비치지 않았다. 딸이 아빠 감을 구해야 한다고 극성부려도 도무지 관심 밖으로 내몰았다. 지쳤다기보다도 포기해야 할 상황이었다.

마지막 맞선 본 상대는 법무사였다. 강남구 테헤란로에 있는 파크 하얏트 호텔 서울 커피숍에서 만났다. 검정 양복에 붉은 넥타이, 흰 와이셔츠 차림의 멀쑥한 차림새였다. 먼지 하나 안 묻을 것 같은, 뻣뻣한 인상을 풍겼다. 혼인한 지 일 년도 안 돼 아내가 외국으로 도망쳤다던 내력이 그 모양새와 연이 닿은 것 같았다. 마흔에 결혼해 홀아비로 지낸 오십 세의 중년 남자였다. 법무사란 직업도 나이도 유리 마음에 들었다. 슬하에 아이가 없다는 것도.

— 혹시 내가 잘못 알았을까? 아니면 시계 방향이 거꾸로 가서 진태옥 여사가 새로이 태어난 건 아닐 텐데.

법무사는 조소까지 지었다.

— 상담소장님이 미리 귀띔 안 하시던가요?

— 아니 전연. 소개비 받으려고 혈안 된 건지. 어쨌든 만났으니. 왜 엄마 대신 나오셨습니까?

— 엄만 제가 마음에 들면 따르겠다고 했거든요.

상대를 꿰뚫어 보는 눈초리가 맵고도 매워 빨간 거짓말을 새빨갛게 덧칠할 인상이 역력했다.

– 따님을 엄청 신뢰하신 분이군요. 어쨌든 좋습니다. 난 진태옥 여사를 만나러 왔지 그 딸을 만나러 온 건 아니거든요. 초를 다툰 이 시대에 예까지 오게 한 것과 이곳의 찻값과 진짜가 아닌 당혹감을 보태 위자료 청구 소송을 내겠습니다.

그러고선 나가버렸다. 달포도 안 돼 위자료 소송 내용 증명서가 논현동 집으로 날아들었다. 상대가 당사자 딸이래도 사기극이요 속임수다. 청담동 우리 집에서 테헤란로까지 승용차 운전에 20여 분 걸린다. 만나 인사하고 이야기 나눈 시간도 반 시간을 넘겼다. 불쾌하고 분해 두개골이 어지러운 것도 열흘 지났다, 등등. 도리 없이 유리는 이백만 원을 지불 하는 창피를 당했다. 그 돈은 적금 든 거라 그 내용을 엄마가 모른 게 다행이라면 다행이랄지. 그들의 만남을 주선한 상담소장도 일백만 원을 물었다. 디오 상담소장 왈, '벼룩 간 빼 먹는 치한'이란 욕설을 법무사 뒤통수를 향해 날렸다.

유리는 참을 수 없는 모욕으로 떨었다. 욕설이 튀어나왔지만, 그 울림이 목구멍에서 사라졌다. 법무사가 망나니라면 난 개망나니인지도 모르지. 화살은 엄마를 향해 겨눴다. 내 멋대로 굴었지만, 엄마의 앞날을 위한 자구책 아닌가.

– 엄만 이대로 살아가며 늙을 거야?

– 미안해. 영 맘에 당기지 않아서야.

– 그럼 반려자 감이 어떤 유형인지 구체적으로 설명해 봐.

– 전연 관심 밖인걸. 제발 이 어미를 시달리게 하지 마.

– 난 문제아가 아니야. 엄마의 앞날을 위한 해답이라고.

진 여사는 남편을 사별한 과부로 알려졌지만 실은 미혼모였다. 유리는 친부의 얼굴조차 기억 못했다. 나의 아빠 누구지? 유리는 진실을 알고자 하면 할수록 엄마는 꼬리를 감췄다. 모르는 게 약이야. 넌 하늘에서 뚝딱 떨어진 샛별이란다. 감추기 작전이 지나쳐 동화를 엮었다. 서울에서 유년기를 보내고 영국에서 십여 년을 지냈다. 유리가 이 세상에서 아빠가 존재한다면 지구 끝이라도 찾겠다던 모진 항의에 질려, 진 여사는 영국행을 서둘렀다.

그들 모녀가 귀국한 건 유리가 대학에 입학할 즈음이었다. 진 여사는 딸을 단속했다. 너의 조국은 코리아야. 한국 남자랑 결혼해야 해. 모녀가 런던에서 지내는 동안 딸이 영국 남자 친구들과 잘도 어울린 걸 심히 못 마땅해했다. 진 여사가 영국 대학에서 공부한 건 영문학을 익히기 위한 수순이기도 했다. 웬만큼 영문학에 익숙해지자, 한글을 영어로 번역하는 작업에 매달렸다. 영어 번역가인 부친의 영향을 받기도 했지만, 앞날을 위한 강구책이었다.

– 이번엔 썩 괜찮은 귀공자랍니다. 진 여사를 설득해 모녀가 만나는 게 어떻겠습니까?

스마트폰을 통해 들려 온 디오 킴의 목소리가 상쾌하게 울렸다.

- 그렇다면 오죽 좋겠습니까만, 엄마 마음을 되돌릴 순 없거든요.

유리는 거절하고 보니 부아가 치밀었다. 외출하기 위해 집을 나서려는 진 여사에게 따져 들었다.

- 나를 엄마 배에 둥지 틀게 한 남자는 누구야?

수십 번, 아니 수만 번이나 추궁하며 따진 질문이었다. 좋게 나왔다간 또 어떤 구실로 해명할지 몰라 유리는 강하게 나왔다. 진 여사는 딸의 손목을 뿌리치고 밖으로 나갔다. 달님이 엄마 치마폭에 감싼 꿈을 꾸고 난 뒤, 점점 배가 불러오더라. 진태옥 여사, 아니지 여사란 존칭은 당치도 않아. 태옥아, 네가 동정녀 마리아야? 악다구니가 치밀어 올랐지만 더 이상 추태 안 부린 건 엄마의 생활 태도였다. 행동이 반듯하면서도 남자 사귐이 전연 없었다. 언제나 누군가를 그리워하는 눈빛이었다. 그 그린 상대는 누굴까. 나를 엄마 자궁에 둥지 틀게 한 남자일까. 엄마에겐 친인척도 없었다. 외조부 부부가 6 · 25 당시 평양에서 남하해 그랬다. 유리가 어렸을 때 외조부 부부가 숨졌다. 그리하여 출생 비밀에 관해 알아보려고 해도 알 수 없었다. 유리가 엄마 성 씨인 진유리에서 사유리가 된 걸 안건 영국행 비자를 받고서였다. 어떻게 사씨가 된 걸까. 유리의 의문을 엄마가 풀었다. 너의 삼촌 밑에 네이름을 올렸단다. 귀국해서 사 씨 종친회를 찾아가서 알아본 바에 의하면 삼촌은 숨지고 난 뒤였다. 일찍 이혼하고 독신으로 살다 수년 전에 숨졌다는 것이다. 그러고 보면 아빠란 존재는 이미 이 세상 사람이 아니란 감도 잡혔다. 엄마 입으로 그이가 숨졌다는 걸 실토 못 할 억장 무너질 사건이 숨겨졌는지도 모르지.

진 여사가 딸 키운 것 외에 곁길이 있다면 고미술을 향한 애정이었다. 논현동 집 이웃에 골동품가게가 서너 곳 있어 엄마는 어릴 때부터 그 가게들을 드나들었다고 했다. 외조모가 떡살을 구해 절편 위에 그걸 찍어 福 壽의 무늬가 아로새겨진 걸 지켜본다든지, 마루에 놓인 뒤주도 믿음직스러웠다고 했다. 그런 탓인지 엄마는 박물관이나 골동품 가게를 드나든 걸 낙으로 삼았다. 영국에선 외국인들이 고미술 가게와 벼룩시장을 드나들면 가이드 노릇도 했다. 그 직업이 일정한 수입원이 아닌 걸 깨닫고는 번역가의 길로 들어섰지만.

하도 맞선 보는 건 사절이라 유리는 속엣 걸 토했다.

― 엄만 누굴 사랑해 봤어?

― 사랑했기에 너를 낳았잖아.

그러고는 딸을 바라본 눈빛이 예의 그 표정이었다. 마치 사랑하는 사람을 눈앞에 둔 양. 하도 그 눈빛이 신비로워 유리는 그 눈동자 속으로 빨려들곤 했다.

― 사랑했던 그 남자는?

엄마는 무반응이었다. 하도 무반응에 질려 유리는 앙앙거렸다. 하늘로 올라갔어. 땅으로 꺼졌어. 큰 죄를 지어 외국으로 줄 행랑쳤을까. 엄마는 시선을 다른 데로 돌렸다.

─ 산파가 탯줄 끊고 네가 내 품에 안긴 순간, 난 너랑 이 세상을 살아도 좋으리라 여겼거든.

─ 진태옥 여사님, 꿈 깨세요. 그 피붙이가 이젠 마냥 응석 부릴 아기가 아니잖습니까. 난 엄마 품보다도 남자 품을 그리워할 나이랍니다.

유리가 결혼상담소를 들락거린 건 엄마 그늘에서 벗어나야겠다는 안간힘이었다. 남자 친구가 캐나다 몬트리올에서 완구점을 운영하는데, 동참하라는 편지를 받고서였다. 그들은 초등학교 동창이었다. 양가 집안사람들은 이웃에 살아 서로 친숙한 사이였다. 진 여사는 딸의 연인이 외국인이 아니란 것엔 공감해도 완구점 운영은 성에 차지 않았다. 얼마나 벌어 외국 생활에 적응할까 보냐, 싶었다.

열흘쯤 지났을까. 디오 킴이 저쪽 남자가 따님이라도 좋으니 맞선 보자 하므로 나오라는 것이다. 유리는 이번에야말로 엄마 짝을 구해야지 벼르며 약속 장소로 향했다.

관훈동 '토성 전시관'에는 손님들로 붐볐다. 「천년 잠을 깨우다」라는 안내 책자 못잖게 고미술품들이 시대별로 일 이층을 메웠다. 신라 구슬에서부터 가야 토기, 고려청자, 이조백자 등 도자기들과 반닫이와 사방탁자를 비롯한 목가구들, 장신구들이었다. 유리는 엄마 따라 골동품 가게를 순례해 고미술품들이 낯설지 않았다.

진 여사는 영국에서도 벼룩시장과 고미술 가게를 순례하면 딸을 데리고 다녔다. 진 여사가 구입한 건 빗치개, 바늘쌈, 비녀, 가락지 등 코리아 옛 소품들이었다. 영국으로 이민 온 대한민국 부인들의 친선 바자회 때 그네들이 수장한 것들을 구입하곤 했다. 엄마는 딸에게 주위를 환기시켰다. 자신이 좋아하는 걸 사면 값이 문제가 아니란다. 조선 시대 고비가 엄청 비싸 그걸 구입한 엄마에게 유리가 불평하면 으레 그 말을 입에 올렸다.

엄마는 외조부를 닮아 언어 분별력이 뛰어났다. 영어 회화를 쉽게 익힌 것도 골동품을 향한 애정이 한 몫을 차지했다. 영어 골동품 이름을 먼저 외우면서 그걸 영어 회화에 접목해 빼어난 언어 감각을 되살렸다. 엄마가 미국 아닌 영국 유학을 선택한 건 영국에서 방영된 '엔틱 로드 쇼'가 세인들의 관심을 끌므로 그 바람을 타서였다. 19세기 영국 빅토리아 여왕 시대의 뮤직박스 안에 든 걸 틀고는 눈물샘을 흘렸다. 20세기 초의 모형자동차 종류를 모은, 소방차, 버스, 트럭, 경찰차 등에도 관심을 쏟았다. 1980년대의 독일제 플라스틱 자전거라든지, 그 밖에도 보석 반지, 와인 유리컵, 나이팅게일의 친필 일지 등, '엔틱 로드 쇼'를 관람할 때마다 탄성을 발했다. 그 쇼는 주말이면 영국 아일랜드나 웨일스 등 명승지를 순례하며 개최했다. 엄마는 곧잘 그 명승지를 돌며 관람해 영국 역사에도 익숙해졌다.

추리 소설가 애거사 크리스티가 남편이 바람을 피워 가출했다. 2주일 동안 감감무소식이라 남편이 경찰에 신고해 실종 사건으로 신문을 장식했다. 결국, 경찰이 크리스티가 어느 호텔에 유숙한 걸 발견해 사건이 마무리되었다. 진 여사는 그 호텔에서 '엔틱 로드쇼'가 방영된다며 딸을 데리고 현지를 방문했다. 그 쇼에서 출품된 건 007 영화에 출연한 로저 무어가 영국 왕실 관계자로부터 작위를 받을 때의 프로그램과 팬이 사인받은 쪽지가 경매에 나오기도 해 더욱 진 여사의 신바람을 북돋웠다.

진 여사는 제인 오스틴 작품의 애독자였다. 영어 번역가가 되기 위한 노력도 『오만과 편견』 같은 제인의 작품을 번역하고픈 바람이 절절한 탓이었다. 그 작품은 부친이 번역해 찬사를 받은 작품이었다.

아버님이 그러셨어. 섹스피어 작품은 난해하지만, 오스틴의 작품은 섬세한 표현과 재치 있는 문체로 영국 중·상류층 여성들의 삶을 유쾌하게 다룬 게 흥미를 끈다고 하셨거든. 나도 그래.

진 여사는 딸에게 기염을 토했다.

외조부님이 번역한 건 이미 반세기가 지난 거라 언어 감각이 둔하지만 내가 참신하게 번역해 부녀가 번역한 걸 평론가들의 평을 받는 것도 신선한 충격 아니겠어.

진 여사는 딸을 데리고 제인의 고향인 영국 햄프셔도 방문했다. 때맞춰 '엔틱 로드 쇼'가 진행 중이었다. 그날 엔틱 제품 중에서 눈길을 끈 건 빅토리아 시대의 은세공인 '앵무새 호두까기'와 여성의 옷깃에 매단 은세공인 회중시계였다. 1963년 당시, 비틀즈 멤버의 사인이 적힌 쪽지도 그러했다. 다른 무엇보다도 제인의 집 소개와 약력과 더불어 『노생거 수도원』의 집필 장소도 견학해 엄마의 신바람에 더욱 흥을 돋웠다. 엄마 입에서 탄성이 터질 때마다 『오만과 편견』의 명대사들이 쏙쏙 두개골에 입력되었다.

'허영심과 자존심은 다른 것이지만 종종 같은 의미로 사용된다. 어느 사람은 허영심이 없어도 자존심은 지닌다.'

'남의 의지에 두려움을 느끼지 않은 내 안의 고집이 있다.'

유리는 엄마가 그 구절을 낭송하면 왜 내가 미혼녀로 딸을 낳아 키우는지에 대한 당위성을 내뿜은 듯 절절한 가락으로 들렸다.

'당신을 얼마나 열렬히 존경하고 사랑하는지 말하게 해 주세요.'

마치 여주인공 엘리자베스가 애타게 그린 연인이 곁에 있는 양 애소 띤 목소리였다. 그러면 유리는 남주인공 디아시가 되어 화답했다.

'내가 했던 모든 것은 다 당신을 위한 것이었소. 사랑하고 또 사랑하고, 또 사랑하오.'

그 구절을 읊조리며 유리는 나를 낳게 한 엄마의 연인이 된 듯한 감성에 젖었다.

'일요일에는 '나의 진주', 아주 유별난 날엔 '나의 여신', 가장 기쁘고 행복한 날엔 '디아시 부인'이라 불러줘요.'

그럴 땐 엄마는 이 세상의 부귀영광을 지닌 듯 다함없는 만족한 표정이었다.

그들 모녀의 연극은 영어로 주고받아 유리의 영어 실력이 향상되었다. 그 연극이 잦아질수록 유리는 엄마의 순애보에 감격해 친부를 향한 애정도 도타워졌다. 더불어 엄마에겐 누구도 지니지 못할 독특한 향기를 지녔다는 걸. 그리움이란 향기를. 따라서 엄마의 혈액형도 A, B, O형이 아닌, 그리움일 거란 걸. 그 그리움의 혈액형이 엄마의 전신을 녹아 흐른 샘물이란 걸.
그 엔틱 쇼가 웨일스 서부에서 방영될 때였다. 웨일스 국립도

서관에서 아서왕 전설을 담은 고서를 열람하기도, 그 시대의 현장을 답습하며 영국 문화에 흠뻑 젖었다.

너를 낳지 않았다면 나는 고미술 사학자가 됐을 텐데. 하지만 후회하진 않아. 너를 낳은 더 이상의 간절함은 없었을 테니.

진 여사는 다시금 그리운 눈빛으로 딸을 껴안았다.

유리가 실내 풍경에 눈이 밝아진 순간, 디오 킴이 다가왔다.

― 인사하게나. 진 여사 따님일세.

악수를 청한 한국고미술협회 회장의 인상이 훤했다.

― 아빠 감을 저울대에 올리신다고요?

그 회장의 질문에 유리는 고개를 빳빳이 세웠다.

― 면접시험 감독관이라 조심해야 합니다.

마삼식 회장은 관훈동에 빌딩을 소유한 부호였다. 토성 전시관 관장이며 값나간 골동품들도 많이 지녀 고미술계의 큰손으로 알려졌다. 상처하고 슬하 형제가 미국 유학 중이라고, 디오 킴이 들려주었다. 국제 사회에서도 알려진 고미술계 인사니 영어 회화가 필수라 진 여사에겐 마침맞은 배필감이라고, 덧붙였다.

부티 나 보이면서도 중후한 멋쟁이라 첫인상에서 유리는 아무래도 엄마 짝으론 버거운 상대일 것 같았다. 멋쟁이로 따지자면 엄마만 한 중년 여인도 드물 것이다. 한복과 양복을 때와 장소에 따라 입고 품격 높은 자태를 풍긴 엄마야말로 귀부인이란 칭송을 들곤 했다. 엄마는 맵짜했지, 부티나 보이진 않았다. 겉치레에 목돈 쏠 정도로 부를 누리지도 못했다. 논현동 집과 은행 예치금, 성남의 토지는 외조부에게 유산으로 받은 것이다.

모두의 시선이 금세 실내에 들어선 귀빈에게 쏠렸다. 진태옥 여사의 등장이었다. 유리가 권하지 않았는데도 예까지 온 건 골동 업계에 알려진 인사라서 그럴 것이다. 고미술 전시회가 열리면 진 여사는 초청장을 받곤 했다. 고미술 회원들은 그 얼굴에 그 얼굴이었다. 워낙 숫자가 적어 웬만한 골동꾼들은 서로 낯익은 사이였다.

진 여사를 먼저 반긴 건 마 회장이었다.

— 몇 년 동안 뵙지 못해 서운했습니다.

— 영국에서 귀국하고 보니 밀린 일들이 너무 많아서입니다.

잡무 정리를 위해 두 번이나 런던을 다녀왔다. 번역 작업도 중노동에 속했다.

— 워낙 멋쟁인 데다 외국물까지 들었으니 눈이 선합니다.

마 회장의 칭송이 이어졌다.

진 여사는 흰 블라우스에 검정 롱스커트를 입었다. 별로 시선 끌 차림새가 아닌데도 평범함에 비범함이 돋보였던가. 유리가 봐도 마 회장의 칭송이 과찬 아니었다. 칠보 은비녀를 사각 흰 본견 바탕에 곡선으로 잇댄 목걸이가 시선을 확 끌었다. 그 칠보 은비녀는 엄마가 모은 비녀 중에서도 백미에 속했다. 칠보 은가락지도 왼손 약지에 끼어 그 목걸이를 한결 돋보이게 했다. 엄마는 눈썰미가 좋은 데다 손끝도 매워 그런 것들을 품격 높게 끌어올렸다. 영국에서도 무슨 행사에 초청받으면 그런 차림새로 맵시를 부렸다. 엄마를 더욱 돋보이게 한 건 두상이 반반한 데다 목은 길고 어깨선이 좁았다. 양쪽 관골 머릿결의 선도 기러기 나는 모양새였다. 그러므로 비녀 꽂은 한복 차림이 더욱 기품이 일었다.

엄마는 우리의 옛 소품을 실생활에 접목한 천부의 자질도 지녔다. 쌍은 가락지를 치마 말에 매단다든지 바늘쌈을 매듭해 목걸이로 사용했다. 북과 방짜 놋요강은 마른 꽃꽂이로, 명주 북은 명함꽂이로 사용했다. 고비에 들꽃을 장식한다든지 가야 토기를 붓꽂이로, 작은 목단 항아리를 펜꽂이로 사용했다. 집안이 한결 멋스런 상식으로 태가 났다. 잉어가 청색으로 그려진 해주 큰 항아리는 거실 소파 옆에 두었다. 그 안엔 쌀이 들었다.

이걸 쌀독으로 사용하면 좀도 안 쓸뿐더러 부도 누린대나.

엄마 눈빛이 생생해졌다. 마치 누군가를 그리워하던 눈빛과 닮은 모습이었다. 고미술을 향한 애정이 남자를 멀리한 구실이 되는지도 모르겠다 싶어, 유리는 안도했다. 만일 남자관계가 복잡하면 망신살 당하기 쉬우므로. 그러면서도 아빠 감을 구하기를 멈추지 않았다.

디오 킴은 마 회장과 진 여사가 낯익은 사이란 걸 알고 서먹해졌다. 처음 마 회장에게 재혼할 상대를 스마트폰으로 소개하자,

만나 보겠다던 대답이었다. 디오 킴이 진 여사를 마주 대한 건 처음이었다. 얼마나 고자세였으면 맞선 본 자리에 출석 안 하고 유령인간처럼 굴었을까. 그래도 진 여사에게 풍긴 첫인상이 녹록지 않아 중매쟁이로서 긍지를 지녔다.

마 회장과 진 여사의 대화를 경청하던 디오 킴이 약삭빠른 반응을 보였다.

― 이젠 따님이 면접시험 감독관에서 벗어나야 되겠습니다.

유리도 가당찮게 나왔다.

― 토성 전시관이 맞선 본 자리로선 마침맞은 곳이군요.

그 전시관 옆 제2전시관에는 그림과 조각도 나열돼 손님들의 발길이 잦았다. 진 여사 손에 이끌러 유리도 그곳으로 갔다. 엄마가 어느 그림 앞에서 마 회장과 귀엣말로 속삭인 걸 유리는 지켜보았다.

유리의 초등학교 친구가 논현동을 방문했다.

― 결혼식 올리고 캐나다로 가겠다고?

진 여사의 반응도 경석의 태도도 진지했다.

― 그렇습니다. 아버님이 병환 중이라 얼른 며느리를 보고 싶어 하시거든요.

경석의 부친은 모 은행 지점장을 지냈으며 중산층 삶을 산다는 걸 진 여사도 훤히 꿰었다.

– 캐나다의 생활은?

– 지낼 만합니다. 그곳 국민들의 성격이 원만하며 양보심이 강하다더군요. 그런 이유는 나이아가라 폭포를 아메리카 합중국과 더불어 지녀서 그렇다나요.

– 그렇다면 아메리카 합중국 사람들은?

영국에서 접한 아메리카 사람들에 대한 인식이 약삭빨라, 진 여사가 시원찮은 반응을 보였다.

– 여러 민족이 모여서 개성이 강한 탓일 겁니다. 세계 제일 강대국이란 자긍심도 노상 배제 못 하겠지요.

– 완구점 수입은?

– 주위에 공원을 낀 어린이집들이 많아 수입이 괜찮은 편입니다. 유리 성격이 사근사근한 데다 유아학과 전공이라 제게 적잖은 도움이 될 거고요.

진 여사는 경석의 가정 형편과 신실함을 알기에, 반대할 상황이 아니었다.

진 여사와 유리는 산길을 타고 올랐다. 숲이 우거진 산길은 잘 포장돼 걷기가 수월했다. 지리산 개발 붐에 힘입어서일 것이다. 나무들은 울긋불긋 고까옷으로 치장하고 산새들의 가락에 모녀의 발걸음이 가벼웠다. 계곡 따라 물빛이 청청하고 들꽃들이 오색영롱하게 피어 향기를 발했다.

- 가을은 시요, 노래다. 그리고 향기다. 어느 분이 이 길을 걸으며 내게 들려준 감탄사란다.

　좀체 속마음을 들레지 않던 진 여사였다. 딸을 바라보던 엄마의 눈동자에 예의 누군가를 그린 빛이 환했다. 유리는 코스모스를 따서 엄마 귓등에 꽂았다. 기러기 난 듯한 양쪽 머릿결과 관골 선이 살아 움직인 듯했다.

　- 공기, 꽃, 풀잎 등 모든 게 말한다, 누가 그랬지?

　- 빅토르 위고잖아. 『명상 시집』에 실렸던데.

　- 그래. 우리도 그 시어를 되새겨 보자꾸나. 그인 내게 속삭였단다. 나무는 살랑살랑, 꽃은 화라락, 풀잎은 나를 사랑해 줘요, 공기는 무한정 사랑하노라고.

　- 그이가 누군데?

　엄마 볼이 꽃송이처럼 피었다. 눈동자는 무지갯빛으로 아롱졌다. 하도 달뜬 표정이라 유리는 입을 다물었다. 마치 활짝 핀 꽃송이를 터뜨릴 것 같아 그 순간을 아껴 두고 길이 간직하고 싶었다.

　소나무 숲속에 모텔이 드러났다. 물레방아가 돌고 정원을 잘 가꾼, 산골에선 보기 드문 멀쑥한 모텔이었다. 유명 운동선수들과 스타들이 들렸다던 게시판이 모텔 입구에 걸렸다.

　계곡에서 흐른 물소리가 도, 미, 솔, 가락을 띄며 울려 퍼졌다. 까치가 안내자인 양 맵시를 뽐내며 앞서 종종거렸다. 상수리 나뭇가지에서 꿩이 화답하며 날아올랐다.

– 생명체끼리의 교감은 살아 있음의 환희 아니겠느냐.

엄마의 눈동자에 예의 그 빛이 아롱졌다.

오솔길 따라 십 분쯤 걸어가자, 집들이 보이고 개 짖는 소리가 들렸다. 그 동네 입구 정자나무 아래서 누군가의 모습이 보였다. 유리는 엄마가 소장한 그림을 그린 화백이란 감을 잡았다.

엄마가 마 회장에게 구입 한 건 '중산 산수화'였다. 소나무 숲과 계곡이 어울어진 그 산수화 현장을 걸으며 유리는 이런 절경 풍광을 그린 화가의 솜씨가 빼어남을 헤아렸다.

화백이 다가오자, 유리는 그가 누구랑 빼다 닮았다는 걸 통감했다. 자신에겐 옆 두상의 기러기 난 듯한 선도 없고 어깨도 솔지 않았다.

– 인사해라. 사광 화백이시다.

엄마 입에서 새어 나온 구슬 구른 듯한 목소리가 유리의 귀청에서 가락을 띄웠다. 덩달아 '중산 산수화' 밑에 적힌 史光이란 사인이 화백의 얼굴에 오버랩 되었다.

유리의 눈시울이 뜨거워졌다. 진짜 아빠를 면접한 지고의 순간이었다.

아아바빠.

유리의 울먹임이 목울대를 거쳐 바깥으로 새어 나왔다. 해맑은 햇빛이 화백의 얼굴에 난 잔주름마저도 거둬들여 빤짝였다.

유리야, 내 딸 사유리야.

화백의 곡진한 부름이 계곡의 물소리에 잦아들었다.

엄마는 네 나이보다 더 어렸을 때 아이를 낳았단다. 사랑이 뭔지도 모르고 그이가 마냥 좋았다. 그 당시 나는 고교 3년생이었고 그인 미술 강사였다. 그인 나보다 열두 살 많았다. 국전에 일찌감치 특선하고 지방 화가로 자리를 굳혔을 때였지. 나는 교교를 졸업하고 대학생이 되었다. 아버님이 당신처럼 영어 번역가가 되기 위해 영문과를 선택하라 하셨거든. 그런지 일 년도 안 돼 나는 대학을 중퇴하고 그이와 동거에 들어갔다. 너를 낳아도 우린 혼례식을 올릴 수 없었단다. 그인 아내와 형제를 둔 아빠였으므로. 외조부와 외조모는 도리 없이 아비 없는 외손녀를 키웠단다. 그런지 네가 다섯 살도 되기 전, 그분들이 돌아가셨다. 난 논현동 집과 우리가 넉넉히 살아갈 은행 예치금과 성남 토지를 유산으로 받았단다. 그인 지리산 개발과 동시에 고향인 중산에 삶의 터전을 마련했다. 그림을 그리며 생계를 이어 갔어. 예나 지금이나 그림이 밥 먹여 주는 세상은 아니잖아. 마 회장이 인척이라 그이 그림을 팔아준다던 걸 입소문으로 들었다. 나는 그이 그림을 구입해서 전국 도서관과 양로원에 기증했지. 그림값은 성남 토지를 팔아 충당했다. 덕분에 그이 이름이 알려져 그림이 쏠쏠 팔려 가계에 보탬 되었나 봐. 그런 사이 나도 뭔가 해야겠다던 의욕이 샘솟더구나. 내가 누구 딸이냐는 너의 악다구니에 질려서이기도 했단다. 진실을 밝히면 그이 가정을 파탄으로 몰 조짐도 보였거든. 이 세상에 태어나서 가장 뜻깊은 무엇 하나를 일구어야 한다던 나의 소망이 무너질 것 같은 위기의식에도 휘말렸단다. 영국 유학을 결심한 것도 그런 연유였다. 나도 외조부처럼 영어 번역가가 되기 위해 필사의 노력을 기울였지. 귀국하고 보니 그이 부인이 숨진 지 삼 년 지났다는 걸 마 회장이 귀띔하더구나. 그이 슬하 형제도 객지로 나가 직장에 근무하고 홀로 지낸다는 소식을 듣고, 난 결심을 굳혔단다. 그이만 한 반려자가 없고 내 취향에 딱이다, 싶었거든. 산수 좋은 곳에서 번역 작업도 순조로울 것 같고. 그리하여 서울 생활을 마감하기로 했어. 논현동 집을 팔아 너랑 반씩 나누도록 하자꾸나. 은행 예치금도 바닥나 더 이상 생활비가 없는 것도 나의 결심을 앞당겼단다. 인생은 별 것 아니면서도 별것인 게 삶의 묘미더구나. 그이만이 나의 반려자란 것도 사실 따지고 보면 별것 아닌데도 변함없이 나의 마음을 사로잡으니. 기실 사랑도 별 것 아니면서도 별것인 게 사랑의 묘미인지도 모르지. 난 그 수수께끼를 풀기 위해 그이의 동반자가 되기로 결심했다. 경석이 정녕 너의 반려자란 확신이 서면 결혼식 올리고 캐나다행을 서둘러라. 더불어 스스로 노력하는 자만이 하늘이 돕는다는 걸 명심해라.

나귀 타고 오신 성자

당나귀 자가용

눈을 뜨자, 타박타라락 가락이 들린다. 환청일까. 사뭇 경쾌하다. Q는 동굴에 갇힌 사자처럼 층층이 이어진 층계를 올려다본다.

가끔 어둠이 싫어 새벽녘에 바깥을 우러르면, 지하도 입구에서 동그라미가 데굴데굴 굴러오던 환각에 몸을 사렸다. 동그라미는 주황에서 빨강으로, 종당엔 불꽃처럼 활활 타올랐다. Q는 그 속으로 빨려 들어가 달나라에서 풍년을 노래한 옥토끼, 하늘을 훨훨 날던 독수리, 더 나아가 영혼마저 사른 혼불이 되었다. 어느 순간, 명화에 드러난 그림처럼 동그라미 후광에 자색 망토 자락을 끌며 내려오던 성자의 모습을 뵌 양, 몽롱함에도 젖었다.

타박타라락, 가락에 이끌려 Q는 음계를 밟듯 층계로 오른다. 바깥으로 나오자, Q는 햇빛이 눈 부셔 눈을 감았다 뜬다. 그 순간 가까이 다가온 사내의 몸놀림이 경쾌해 보인다. 사내가 콧노래 부르며 손에 잡은 고삐를 풀자, 고삐 임자가 히잉히잉 장단을 맞춘다.

Q는 사내가 나귀를 탄 사실에 묘한 충격을 받는다.

"차는 얻다 두시고?"

"운전면허 취소를 당했습죠. 음주 운전이라며."

사내 목소리가 바람을 타고 우렁우렁 울린다.

"녀석을 타고 자가용인 양 시간을 넘나드는군요. 근데 째깍째깍, 타임머신 여행을 하진 않았습니까?"

노타이 차림인데도 Q는 목이 근질거려 넥타이 맨 시늉을 한다.

"어찌 칙칙폭폭 기적에 복병처럼 숨었던 기적이 사라질 듯한 표정이구려."

사내가 엇나간 표현이라 싶은지 부드럽게 나온다.

"회색 잠바에 긴 수염이 어울리는군요."

"시절이 하, 수상이라, 때가 잘 안 타던 옷을 고르다 보니."

사내 눈길이 Q가 허리에 두른 담요에 머문다.

"지하 감방살이 한 지 얼마나 되었습니까?"

자신의 치부를 건드리는데도 Q는 명쾌히 답한다.

"팔 개월 지났습죠. 이젠 봄바람도 부니 자리를 거둘까 하오."

Q는 손짓으로 허공에 8을 그린다. 그러자 팔 개월이 팔 년처럼 길게 연기를 뿜으며 칙칙폭폭 달려오는 것 같다.

"전, 십 년을 고시 감옥에 시달리다, 지난여름에 펜대를 놓았지요. 첫해 낙방하고 술을 입에 대기 시작했고요. 이젠 소주 이홉들이 세 병을 통째로 마신 술고래가 되어도 취하지 않습니다. 그러니 교통경찰들은 나를 음주 운전자라며 발을 묶어 놓더군요."

Q는 중얼거린다. 저 사내는 두뇌 회전이 꽤나 빠르군. 아이큐보다는 이큐에 더 밝은 것 같다. 아이큐와 이큐가 나란히 손잡고 행진해야 만족할만한 결과가 나오잖아. 초고속 시대에 나귀 타고 시내로 들어가려는 사내의 노림수는 뭘까. 영혼이 그을음 안 타 보인 것도 신기하고.

"언제부터 나귀를 길렀습니까?"

"인석은 떠돌아다닌 나그네랄지. 날마다 정처 없이 승용차를 몰며 시가지를 쌩쌩 달려 울적함을 달랬지요. 근자엔 면허증 없이 승용차를 몰지도 못하니 두개골이 팡팡 터질 것 같았더랬죠."

때맞춰 우리 집 앞에서 인석을 발견했지 뭡니까. 누군가가 저를 위로하려고 보낸 선물이란 감이 일더군요. 더불어 이름표도 달지 않아 임자 없는 놈이구나, 자위하며 문득 제가 주인이 되고 싶더라고요. 가까이 다가가니 하, 녀석이 수긋한 자세로 꿇어앉아 타기를 기다린 겁니다. 타인의 관심을 끌기 위해선 순종만 한 미덕도 없잖습니까.

"이름표를 달지 않아 임자가 없다? 사람이라면 홀아비 냄새, 과부 냄새로 임자 없음을 가리겠지만."

Q가 헛헛 웃는다.

"나귀가 좀 귀한 게 아니거든요. 놈을 마음대로 쏘다니게 하려면 주소와 이름표는 반드시 필요할 테니. 자신의 존재를 알린 게 홍보 차원에서도 유익한 게 아니겠습니까."

"지당한 말씀이외다, 선생."

사내라는 삐딱한 호칭에서 선생으로 격상된 존칭에 Q는 아연 긴장한다. 영혼을 저울질하던 자신의 열등감에서 헤어나지 못한 채.

"바라볼 수 없는 건 아예 꿈도 꾸지 마라. 그게 제가 십 년 동안 모래성을 쌓으며 터득한 해답입니다."

"세상살이가 고된 수행일지라도 기적을 고대하는 게 인간의 희망이며 소망 아니겠습니까. 이 삭막한 세상에 그런 윤활유라도 없다면 육신이 썩어 문드러질 수밖에. 기적을 고대하며 품은 소망은 무엇이었습니까?"

선생은 목이 마르다. 생수 같은 시원한 해답은 뭘까.

"첫째는 소금 같은 삶입니다. 소금이 없으면 세상은 부패하기 마련이잖습니까. 짠맛이야말로 건강을 지킨 활력소이고요. 둘째는 황금입니다. 살아가노라면 돈 없는 생은 무가치한 것이지요."

Q는 고백을 멈춘다. 지하 감방살이가 돈을 얻기 위한 수단으로 상대방에게 비칠 것 같아서다. 그건 거짓 아닌 진심이었다. 회사에 다닐 때나 지하 감방살이할 때 무리들과 부르짖던 게 노동

임금을 올려 달란 구호였다.

"명쾌한 해답이군요."

선생이 수긍한다. 웬만큼 자기주장이 상대방에게 먹힌 것 같아, Q는 방향을 돌린다.

"그 머리채는 석자가 족히 될 성싶군요."

단정히 빗어 타래로 묶은 사내의 긴 머리채가 통통하게 살쪄 보인다. 짙은 눈썹을 감안해도 사내는 머리숱이 많은 셈이다. 저만한 나이라면 나도 그랬을까. 하지만 나는 머리숱이 적잖아. Q는 손톱으로 두상을 팍팍 긁는다.

"삼 년마다 엉덩이까지 처진 긴 머리를 잘랐지요. 처음 자를 땐 의기충천해, 두 번째는 분노로, 세 번째는 자를 의욕이 없어 그냥 이 모양입니다, 그려."

"머리는 왜 잘라야만 했을까요? 엉덩이를 지나 발끝까지 내려와 다시 위로 올려 세 가닥으로 묶어 기네스북에 오른다면 국익에 기여할 텐데."

"국익이라뇨? 그리 넘겨짚진 마십쇼. 타인들에게 웃음거리밖에 더 되겠습니까. 예 또, 사법고시에 합격해 미국으로 가서 국제변호사 자격증을 취득해 인권변호사가 되는 게 저의 바람이었지요. 그리하여 가난하고 억울한 자들의 멍에를 풀어주는. 세계인들에게 찬사받아야만 코리아를 반석 위에 올려놓는 게 아니겠습니까."

"딴은 그렇군요."

황토색 바지에 황토색 저고리를 입은 선생은 옷을 다스릴 줄 아는 품위를 지녔달까. 흔히 그런 옷을 입으면 덧나 보이고 촌티마저 풍기는데. Q는 자신도 모르게 고삐를 잡는다.

"고시 공부가 바라볼 수 없는 꿈이라면 해마다 젊은이들이 왜 무한정 덤비겠습니까. 궁합이 안 맞은 거겠죠. 내가 안내하겠습니다."

Q는 칫솔처럼 뻣뻣한 수염이 잔디처럼 부드러워진 감을 잡는다. 손에 쥔 고삐마저도 풀잎 같아 손이 가볍다.

초록 병아리들

나귀는 경쾌하게 걷는다. 녀석의 황갈색 털 사이로 햇빛이 촘촘히 스며든다. 주둥이 둘레 하얀 털이 먹이마저도 거부할 것 같아 고고해 보이기까지 한다. 고삐 잡은 Q는 황공한 자세인데, 선생은 당당한 모습이다.

그들 일행은 공원 안으로 들어선다.

유치원생들이 그림을 그리기 위해 화선지를 무릎 위에 얹고 크레용을 든다. 원아들이 입은 초록 제복이 오월의 신록에 푸르디푸르다.

"아무거나 그려도 됩니다. 시이소, 철봉, 미끄럼틀, 무궁화, 월계수, 연못도 좋고요. 너무 많은 걸 그리려면 하나도 제대로 못

그린답니다."

교사의 설명이 채 끝나기도 전이었다. 연못가에 선 나귀 일행을 보고 원아들이 환호성을 지르며 모여든다. Q와 선생 모양새가 이상한지 호기심 담긴 눈초리들이다.

"청학동 훈장님, 산신령 할아버지, 그 나귀 좀 탈 수 없나요?"

별아가 홀짝홀짝 뛰며 숫기 좋게 나온다. 뒤이어 스무 명 남짓한 원아들이 그들 일행 옆을 빙 둘러선다.

"나도 좀 태워 줄래."

하늬가 나귀 배를 슬쩍 건드린다. 나귀가 흐응 답례하며 고개를 끄떡인다. 별아가 나귀 양쪽 귀를 폈다 덮었다 한다. 나도 질까 보냐며, 하늬가 면봉으로 나귀 귀를 닦고 물휴지로 귓속을 깨끗이 훔친다. 나귀가 시원한지 좀 더 닦아 달란 시늉으로 스르르 눈을 감는다.

"깜박했구나. 아침에 목욕시켰는데 귀 소제를 안 해 줬거든. 근데 어디 내가 청학동 훈장으로 보여?"

선생이 고개를 아래로 굽히며 귀를 쫑긋한다. 고추잠자리가 휑하니 날아와서 나귀 콧등에 입 맞춘다. 나귀가 가려운지 앞다리로 콧등을 비비자, 선생이 제풀에 미끄러져 땅에 발을 디딘다.

"산신령 할아버진 또 뭐냐?"

Q가 자갈 구른 소리를 낸다.

"버릇이 없어서 좀 잘 봐 주십쇼."

교사가 한껏 고개 수그리더니 표정을 바꾸며 호령한다.

"느네들 그림은 안 그리고 이게 뭐냐?"

나무라는 척하다가도 보모는 원아들의 호기심을 잠재우지 못해 훈계를 멈춘다.

"아가씨도 타고 싶죠?"

선생이 교사를 얼러댄다.

"그야 태워 주신다면 '노' 아니 하죠."

교사가 가당찮게 나오자, 원아들도 일제히 화답한다. 예스, 베리 굿 예스.

Q의 입술이 조개처럼 벌어진다.

"인석이 하나를 알면 열을 꿰뚫어 가히 공이라 예우할 만하잖소. 어서 내 등에 오르란 신호인 양 꼬리를 흔드는군. 공이 아이들 마음을 꿰어 기꺼이 봉사하겠다는데, 우리도 불만장만 넘어갈 순 없잖습니까."

선생도 선선히 응한다. 원아들이 먼저 타려고 달려든다. 교사가 호루라기 불며 원아들을 차례로 세운다.

Q는 입가에 거품이 일어 손수건으로 닦는다. 무엇에 집착해 열을 올리면 거품이 일어 자주 닦아 그런지, 입가에 번진 습진으로 푸르죽죽하다.

"이 나귀는 말이야. 하나 보다도 끼리끼리를 더 좋아하거든. 둘이 짝짜꿍 알겠지?"

선생이 오른손으로 V를 그려 보인다.

"청학동 훈장님, 그건 빅토리를 가리키는 승리고, 이거라야 둘이잖아요."

별아가 오른손 엄지와 검지를 치켜세운다.

"깜빡했네. 그럼 차례대로 타 봐."

"훈장님, 자가용을 빌려주셨으면 됐지 운전까지 하시게."

교사가 선생에게 고삐를 받아 쥐자, 나귀가 흠흠 하며 교사 장딴지에 코를 들이댄다.

"불알 달렸다고 아가씨에게 구혼하련?"

Q가 나귀 머리를 쓰다듬는다. 교사 얼굴에 전등이 켜지고, 원아들이 히히거린다.

어느새 하늬가 월계수로 만든 월계관을 머리에 쓴다.

"마라톤 경기에서 일등 했어? 손기정 선생님처럼 월계관을 쓰게."

별아가 눈을 흘긴다. 다른 원아들도 하늬처럼 월계관을 만들기 위해 월계수를 꺾으려는데 교사가 말린다.

"느네들이 싫어하면 관둘게. 이거야말로 청학동 훈장님에게 어울리겠네."

하늬가 선생 머리에 월계관을 씌운다.

"월계수 면류관?"

Q의 눈빛이 경이롭게 변한다. 월계수 잎이 파릇파릇해 선생의

머리를 초록으로 물들인 것 같다.

하늬가 나귀 등에 오른다. 별아도 덩달아 나귀 등에 올라 하늬 허리를 양손으로 꽉 붙든다. 나귀 일행 따라 원아들도 무궁화 꽃밭 둘레를 한 바퀴 돈다.

"다음은 내가 운전할 테니, 아가씨 차례."

선생이 명령한다.

"베리 굿."

교사도 나귀 등에 오른다.

가시 면류관

월계수 면류관 쓴 선생이 나귀 등에 오르고, Q가 고삐 쥐며 터벅터벅 걷는다. 선생의 시선이 몽롱해지고 고개가 옆으로 기우뚱해진다. 원아들에게 시달린 탓인가. 나귀도 발이 굽은 듯하고 발자국이 흐릿하다. Q도 허리에 두른 담요가 버거워 휴지통에 버린다.

"인석의 안장으로 사용할 걸 그랬군요."

선생이 아쉬워한다.

"냄새 나는 담요를 공인들 반기겠습니까."

Q는 무거운 짐을 벗은 양 홀가분하다. 담요뿐 아니라 자신의 몸과 옷도 때에 절어 고삐 잡은 손조차 불결해 보인다.

거리에는 택시, 버스, 트럭, 오토바이, 자전거가 달려간다. 사람들이 그들 곁을 스쳐 가도 별로 관심 없이 지나갈 따름이다. 그들은 훼미리마트, 까까보까 미용실, 황실 예식장, 낙지 수제비, 24시간 사우나, 남원 추어탕 앞을 지나친다.

사거리 가까이서 교통경찰이 그들을 불러 세운다. 콧날이 오뚝하고 눈빛이 매섭다.

"어디로 가오?"

"운전 면허증은 당신들이 가져갔잖소?"

선생이 되묻는다.

"음주 단속에 대한 반항?"

교통경찰의 미간이 깊게 팬다. Q는 저절로 자신의 이마를 다림질한다.

"고속 문명의 수레바퀴를 향한 명상쯤으로 여겨 주시오."

그들 곁으로 30톤 트럭이 검은 연기를 뿜으며 달린다.

"나귀 타고 오신 성자? '찬송하리로다. 호산나.' 어찌 시민들이 그 구호를 외치며 뒤따르지 않으니 말세로고."

교통경찰이 피식 웃는다.

Q는 하늘을 우러르며 뜬구름에 시선을 집중한다.

"성자를 기다리시오? 이 삭막한 시대에 그런 기적을 기다리지 못한다면 숨통 막힌다?"

다시금 Q가 쓴웃음 흘리며 수염을 쓰다듬는다.

"난 직장에서 정리해고 당했습죠. 그러니 너무 억울해 나처럼 당한 무리 고수가 되어 농성을 벌이다 지하로 숨어들었고요. 처음 농성 벌일 땐 일백 명이 넘었는데, 이젠 나 혼자 남아 종착역까지 오게 된 거요. 처음이나 지금이나 변함없이 기다린 게 기적이었소."

"어떤 기적을?"

교통경찰의 눈빛이 생생하다.

"불초 소생을 지하 감방에서 건져 줄 손길 말이오."

Q가 물 흐른 소리를 낸다.

"내 참, 구제 불능이네. 지금 댁이 선 자리가 어디오? 지하 감방이 아니고 지상 천국이잖소. 이 노릇한 지 이십 년을 넘기고 보니 살아 있는 순간순간이 기적이요 축복입디다. 하루도 바람 잘 날 없게 사고가 잘도 일어나니 말이오."

교통경찰이 수첩을 꺼내 무얼 살피며 도리질한다.

"음주 단속 근거를 잡았소?"

선생이 여유로운 모습을 취한다. 나를 잡아가도 좋다는 자세다.

"고주용 씨, 삼진 아웃 당하셨네."

교통경찰이 수첩에 적힌 선생 이력을 손가락으로 탁탁탁 두들긴다.

"혈중알코올농도가 심한 술주정뱅이가 승용차를 운전한다고, 운전면허 취소당했습죠. 뒤이어 논두렁 풀이 말라 인석 먹이 구하러 친척 트럭을 빌려 운전하니, 무면허자가 운전했다고 경고

당했으면 자성할 줄 알아야지. 교통경찰의 꾸중을 듣고, 사는 게 술맛이라 싶어 다시 만취가 되어 시내 중심 네거리에서 고함쳐, 또또또 경고 처분, 그리하여 삼진 아웃이외다. 지금 혈중알코올 농도는 그보다 더 심하거든요. 밤새 소주랑 막걸리를 짬뽕으로 마셔댔으니. 허 참.”

항의하던 선생이 월계수 면류관을 벗어 휴지통에 버린다. 파릇파릇하던 월계수가 햇볕을 받아 시들어 맥이 없다.

Q가 또 자갈 구른 소리를 낸다.

“가시 면류관을 썼으면 더 나을 텐데.”

신호등이 켜지자, 한 무리 시민들이 오간다. 버스 정류장엔 버스가 멈춘다. 초록 등이 꺼지고 붉은 등이 켜진다. 여자가 탄 자전거도, 남자가 탄 오토바이도 쌩쌩 바람을 일으키며 앞지른다. 트랙터를 몰던 운전자가 급정거한다. 그곳에서 빵빵 경적이 울려, 나귀가 뒷걸음친다.

“중국에선 자전거를 양뤼, 당나귀 아닌 양나귀라 하고, 오토바이를 피류이즈, 방귀 뀌는 나귀라 하지요.”

교통경찰이 북경에서 대학을 다녀, 중국 문화를 좀은 안다며 으스댄다. 서울에선 대학 입시 삼수생이 되어 탈서울을 결심했다. 중국 유학길에 오른 건 서울보다도 북경이 대학 들어가기가 훨씬 수월해서라고도 덧붙인다.

“고속 문명을 향한 느림의 미학? 오토바이를 방귀 뀌는 나귀라니 정이 가는구려."

Q가 너털웃음을, 덩달아 선생도 하하 웃는다.

"내가 교통경찰로 발탁되자, 대학 스승님이 훈화하셨죠."

'고대 그리스 철학자 디오게네스는 빈 통 속에서 살았다고 해. 청빈의 가시 면류관을 쓴 셈이지. 그러다 보니 상류층이 호의호식하며 아테네 거리를 삼두마차로 달리는 꼴을 못 봐 넘겼잖아. 하루는 디오게네스가 가까이 그런 마차가 달려오는 걸 보고 빈 통을 굴려 곤두박질하며 멈추게 했지 뭐냐. 그 마차에 탔던 귀족이 그냥 넘어갔겠어. 원로원에선 중벌을 내리자고 했지만, 같은 나들이 행보인데 빠르고 느린 차이를 어찌 규제하겠느냐. 시민들이 디오게네스 손을 들어 주었다고 해. 그러고 보면 그리스는 일찌감치 민주화에 길들었다고나 할까.' 라고요.

교통경찰이 배를 내밀어, Q가 간지럼을 태운다.

"그 스승님 훈화답게 나리께서도 선처를 내리십쇼."

"척 보아하니, 두 분이 '만족 결핍증 환자'인 것 같은데, 이젠 그 속박에서 벗어나십시오."

"그 처방을 가르쳐 주시죠."

선생이 한껏 목을 낮춘다.

"허무와 실망을 털털 털어 버리십시오. 지금, 이 순간을 가장 보람으로 맞이하는 게 바로 행복의 통로란 걸 명심하시고요."

교통경찰이 그냥 가시란 신호로 호루라기를 분다.

느림보 거북이

선생이 탄 나귀와 Q가 어느 동네 앞에서 걸음을 멈춘다. 정자나무 아래 평상 위에 앉은 노파가 그들을 불러 세운다.

"여보게, 젊은이들."

노파 곁에는 두 노인이 바둑을 둔다. 한 노인이 탁 소리 내며 검은 돌을 바둑판 위에 놓는다. 다른 노인이 슬그머니 검은 돌 옆에 흰 돌을 놓는다.

"부르셨습니까, 할머니?"

Q가 노파 옆에 앉는다.

"누님이라고 불러. 이제 겨우 '짚고 땡'인데."

노파가 혀를 찬다.

"환갑이란 뜻이네."

검은 돌 쥔 팔순 노인이 풀이한다.

"제가 나잇값을 못 하나 봅니다. 오순이 내일모레인데도."

Q가 송구스런 자세를 취한다.

선생이 나귀 등에 탄 그대로 고개를 아래로 숙인다. 흰 돌 쥔 구순 노인이 헛기침한다.

"어서 내려오게나. 무얼 타는 것도 아래위가 있어야지, 그게 뭔가?"

선생이 나귀에서 내려, 구순 노인을 향해 넙죽 절을 한다.

"제가 깜빡 졸았나 봅니다."

정자나무 옆 빈터에선 달리기 대회가 한창이다. 개와 주인이 한 동아리가 되어 목표 지점까지 돌고 오는 놀이다. 삽사리, 진돗개, 똥개, 린드버그, 치와와, 불독 등 놈들의 종류가 많기도 하다. 개와 주인이 발맞춰 어떻게 빨리 달려오느냐이다. 손뼉 치며 응원하는 소리와 개 짖는 소리가 뒤범벅되어 요란스럽다.

"어지러워. 세상이 빙빙 돌아가는 것 같아."

짚고 땡 누님이 양손으로 귀를 막고 눈을 감는다.

"바야흐로 고속 문명을 저울질하는 인간과 개의 도전이렷다. 허, 참."

팔순 노인이 손에 힘을 주며 검은 돌을 바둑판 위에 놓는다. 구순 노인이 슬그머니 흰 돌을 검은 돌 건너편에 놓고는, 정자나무에 등을 기댄다.

"내가 어릴 때 나귀 타고 달리기하던 놀이가 있었다네. 일테면 전승되어 온 화류회花柳會란 거였지. 열 사람이 나귀 타고 출발하면 가다 말다 하는 놈, 뒤로 가는 놈, 그냥 그대로 서서 제가 싫으면 주저앉기도 하는 놈들이었어. 달리기를 겨루는 게 아니라 머무름을 즐긴 놀이였달까. 내내 웃음을 자아내며 나중엔 일등이 꼴찌에게 한턱내던 거였지. 그 시절이 그립네."

"그런 놀이들을 즐기다 보니 자연 더딘 문명에 사로잡혀 쇄국정책으로 나라가 망하기조차 했잖습니까."

Q가 쨍그랑 쇳소리를 낸다.

"자네, 아직도 사기그릇 깨뜨릴 혈기가 남은 걸 보니 젊음을 헛되이 보낸 것 같으이."

팔순 노인이 검은 돌을 양손으로 이리 굴리고 저리 굴리며 퉁을 준다.

"젊음을 누리지 못하고 세월에 멱을 감은, 떠내려가던 삶을 살았지요. 그러다 보니 쌓이고 쌓인 분통이 터져 지하 감방에서 한동안 지내긴 했지만. 어르신들도 혈기가 남아 대문 두드린 소리로 바둑알을 굴리시는구려."

Q는 막돼먹은 놈이라고 호통치며 따귀라도 갈겨 줄 것 같았지만, 팔순 노인은 예의 그 손짓으로 바둑을 둔다.

"여보게, 저 달리기 놀이는 나의 기를 돋우려고 있는 힘을 다하는 것 같으이."

구순 노인이 중얼거린다.

무언가 지피는 양, 선생이 이마를 탁, 탁, 탁, 세 번 친다.

"늘그막에 두 분이 혈혈단신이라 동고동락 하신다우."

짚고 땡 누님이 바람에 실려 온 개털을 손바람으로 막는다. 환호성이 절정에 달하더니, 달리기 대회는 진돗개 1위, 린드버그 2위, 똥개 3위로 판정 난다. 나귀도 개들의 경주에 흥이 나는지 뜀뛰기 하곤 멈춘다.

"우린 한 식구라오. 날마다 시어미 도끼눈과 며느리 암팡눈이 맞대결하자니 바람 잘 날 없어 내가 먼저 뛰쳐나왔지만 갈 곳이 없잖아. 마침맞게 노인정에서 알게 된 왕 어른께서 발 뻗을만한 집칸이 있어 더불어 살자고 하셔서 살판난 게지. 두 분 어르신이 독거노인 연금을 받아 돈 걱정 안 해도 되고. 난 두 분의 가정부가 되어 밥 짓고 살림 꾸려가며 살아가노라니 천국이 따로 없다 싶더라고."

"그야말로 짚고 땡이 되셨군요."

Q가 노파에게도 간지럼을 태운다.

"우리 옛 선비들이 노후에 선호했던 삶의 지침으로 구족계가 있었다네. 책 한 시렁, 거문고 하나, 신발 한 켤레, 베개 하나, 남으로 난 창 하나, 햇볕 쬘 쪽마루 하나, 차 끓일 화로 하나, 지팡이 하나, 나귀 한 마리면 더 바랄 게 없다는 거였어. 청빈을 지조로 삼았던, 우리 선비들의 겸허한 삶을 대변한 거라 할지."

나귀를 보자, 문득 그 생각이 떠올랐다며, 구순 노인이 돋보기를 벗곤 낀다.

"거북이와 토끼 경주가 기억나는군요. 쉼 없이 기어가던 거북이가 이기고 교만 떨던 토끼가 잠들어 느림보가 된 이야기 말입니다. 깡충깡충 뛰던 토끼도 쉬어야만 하지 않겠습니까. 또 져야만 이길 비결도 나오는 법이거든요. 말씀 귀담아 듣고 갑니다."

선생이 노인들에게 인사 올리곤 고삐를 잡는다.

"이젠 제가 길잡이가 되겠습니다."

Q가 순순히 나귀 등에 오른다.

기념식수

그들이 걸음을 멈춘 곳은 소나무 숲이다. 융건릉으로 가는 길목이다. 여기저기 가족들이 모여 도란도란 이야기를 나눈다.

선생이 매표소에서 3개의 표를 산다. 능을 지키던 경비원이 나귀를 저지한다. 선생이 표를 내밀자, 너그러이 받아들인다.

어느 가족이 잔디밭에서 공놀이한다. 아빠랑 딸이, 엄마랑 아들이 한 조가 되어 서로 발목 묶어 아름드리 치솟은 소나무를 돌고 오는 놀이다. 먼저 아들 조가 넘어지자, 뒤이어 딸 조가 넘어진다. 그들 가족은 잔디밭을 뒹굴며 폭소를 터뜨린다. 그들 밝은 웃음소리가 소나무 사이를 맴도는 까치 울음소리와 화음을 이룬다.

나귀가 어느 소나무 앞에서 걸음을 멈춘다.

"공이 미인송들에게 반했나 보구려. 임금의 관을 짜는데 필요한 질이 썩 좋은, 황장목이라고도 불리죠."

Q가 미인송 솔잎을 쓰다듬는다.

"우리 집 뜰에도 소나무 한 그루가 있답니다. 제가 태어난 날에 아버님이 심은 기념식수였지요. 삼대독자니 그럴 수밖에요. 어린 순일 땐 저랑 키 재기 하며 자랐지만, 불혹을 앞둔 지금은 제 키의 열 배나 크지요."

"자태가 우람해 위용이 돋보이지 않습디까?"

"아뇨. 군더더기 없이 늘씬한 체격이랄지. 몸통이 ㄱ자로 구부러지면서도 위로 솟구쳐 양팔을 벌린 양 가지들을 뻗쳐, 아담한

정취가 돋보입니다."

어린 시절엔 그 소나무가 저의 동무처럼 보였다. 점점 자랄수록 잎이 가시와 바늘처럼 저를 꼭꼭 찌를 것 같아 겁먹기도 했다. 이십 세가 지나자, 우러러보는 게 해와 달만이 아닌 그 소나무도 저를 사로잡았다. 그 나뭇가지 사이로 달이 비쳐 마당에 드리운 그림자가 마냥 정겹다. 아침 해와 지는 해의 자태와 따스함이 그 그림자에도 녹아들며 종당엔 그 소나무에 동화되기도 했다. 바로 제가 한 그루 소나무가 되리란 소망마저 품게 해 고시 공부에 뛰어들었다. 요즈음은 그 나무를 타고 올라 잎을 만지면 어떻게나 부드럽든지. 세상의 잘못을 꿰매고 감싸는 잎맥의 혼인 양 저를 사로잡지 뭡니까. 과하지도 부족하지도 않게끔 균형 감각을 유지하며 굽이진 나무의 몸통과 가지의 굴곡은 바로 아름다움이었지요. 때맞춰 저도 그 자태를 닮아야 한다던 깨달음이 오더이다.

고백하는 선생의 낯빛이 환하다.

"그런 사례를 아드님에게 일깨운 아버님이 진정 한그루 소나무로 우뚝 서 보입니다."

미인송 위에서 강한 빛이 쏟아내려 그들을 비춘다.

"아버님은 한동안 정계에 입문하셨지만, 좌절해 뜻을 접고 선한 농부로 살아가는 걸 업으로 여기신답니다. 그 소나무를 어루만지며 돌보는 걸 낙으로 삼으시며. 저에게도 그러셨지만 하도 말썽 피운 불효자였으니."

Q가 침묵해, 선생이 뒷말을 잇는다.

"농가엔 거의 개를 기르잖습니까. 저희 집은 그 소나무가 집 지킴이인 셈이죠."

개가 주인의 충복으로 도둑을 쫓는 거라면, 우리 집은 그 소나무가 그 역을 담당하는 거랄지. 도둑들이 얼마나 영악한지 개도 도둑질하는 세태 아닌지요. 하지만 우리 동네엔 도둑이 들어도 우리 집엔 도둑이 들지 않았어요. 비결은 도둑들이 그 소나무의 단정한 자태와 위엄에 감복했다지 뭡니까. 이 집엔 필히 재미 보려다간 잡히기 쉽다며 되레 도망친 사례가 우리 동네 어른들의 화젯거리였죠. 도둑들이 현관문 앞에 가지런히 놓인 신발을 보고 감히 그 집안으로 쳐들어가지 못한다던 예라 할지.

Q는 귀담아 듣고, 선생은 미인송들을 우러른다.

"송충이 보이지 않으니 다행이군요. 여기 소나무를 송충이가 갉아 먹는다는 보고를 받고 정조대왕이 와서 보니, 놈들이 기승을 부렸거든요. '아무리 미물일지언정 네 어찌 내가 부친을 그리워하며 정성껏 가꾼 소나무를 갉아 먹느냐.' 임금이 꾸짖으며 송충을 잡아 질겅질겅 깨물자, 천둥 번개와 장대비가 쏟아져 송충이 사라졌다던 전설이 전해 오잖습니까. 저기 나는 까마귀 떼 말입니다. 그 울음소리가 뒤주 안에 갇힌 사도세자의 울부짖음 같군요. 이럴 땐 목을 틔울 술이 그리운데."

선생이 칵칵 가래침을 뱉으며, 양쪽 주머니에 든 소주병을 꺼내 하나는 Q에게 건넨다.

"나도 마찬가지라오. 이젠 술은 그만 마십시다."

"효의 태자리라서 그런 겁니까?"

반문하며 선생도 술병을 휴지통에 버린다.

나귀가 미인송 곁에 수긋한 자세로 앉는다.

"저 미인송이 공을 즐겁게 하나 봅니다."

Q가 흐뭇해하자, 선생이 화답한다.

"인석이 얼마나 영특한지, 우리에게 묘지 참배 잘 다녀오시란 뜻 아니겠습니까."

선생도 Q도 타박타박 걸어 융건릉 앞에 선다. 사도세자와 혜경궁 홍씨의 합장묘가 단아하면서도 품격이 돋보인다.

"전 여기 오면 풀벌레 울음소리도 나뭇잎 하나 흔들림도, 아바마마를 부르던 정조대왕의 옥음을 듣는 듯해 괜스레 눈시울이 붉어집니다."

선생이 양손으로 눈을 문지르자. 머리 묶은 고무줄이 풀어져 머릿결이 바람에 나풀거린다.

"효의 상징으로 추앙받는 수원을 수원답게 하는 곳 아니겠습니까."

Q가 목에 가시가 걸린 듯 탁음을 낸다.

그들이 융건릉을 참배하고 되돌아오자, 나귀가 눈을 끔벅거린다.

"좀 쉬었다 갑시다."

선생이 권하자, Q도 느긋한 자세로 잔디밭에 드러눕는다.

"인석이 괜찮은 건 술을 마셔도 걱정 없이 타거든요. 승용차처럼 기름 값이 들거나 세금을 내지 않아도 됩디다. 값도 오토바이 정도밖에 되지 않고요. 집 앞 논에 매어놓고 풀을 뜯게 하니 먹이 값도 들지 않더라고요. 동네 사람들도 저의 승마에 파이팅이라며 열렬한 응원을 보내므로 용기를 얻기도 했지요."

"공을 돈 주고 샀단 말입니까?"

제주도에 가서 삼백오십만 원을 주고 사 왔다는 걸, 선생이 밝힌다.

"저는 여기서 얼마 안 떨어진 명당골에서 자랐어요."

초등학교 교장 선생님은 학생들에게 '효도하겠습니다' 인사말을 시키고는 효가 행동의 근본이라며 누누이 강조하셨습니다. 교훈도 '참 사람다운 사람'이었지요. 전 명당골에선 천재 소리 들으며 자라, 그 천재란 압박감이 내내 저를 눌러 사법고시 십수생으로까지 이어졌고요. 사법고시에 합격해 국제인권변호사가 되는 게 효를 다한 거라 여겼거든요. 참사람다운 사람이란 남들 앞에 우뚝 서야 한다고 기염을 발한 형국이었으니. 가끔 여기 오면 어가 행렬이 있는데, 졸병들은 마음이 가볍지만, 정조대왕이라면 머리가 무거울 거란 상상에 사로잡혔달지.

"통치자가 어디 아무나 하는 겁니까."

"이젠 아버님이 소나무를 기른 그 정성으로 논에 물 대고 모심기하며 농사를 지어야겠네요. 그러면 길이 열릴 텐데, 그런 사실을 외면했지 뭡니까."

"나도 집으로 돌아갈까 하오. 가족이 기다릴 테니."

"나중에 헤어질 때 저의 머리카락을 잘라 주시겠습니까?"

선생이 헝클어진 머리채를 양손으로 빗질한다.

"물론이죠. 나의 수염은?"

"댁으로 가서 부인에게 그 수염을 자르고 면도질도 좀 해 달라 하시죠."

"나이가 나보다 아랜데 선생이라 부르게 된 이유를 이제야 알겠군."

Q도 선생도 졸음에 겨워 눈을 감는다. 나귀도 잠을 잔다. 뭉게구름 사이로 드러난 햇빛이 그들을 비춘다.

그리고 그리니 마냥 그리워

그리움에 의한 그리움을 위한 그리움의 그리움.
연인에게 온 편지를 읽고 여인도 답장을 보냈습니다.
기다림에 의한 기다림을 위한 기다림의 기다림.
그들의 절절한 가락은 서로의 만남을 앞당겼습니다.

서해안 여명산 별장에서 종이 울렸습니다. 종지기가 종을 치
면 안주인, 소녀, 일꾼들이 서로 손잡고 춤을 추었습니다. 덩달
아 다람쥐, 청설모, 두더지, 산짐승들, 비둘기, 까투리, 꿩, 새들
도 흥을 돋웠습니다. 딩 동 댕, 울림에 따라 춤사위는 절정에 달
했습니다.

그 종은 종지기 부친이 종 제조자에게 특별히 주문해 만든 명
품입니다. 종지기가 가슴에 품으면 한 아름 될 꽤나 묵직한 종이

었습니다. 겉면은 여느 종처럼 완자무늬, 호랑이, 사자, 봉의 형상을 새길만한데 무늬가 없습니다.

주문자는 제조자에게 의문을 발했습니다.

왜 민짜일까요?

제조자가 답했습니다.

종소리는 영혼의 울림이라 겉치레는 사절이랍니다.

풀밭 위의 식탁엔 먹거리가 마련되었습니다. 느타리버섯 밥, 시래기 된장국, 더덕구이, 산초장아찌입니다. 먼저 종지기 부부가 수저를 듭니다. 소녀와 일꾼들도 새들과 산짐승들에게 먹이를 주고 나서 그들 곁에서 식사합니다.

종지기 부친이 여명산 자락에 둥지를 튼 건 위암 말기 아내를 살리기 위해서랍니다. 그는 다섯 살 아들이랑 그곳에서 보금자리를 마련했지요. 산삼, 더덕, 버섯, 약초들을 캐서 달여 먹이며 아내의 몸보신에 혼신을 쏟았습니다. 그래도 3개월 시한부 생명의 아내는 딸을 낳고 3년 지나 숨겼습니다.

종지기 부모는 여명산 아래 동네에서 자라며 고교를 졸업하고 부부가 되었습니다. 그들은 살아야 할 책무에 짓눌리자, 별리의 아픔을 겪었던 겁니다.

그 동네 적벽돌 건물이 신성 예배당입니다. 영국 선교사들이 드나들며 복음을 전했습니다. 서해의 여명 항은 산자수려해 자주 외국 배들이 드나들었습니다. 종지기 부친의 삼촌이 선교사들의 사역을 돕는 그 배의 기관사였지요. 그는 삼촌의 조수로 영국, 이태리, 중국을 드나들었습니다. 식료품, 의료품, 타자기, 인쇄기, 종이 등을 배에 실어 날랐습니다. 그는 그 나라 도시들을 순례하며 편지꽂이를 아내에게 선물했습니다. 아내는 남편이 보낸 편지를 그 편지꽂이에 꽂아 두고 바라보기를 즐겼습니다. 때때로 종이학들을 접어 그 안에 보관했거든요. 그 내용도 보고프니 얼른 돌아오란 기원이었습니다.

부우웅 붕붕. 뱃고동이 울립니다. 근자에 종지기는 자신이 친종소리는 바람에 날려 보내고 저 멀리 바닷가에서 들려온 뱃고동 소리에 귀 밝았습니다. 거리감이란 당사자의 품은 감성에 따라 멀고도 가깝다는 걸 헤아렸습니다. 해 뜰 때와 해 질 때는 파란 하늘과 맞닿은 바다의 파랑에 무지갯빛이 아롱거려 종지기는 가슴이 울렁거렸습니다.

"떠나고 싶어."

종지기의 달뜬 목소리에 다래가 의문을 제기합니다.

"어디로?"

"멀고도 먼 곳으로."

"그렇다면 타종이란 이름을 반납해야 되겠네."

종지기 부친은 아들 이름을 타종이라 불렀습니다. 그는 아들이 일곱 살이 되자, 종지기를 맡겼습니다.

배꼽시계는 정확하거든. 아침 7시, 저녁 7시에 치도록 해. 넌 앞으로 초등생이 되니 성년식을 치르기까진 내가 점심시간을 맡으마.

그는 딸의 이름도 타옥이라 불렀습니다. 종소리가 옥소리로 들리게끔 그리 불렀습니다. 그건 아내의 유언이었습니다. 딸은 자랄수록 발육이 더뎌 발음이 정확하지 못하고 말귀도 잘 못 알아들었습니다. 임부가 위암 환자인 데다 난산 끝에 낳은 후유증일 겁니다. 타인들과 대화할 땐 몇 번이나 질문해 찡그린 얼굴이 됩니다. 종소리를 옥소리로 여긴다는 건 타인의 목소리도 귀 밝히 들린다는 뜻입니다.

타종이 여명산을 떠난 건 보다 나은 내일에 소망 둔 몸부림이기도 합니다. 여명산에서의 생활이란 약초를 캐고 텃밭 가꾸며 채소나 과일 기르기의 되풀이였습니다. 대해를 드나들며 외지의 풍물에 젖고 싶었습니다. 어느 땐 필히 여명산을 떠나리란 바람이 싹을 틔웠습니다. 영국 선교사들에게 영어를 익힌 것도 그 뜻을 이루기 위해서랍니다.

"나 혼자서 어떻게 감당해."

어떻게 미숙아인 시누랑 세월을 길쌈하며 버티느냔 뜻입니다.

"염려 마. 정신 연령이 낮지만 많이 나아졌잖아. 몸피도 숙녀티가 보이고."

"상상력을 너무 부풀리면 안 돼. 저 멀리 바다를 건너면 살맛을 제공할 낙원이 기다린다? 아니야. 난 세상사란 기대감을 져버린 잔인함이란 걸 일찍 경험했거든."

다래는 일곱 살 때 부모가 어선을 타고 파도에 휩쓸려 숨진 걸 목격했습니다. 고교 동창인 타종의 구혼에 응한 건 여명산의 주인이란 겁니다. 여명산은 무한정 열린 자연의 보고였지요. 일만여 평의 토지는 자신이 기거하던 당숙 댁의 부엌방과는 비교가안 된 넓디넓은 별천지였습니다. 다래는 그 별천지에서 맘껏 뛰놀 야생마가 되고 싶었습니다. 하지만 여명산은 마냥 손재며 뛰놀 보금자리가 아니었습니다. 자신이 노력해야만 얻는 삶의 터전이었지요.

"암튼 난 어릴 때부터 산 사람이 되어 바깥세상엔 눈이 어둡거든. 더 눈멀기 전, 밝히 세상을 알고파. 이젠 산 생활이 신물 나."

타종의 고집은 단호했습니다.

타옥은 자주 올케가 하는 일을 훼방 놓았습니다. 아빠가 숨지자, 타옥은 애오라지 오빠에게 의지한 걸 생의 보람으로 여겼습니다. 오빠의 사랑을 독차지 하고픈 간절함이 왜곡된 심보로 나타났습니다. 한밤중에 부부 침실로 뛰어든다든지, 울음보를 터뜨리면 한나절을 울부짖어 주위를 경악케 했습니다. 부화기에 달걀을 넣어놓으면 그걸 냇물에 흘려보냈습니다.

왜 그래?

다래가 노려보았습니다.

다다가갈 꺼꺼지질을 개깨고 나오려는 아기 벼벼아리리가 가가여엽거거든.

타옥이 훌쩍였습니다.

다래는 시누의 여린 심성이라 이해했습니다. 빨랫줄에 널어놓은 자신의 옷들에 그런 건 참을 수 없는 모욕이었습니다. 올케는 시누의 멱살을 쥐고 계곡으로 갔습니다. 바위 틈새로 흘러내린 청정수가 소용돌이치며 흘렀습니다.

"너도 저 냇물에 흘려보낼까 봐."

"그그러러게 해 바봐."

타옥도 지지 않고 맞섰습니다.

그로부터 달포쯤 지났습니다. 시누가 오동나무를 타고 우듬지에 올라 만세 삼창을 외친 걸 보고 다래는 아찔했습니다. 매가 불쑥 날아와 창공에서 맴돌았습니다. 다래는 산속에서 매가 토끼 내장을 파먹던 걸 목격했거든요.

"이 나무를 톱으로 잘라?"

그제야 시누의 강한 저항이 수그러들었습니다.

시누의 사고뭉치 짓거리에 다래는 드러눕기까지 했습니다. 올케와 시누와의 첨예한 갈등이 수그러진 건 어느 날 밤에 일어난 화재 사건이었습니다. 그날따라 다래는 자정이 넘어도 잠이 오지 않았습니다. 바깥으로 나온 다래는 별장 옆의 공방에 불이 난 걸 보고 달려가 불 속에서 허우적거린 시누를 껴안고 바깥으로 나왔습니다. 그 공방은 타종 부자가 무엇을 다듬는다든지 허드렛 물건들을 쌓아 둔 곳입니다. 타옥이 촛불에 불을 밝히려는데 불붙은 성냥개비가 아래로 떨어져 나무 부스러기에 닿아 일어난 사건입니다.

타종은 외지로 떠날 때 종지기를 타옥에게 맡겼습니다. 몇 차례 시험을 거쳐서입니다. 종을 칠 때 겸허한 자세가 되는가. 시간을 정확히 볼 줄 아는가. 종소리를 웬만큼 가늠하는가, 등입니다. 그것들은 여명산 종지기가 갖춰야 할 기본 조건이라 타옥은 어렵사리 통과했습니다.

다래는 여명산의 야생마 노릇은 포기하고, 약초를 다룰 한의사가 되고 싶었습니다. 자신의 허약한 몸을 치료하기 위해서도 여명산 만 한 곳이 없다는 걸 터득했거든요. 꾸지뽕 달인 물로 간장을 만든다든지, 우슬초 뿌리를 말려 달여 마시면 무릎 관절의 통증이 멎습니다. 때때로 뽕나무 위로 올라가 가지들을 흔듭니다. 오디들이 아래로 떨어지면, 그것들을 대야에 주워 담아 발로 오디를 밟습니다. 오디에서 배어 나온 자주색 물로 하얀 면티에 물을 들입니다. 모시옷엔 치자 물을 들입니다. 그런 행위는 다래를 살맛 나게 합니다. 악성 피부병이 사라져서입니다. 마의 뿌리는 밥솥에 넣어 찌기도 굽기도 합니다. 그걸 말려 가루로 내어 차로 끓여 마셔도 급체가 사라집니다. 어쩌다 멧돼지가 우슬초 밭을 지나치면 그 잔가지가 털에 묻힙니다. 멍멍이에게 쫓긴 멧돼지가 비탈길에서 굴러떨어져 헉헉 비명을 지르고 몸채를 비비 꼽니다. 그러면 '꼬시다 꼬시다' 노래 부르던 타옥의 외침이 종소리와 더불어 한낮의 정적을 깨뜨립니다. 새들이 마의 넝쿨에 올라 그 씨를 냠냠거려 속상했는데, 그 씨가 땅에 떨어져 싹을 잘도 틔웠습니다. 그러므로 새들을 먹잇감의 적으로 여겨서도 안 된다는, 상생의 원칙에 어긋나서도 안 된다던 이치도 깨달았습니다.

처음 여명산의 안주인이 되고부터 다래의 일과는 산짐승들, 벌레들, 새들과의 전쟁이었습니다. 땅콩을 심으면 너구리가 파먹고 청설모가 호두를 냠냠거렸습니다. 채소를 심으면 멧돼지가 쑥대밭을 만들었습니다. 나무토막에 버섯 종균을 심으면 벌레들이 파먹고, 병아리와 닭을 매가 잡아갔습니다. 그에 따른 방비로 멧돼지가 도라지와 고사리를 싫어해 텃밭에 많이 심었습니다. 채소와 과일을 심은 곳엔 울타리를 쳐도 놈들의 근접을 막진 못했습니다. 종당엔 그들과의 전쟁에 지쳐 서로 공존해야 한다는 상생의 경지에 이른 것입니다. 수확의 3분의 1은 취득하고 나머지는 내 몫이 아니란 걸 깨닫고부터 그들도 수그러져 선한 이웃이 된 겁니다. 야생의 본능이란 상대가 강할수록 방어의 기질이 극에 이른다는 걸 체험했습니다.

파프리카는 속엣걸 드러내고 그 안에 쌀을 넣어 밥솥에 찌면 영양밥이 됩니다. 대통밥도 그렇습니다. 도라지꽃 말린 것도 차로 끓여 마십니다. 저수지에서 메기를 잡아 매운탕을 끓이고, 장어를 잡아 구워 먹으려는데 지나치던 약초꾼이 입맛 다십니다.

장어 껍질이 질기군요.

칼질하던 다래에게 약초꾼이 거듭니다.

놈의 껍질이 얼마나 질긴지 일본 사람들은 게다 끈을 만들었다니까요.

다래는 산삼을 캐고 고사리를 뜯기도, 장뇌삼을 심어 가꾸기도 합니다. 그것들은 좋은 수입원이 되었습니다. 나뭇가지 사이에 해먹을 달아 오수에 졸기도 합니다. 댓잎이나 소나무 잎을 황토방에 넣어 찜질하면 몸이 날아갈 듯 가뿐해졌습니다. 그런 친환경 치료법은 자신도 타옥도 양약이 되어 여명산이 치료의 보고라고 여겼습니다.

다래의 별칭이 '하고잽이' 입니다. 서해의 토속어인데, 무슨 일에든지 설쳐댄 기질을 타고나서랍니다. 그런 경우는 실수도 따르지만 바지런함을 뛰어넘어 산사람의 삶엔 윤활유가 되었습니다.

종은 공방 앞에 걸렸습니다. 아침에 일어나면 타옥이 먼저 하는 게 새하얀 타월로 종을 닦는 겁니다. 타옥도 17세가 되자, 종이 달린 키만큼 자랐습니다. 종은 타종 남매의 지문에 힘입어 반질반질 윤이 납니다. 사람 몸의 기름은 쇠나 나무를 반질하게 하는 효력이 있다나요.

주말이면 신성예배당 장애인 교구 전도사가 여명산 별장을 방문합니다. 타옥에게 발음 교정을 지도하기 위해서랍니다. 타종이 외지로 떠날 때 친구에게 부탁해서입니다. 다래도 남편의 부재로 시누가 허전함을 메우기 위해선 괜찮다고 여깁니다.

"입을 벌려 혀를 날름거려 봐."

타옥은 재성의 흉내를 냅니다.

"배뱀처럼? 무서워워."

그러더니 표정을 바꾸고는 생색냅니다.

"오빠, 우리 하모니카를 누가 잘 부나 내기할까?"

발음도 정확합니다. 그 말을 하기 위해 연습에 연습을 거듭했거든요. 재성의 놀란 표정이 타옥의 눈동자에 비칩니다.

"언제 하모니카 다루기를 익혔어?"

타옥이 양손을 재성 앞으로 내밉니다. 갓 찐 찰옥수수 2개가 타옥의 손에서 김을 피웁니다. 그들은 찰옥수수를 입으로 가져갑니다.

그들의 만남 뒤엔 시누의 투정이 덜하기에 다래도 재성을 반깁니다.

"부군의 소식은?"

재성의 물음에 다래의 대답이 신통찮습니다.

"달포 전, 런던에서 파푸아 뉴기니로 간다는 소식 외는 감감해요."

"저에게도 그러고선 무소식이랍니다."

처음 다래는 파푸아 뉴기니가 아프리카의 오지라 여겼습니다. 지도를 펴 보곤 오세아니아의 섬나라이며 인도네시아의 동쪽, 오스트레일리아 북쪽에 있는 곳임을 알았습니다.

타종도 삼촌의 직업을 이어받은 사촌 형의 조수로 영입돼 배를 타고 떠났습니다. 떠나면서도 타종의 관심사는 여동생의 안녕이었습니다. 타옥을 부탁해. 타종은 아내의 등을 토닥였습니다. 나는 관심조차 없나 봐. 그러면서도 다래는 시누의 안녕이 남편과 자신에게 안겨진 의무란 각오를 다졌습니다.

다래는 여명산에서 일어난 일들을 기록해 타종에게 보냈습니다. 남편에게 온 편지는 짤막했습니다.

어제저녁, 런던에 당도했어. 현지인들과 대화가 수월해 영어를 익힌 게 얼마나 다행인지 몰라.

어찌 영어 타령일까 보냐. 자기 '워털루 다리'에 가서 그 분위기를 알려 주었음 좋을 텐데.

영화 〈애수〉의 장면을 떠올린 다래의 답장이었습니다.

여긴 북경이야. 만리장성을 견학했지만, 부분만 보니 실망했어.

난 어떡해. 자기 혼자만 세계 명소를 여행하니.

몇 년 후엔 타옥이랑 같이 여행하도록 해. 나폴리항이 세계 미항으로 손꼽힌다지만 여명항보다 정취가 덜해 실망했어.

아무리 세계 미항이 여명항보다 못할까 봐. 자긴 근시안이 아니잖아, 요는 단시일에 본 감각으로 세상을 저울질하면 우를 범하기 쉬운 거거든.

그런 내용들이었습니다.

파푸아 뉴기니로 간다는 편지 다음엔 소식이 감감해도 다래는 표정을 들레지 않았습니다. 타옥이 상처 입을까 봐서입니다. 남편의 무소식으로 끙끙 앓기엔 눈앞에 전개된 할 일들이 많아 손쓸 여유도 없습니다. 신성교회 목사도 런던 교회 선교사들이 행방을 알기 위해 수소문하니 기다려 보자고 하여, 근심을 가라앉혔습니다.

타옥은 재성의 보살핌으로 오빠의 빈자리를 어느 정도 메웠습니다.

이게 뭐게?

타옥이 창고 안에 든 걸 꺼내 와서 새실새실 웃습니다.

글쎄, 그게 뭘까?

재성은 딴청 피웁니다.

오빠도 차참, 보구래자잔아.

그래, 네가 그걸 끌면 난 소가 될게.

재성의 승낙에 타옥도 신바람 냅니다.

저 밭의 흙을 일궈야만 채소를 심거든.

재성은 타옥이 가져온 보구래를 끌고 소 흉내도 냅니다.

타옥이 창고 안에 든 지게를 꺼내 오면 그게 헐어 재성은 다른 나무토막을 잇대 새것인 양 고칩니다.

오빠, 우리 산에 올라 약초를 개캐 응? 무슨 약초를? 재성이 물으면 타옥이 배앓이 흉내를 냅니다. 그래, 삽주뿌리를 캐 오자꾸나. 다래에게 미리 귀띔받은 재성이 지게를 지고 타옥은 뒤따릅니다. 그러면서 재성은 타옥에게 발음 교정시키며 자신도 약초의 기본 상식을 익힙니다.

그런 나날을 보내도 타옥의 사고뭉치 근성이 사그라진 건 아니었습니다. 9월 초순, 불볕더위가 지나고 초가을의 신선한 바람이 불자, 바람벽이 되살아났습니다. 그날도 느티나무 둥치를 타고 오른 호박 줄기마다 꽃을 피워 샛노란 꽃송이에 나비들이 입맞췄습니다. 그날따라 느티나무가 호박꽃 나무로 장식되어 시선을 끌었습니다. 타옥이 나비를 잡기 위해 느티나무 가지에 올라 매미채를 휘둘렀습니다. 꽃송이에 숨은 벌들이 날아올라 침입자의 팔다리를 물었습니다. 얼결에 침입자는 나무 아래로 떨어졌습니다. 타옥이 깨어난 건 이튿날 저녁때였습니다.

"왕벌이 아닌 게 천만다행이지. 다리를 다쳐 절뚝발이가 되면? 뇌에 이상이 있어 숨지면 어떡해."

다래의 환영사가 탄식에 녹아들었습니다. 벌에 쏘인 팔다리가 통통 부어 꿀을 바르기도 하고 연잎을 찧어 상처에 발라 위기를 면한 셈입니다. 안면지기 약초꾼의 안마도 효력을 발했습니다.

"미미안해. 고고마워."

타옥이 사과함으로 다래는 화를 삭였습니다.

타종의 부친은 틈만 나면 별장에서 연을 만들었습니다. 직사각형의 무채색입니다. 그는 주말이면 그곳에 숨진 아내에게 보낼 편지를 써서 하늘 높이 띄웠습니다.

타옥이 엄마가 보고파 밤새 울어 나도 울었소.

멍멍이가 새끼를 일곱 마리 낳았다오.

며늘아기가 청국장 발효 때 온도를 못 맞춰 발 냄새가 나는데 새삼 그대 솜씨가 그립소.

외지에서 편지를 띄울 때처럼 그 주일에 일어난 일들을 보고했습니다.

그대 그리워 몸살 앓는다오. 간밤엔 천사의 안내로 내가 하늘나라로 가서 그대랑 합궁했는데 팬티가 촉촉이 젖었다오.

이튿날 새벽, 그는 부인의 묘지 앞에서 숨졌습니다. 타종 부부는 부친이 심장마비인 줄 여기고 그 시신을 모친 묘 옆에 묻었습니다.

타옥은 부친이 남긴 연을 곧잘 띄웠습니다. 한밤중에 공방으로 들어간 건 연을 날리기 위해서입니다. 연에 아빠 엄마 얼굴을 그리기도, 보고프다는 내용을 적기도 했습니다. 교회학교에서 한글과 숫자 셈하기를 배워 타옥은 나날이 다르게 지혜가 늘었습니다. 연날리기 이외에도 타옥이 즐긴 건 자신의 방 벽에 걸린 편지꽂이에 꽃을 장식하는 겁니다. 꽃은 장미, 코스모스, 풀꽃 등, 계절 따라 다르게도, 꽈리나 까치 먹이를 줄기째로 꽂곤 했습니다.

편지꽂이는 4개입니다. 중국제는 직사각형에 박쥐가 거꾸로 매달린 모양새입니다. 타종 모친은 남편에게 궁금증을 나타냈습니다.

박쥐 눈총이 얼마나 매운지 쓰러질 것 같아.

놈들의 눈총이 매워야만 호신용 구실을 한다나. 이곳 동굴에도 박쥐가 드물진 않잖아.

여명산 동굴은 그들 가족의 식품 보관소입니다. 별장 가까운 곳에 있는데 온도가 낮아 김치나 계절 따라 수확한 채소들을 보관한 곳입니다. 여명산은 전기가 개통되지 않아 그들 부부는 동굴을 냉장고로 사용합니다. 가끔 박쥐들이 드나들지만 성가실 정도는 아닙니다.

중국 사람들은 박쥐를 귀히 여기거든. 박쥐를 한자로 복福이라 하는데 복福이라 여기기도 해. 우리나라도 가락지나 노리개에 박쥐 문양이 많잖아. 그 편지꽂이 나무판자를 붉게 칠한 건 귀신과 벌레가 빨강을 싫어한대. 이걸 공방 입구에 걸어놓으면 부적 구실도 할 것 같아.

타종 부친은 영국제 편지꽂이는 하얀 바탕에 홍장미가 그려져 화사함을 풍기는데 별장 거실에, 이태리제는 검정 채색에 백합이 그려져 안방 벽에 걸었습니다. 그는 손수 다듬은 편지꽂이는 딸에게 선물했습니다. 오동나무에 옻칠한, 2층으로 된 것입니다. 1

층에는 활짝 핀 봉숭아가 새겨졌고 2층은 양손 손톱에 봉숭아 꽃물 들인 그림이 그려졌습니다.

여명산의 명물은 숲, 계곡, 종도 있지만, 봉숭아도 그에 못지않습니다. 산자락을 타고 봉숭아가 하얗게 피었습니다. 타옥의 부친이 그곳에 흰 봉숭아 씨를 뿌렸던 겁니다.

빨강, 분홍은 얻다 두고 흰 씨앗만 뿌려?

아내가 물으면 그는 흔쾌히 답했습니다.

그건 독이 있다더라. 토종 흰 봉숭아는 약효도 특출하고 버릴 게 없대. 피를 맑게 하며 두통, 중풍, 변비에도 좋다나. 관절, 피부병에도 그렇고.

그는 흰 봉숭아를 말려 가루를 내기도, 술을 담기도 해 가정상비약으로 사용했습니다. 그리고 딸과 아내의 손톱에 봉숭아 꽃물도 들여 주었습니다.

왜 흰 꽃이 붉게 변할까? 잎사귀도 초록인데 그렇잖아.

아내의 물음에 그는 고개를 갸우뚱합니다.

세상 만물은 저만이 지닌 자존심을 지녔달까. 인간도 한을 품으면 그게 핏덩어리로 변해 객혈로 쏟아지잖아. 자연은 자연 그대로 받아들여야지 의심을 발하면 세상천지가 의문 부호이게.

의심하면 할수록 그 의문 부호가 공중을 떠다닌다. 덩달아 음표라 여기고 도미솔 노래를 불러야겠네.

그도 아내도 통쾌하게 웃었습니다.

딸은 말귀를 잘못 알아듣고 말을 더듬거려도 총명했습니다. 눈치도 빠릅니다. 그래도 더딘 발육은 역반응으로 나타나 왈가닥으로 변해 주위를 경악할 때가 많았던 겁니다.

타옥이 일곱 살 때였습니다

우리 예삐, 보름달을 지녔구나.

열 개의 꽃밥 먹은 손톱에선 빨간 물이 들었습니다. 아빠는 하늘에 뜬 보름달을 손짓하고선 딸내미 손에 물들인 걸 양손으로 감쌌습니다.

보르름다달은 하느늘에 뜨는 거자잔아. 이건 예수님 보혈.

예수님 보혈을 더듬지 않고 대답해 아빠의 흔쾌한 반응이 뒤따랐습니다. 타옥은 평소에도 꼭 하고자 하면 발음이 정확합니다. 난 재성 오빠가 좋은 걸. 타옥은 재성에게 호감을 느낄 때도 발음이 정확했습니다.

넌 존귀한 걸 지녔으니 이웃의 천사가 되렴.

그러고선 딸내미의 찡그린 얼굴을 바로 잡아 주고, 이웃들에겐 친절히 대해야 한다는 걸 일깨웠습니다.

그는 빨강과 분홍의 봉숭아 씨앗은 별장 둘레와 장독대 옆과 산속으로 오른 길가에 뿌렸습니다. 보기에도 아름답지만, 봉숭아 향내를 싫어한 뱀의 근접을 막기 위해서입니다. 더욱이 신성교회 목사랑 의논해 여성도들에게도 봉숭아 꽃물들이기를 권했습니다. 서로 손을 잡으면 온기가 전해집니다. 손톱에 보름달이 뜨고 예수님 보혈을 지녔다는 건 성도들에겐 활력소가 되어 서로 친애를 다지는 버팀목이 되었습니다.

딩동댕, 종소리가 맑게 울립니다. 그 음에 맞춰 타옥의 손놀림이 가락 젖기로 변합니다.

아침마다 종과 마주치면 타옥은 흥얼거립니다.

아빠 엄마, 밤새 안녕? 오빠도 안녕? 근자엔 한 사람이 더 늘었습니다. 재성 오빠도 안녕? 그 모습을 다래가 보고 시누 곁으로 다가갑니다.

"내 모습은 안 비쳐?"

"미안해. 언젠가는 비치겠지."

발음도 정확합니다.

"괜찮아. 만일 거짓 흉내 냈다간 화를 냈을 거야. 오빠 보고 물어봐. 지금 어디 계세요, 라고."

시누의 신통력에 감화받아 다래가 궁금증을 나타냅니다. 아직도 남편의 소식은 감감합니다. 신성예배당 목사도 여전히 행방을 모른다는 겁니다.

타옥은 잠시 머뭇거리더니 환한 얼굴로 화답합니다.

"나를 보고 웃는 것 외엔. 언젠가는 어디에서 그러는지 볼 수 있을 거야."

하도 시누의 해답이 명쾌해 다래는 타옥의 등을 토닥였습니다.

"아무렴. 이 종이 길잡이가 되어 오빠의 행방도. 아니, 여명산으로 돌아오실 거야."

근자엔 타옥의 발음이 껄끄럽지 않아 듣기에도 거북하지 않습니다. 신성예배당에서 타옥의 성년식을 치른 날입니다.

"재성 오빠가 잘 가르쳐 줘 제가 이만큼 말을 잘합니다."

타옥의 간증을 듣고 성도들은 박수치며 환호했습니다. 그들은 타옥이 남들의 말귀도 잘 알아듣는 건 영기가 뚫리기도, 성령이 임했다고 덕담을 쏟았습니다.

여명산 자락을 타고 나무마다 단풍이 빨갛게 물들었습니다. 재성과 타옥은 산자락을 타고 오릅니다. 다람쥐가 그들을 앞서 달립니다. 그들은 길섶에 선 갈참나무 아래 바위 위에 걸터앉습니다. 다람쥐가 갈참나무 등허리를 타고 오릅니다. 갈참나무에서 도토리가 떨어져 타옥의 이마에 알밤을 먹입니다.

"오빠, 저것들이 내게 용용 죽겠지 약 올리잖아."

타옥의 목소리가 달뜹니다.

"내가 그 자국을 지워 줄게."

재성이 타옥의 이마에 입맞춤합니다.

그들은 나란히 손잡고 걸어 타옥의 부모 산소 앞에 이르렀습니다. 타옥이 품속에 든 주머니를 꺼내 치마폭에 쏟습니다. 종이 학들이 드러납니다.

"엄마가 접은 것들이야."

타옥이 그중 하나를 펼쳐 재성에게 건넵니다.

'손톱의 보름달이 기울어 손톱을 깎아내니 초승달이잖아. 하늘에 뜬 초승달, 내 눈썹 초승달, 내 손톱 초승달, 그걸 지니며 얼마나 나날을 물레질해야만 하마하마 기다린 님이 오실까.'

재성의 목소리가 낭랑하게 울리자, 타옥의 눈가에 이슬이 맺힙니다. 재성은 그 눈물을 혀로 핥습니다.

타종이 귀가한 건 3년 지난 부활주일 아침이었습니다. 그동안 무소식인 건 비행기가 밀림 속에 추락해 사지를 헤맨 탓입니다. 파푸아 뉴기니로 가려면 태평양 연안에 내려 비행기를 타야만 합니다. 그 오지에서 선교사 부부가 현지인들에게 사역한 물자를 운송하기 위해서입니다. 비행기 기장과 통역사, 물건 배달원 타종은 가끔 그곳으로 가서 선교사 부부를 돕곤 했지요. 비행기가 추락했지만, 숲이 우거진 곳이라 기장도 탑승자들도 찰과상을 입은 것 외엔 별다른 위험도 피해도 없었습니다. 그 나라 동쪽은 독립 국가인 파푸아 뉴기니입니다. 서쪽은 인도네시아가 통치합니다. 그런 까닭에 국경지대에선 두 나라 주민들이 독립을 위해 자주 총격전이 벌어졌습니다. 타종 일행은 인도네시아 군인들에게 붙잡혔습니다. 그리하여 국제 보호법에 따라 인도네시아 수도 자카르타로 끌려가서 감방살이한 게 그만한 세월이 흘렀던 것입니다.

타종의 해쓱한 모습이 안쓰러워 다래는 그를 껴안습니다.

"도회지 생활에 익숙하려니 공기가 탁해 나의 뇌를 흐리게 하잖아. 종당엔 죽음으로 이끌까 봐 전전긍긍했어. 또 하나."

"뭔데?"

"식사 때마다 종소리가 귓가에 쟁쟁거렸거든. 여명산의 우리 종소리가."

"아무렴. 이 세상에 여명산 만한 쉼터가 어디 있담."

"피곤해. 쉬고 싶어."

"자장가를 불러줄 테니 천년 잠을 자는 왕자가 되렴."

다래의 환영사입니다.

타옥도 덩달아 종을 칩니다. 딩동댕, 울림에 따라 타옥의 환영사가 종소리에 잦아듭니다.

오빠가 환히 웃으며 달려오는 모습이 종에 비쳤지 뭐야.

결을 향한 단상

숨결

아이를 잉태하고 마마가 태동을 느낀 건 파파랑 합궁할 때라고 했다. 태동은 여인이 임신한 지 3개월쯤 돼야 나타나는 징조였다. 하지만 마마는 파파의 정액이 자신의 자궁에 둥지를 튼 순간, 꼬끼오 꼬꼬, 수탉의 자명종이 울리더란 것이다. 그 자명종은 새벽의 미명을 거두고 새날을 맞이한 청신호인 양 임부의 가슴을 달궜다. 태아는 양수 속에서 헤엄치며 하루가 다르게 눈썹만큼 몸무게를 늘리고 늘려 자신의 영역을 개척해 나갔다. 동그라미를 그리고 양팔과 양다리를 뻗어 골격을 이뤘다. 그런 사이 태아의 둥지는 임부가 알게 모르게 돌고 돌았다. 날마다 태아는 동그라미 영역엔 두상, 눈동자, 코, 입술, 귀를 세필화로 그렸다. 양팔엔 어깨, 팔꿈치, 손목, 열 손가락, 손톱 모양새를 가꿔 나갔다. 양다리엔 허벅지, 무릎, 장딴지, 발목, 발가락, 발톱을 키웠다. 마마는 태동을 느낄 때마다 태아가 새근새근 잠자기도, 쿵덕쿵덕 떡방아 찧고 풍년을 노래하기도, 이리저리 헤매며 토한 신음을 듣곤 했다. 마침내 태아는 마마의 자궁을 헤치고 천지를 깨우칠 사자후를 발했던 것이다.

바람결

아이는 쑥쑥 자라 열 살이 되었습니다. 마마 품속을 떠나 어디든 혼자서 나다니길 좋아했습니다. 일테면 풍을 맞아서 그렇다나요.

아이의 배냇짓에 군자의 덕을 읽고 우렁찬 울음소리에 장군의 기상을 노래하던 부모의 바람은 뒷전으로 밀려났습니다.

아이가 집을 떠날 채비를 서두르자, 마마는 아들 등을 토닥였습니다.

다솔아, 어디로 가든 너를 지킨 눈동자가 있음을 잊지 마라.

그러고는 신생아 때 입었던 배냇저고리를 가슴에 품게 했습니다.

아이가 집을 떠나 처음 맞닥뜨린 게 윙윙 울린 말발굽 소리였습니다. 그 소리는 어디론지 떠날 방랑벽을 일깨웠습니다. 위이잉, 울림이 귀를 간질이자, 개나리가 세상을 노랗게 색칠했습니다. 꽃샘바람에 등을 탄 아이 눈동자가 가물가물 거렸습니다. 끊어졌다 이어지고 이어졌다 끊어진, 아지랑이의 술래놀이에 아이는 동아리가 되었습니다. 양손을 휘저으며 아지랑이를 쫓았지만, 손에 잡히지 않았습니다. 바람은 언제나 아이를 앞서 달렸습니다. 아이는 쉼 없이 부는 바람이 배고플까 봐 밥을 먹이고 싶었습니다. 아이도 배가 고팠습니다. 그리하여 동산에 올라 진달래를 따 먹었습니다. 아이는 바람도 진달래랑 입 맞춘 걸 보고 어디든 성찬이 준비 돼 배고프지 않을 거라 여겼습니다. 계절 따라 먹거리들은 풍요로웠거든요. 머루, 다래, 수박, 복숭아, 사과, 배, 홍시와 곶감도 입맛 다실 먹거리였습니다. 그리고 바람은 밥과 반찬에도 입맛 다신 미식가란 걸.

아이는 훌쩍 자라 열다섯 살이 되었습니다. 소년은 바람도 산들바람, 회오리바람, 태풍도 있음을 알았습니다. 덩달아 바람에 당당히 맞서야만 고통에서 놓임 받아 지혜가 늘고 강건해진다는 세상 이치에 눈이 밝아졌습니다. 소년은 무언가에 집착하기를 즐겼습니다. 세상 만물이 어디에서 나서 어디로 흘러가는지, 의구심에 젖었습니다. 진정 바람 같이 생수같이 임할 신의 존재는 있는 건지. 하늘과 땅은 구만리 장천이라던데 그 길이는 얼마만 한 걸까. 마마가 항시 너를 지킨 눈동자가 있다던데 누굴까. 날개가 없으면 날지 못한 새들의 생태는 어떤 걸까. 왜 비행기는 프로펠러를 달아야만 나는 걸까. 의문은 의문을 낳았습니다.

돌결

소년은 점점 자라 의문을 풀기 위해 먼 곳으로 떠났다. 먼저 간 곳이 제주도였다. 그곳은 집집마다 돌담으로 에워 쌓였다. 다솔은 돌담의 돌들을 유심히 살폈다. 반반한 돌로 땅 뺏기 놀이를 한다든지, 수석을 모아 돌에 나타난 대한민국 전도를 보고 징으로 각을 뜨곤 했다. 돌담의 돌들은 야생초가 숨 쉬고 기린과 말이 뛰노는 무늬에 다솔의 눈이 밝아졌다. 말이라니. 제주도가 말의 본고장 아닌가. 돌도 나이테를 지니고 자란다. 주위의 풍광에 젖어 무늬를 낳는다는 건 유년의 감미로운 상상이었다. 무궁화, 매화, 목련, 장미, 국화도 있네. 그러고 보면 꽃돌은 억만년의 세월을 물레질하며 그리움을 잉태한 영원불멸의 혼일 테지. 계절 따라 돌의 무늬가 달라 보인 건 저마다 현재에 초점 맞춘 환경의 적응성일 게다. 산봉우리가 도도히 손짓하고, 청노루가 뛰놀고, 강물이 흐르는, 산수화를 품기도 하잖아. 백마 타고 오는 초인도, 일세를 풍미하던 영웅들의 전투도, 손짓으로 기적을 행한 성자의 호령도 있거늘. 저건 뭐지. 오래도록 그리움에 목멘 연인 끼리 서로 만나 키스를 날리는구나. 다솔은 어디선지 그를 기다릴 연인이 있을 거란 상상에 사로잡혀 아랫도리가 불근해졌다.

가이드가 입심을 발했다.

모래가 흙이 되려면 이백여 년이 걸린답디다. 오랜 세월 해풍에 젖어서인지 하와이는 갯벌이 없고 돌멩이가 드물어요. 제주도

84

는 돌이 명물이잖습니까. 같은 화산 폭발 섬이라도 전혀 다르게 관광객들을 끌어들이니 묘한 조화 아니겠소.

단순히 그런 건 아닐 거야. 돌은 바위가 낳은 신생아인지도 모르지. 신생아가 자라서 어른이 되고 아빠 엄마가 되어 가정을 이룰 테지. 어느덧 노인이 되어 지나간 삶을 되돌아보며, 아, 내가 살아온 나날들이 아름다웠노라고, 찬미가를 부를지도.

자아 그럼, 자연에 도전하기 위한 인간들의 기예는 어떠했는지. 먼저 하루방을 살펴볼까요. 하루방이 제주도 방언으로 할아버지란 뜻입니다. 벙거지를 눌러 쓰고 왕방울 눈에 자루 병 같은 코, 불룩한 뺨, 꽉 다문 입술에 번진 온화한 미소, 특유의 해학적이면서도 근엄함이 돋보이지 않습니까. 마을의 재난을 막고 전염병을 예방하며 전란을 막기 위한 수호신입니다. 하루방의 재질은 화산으로 생긴 현무암이라, 다솔에겐 촘촘히 팬 곰보 자국마저 친근미를 일깨웠다.

마마는 보석에 관심이 많았다. 아들이 집을 떠나자, 손과 발과 마음마저도 심심하다며 마음 둘 데를 찾은 게 보석이었다. 홍옥, 호박, 옥, 자수정, 다이아몬드에 이르기까지 그 영롱한 빛에 취했다. 보석의 원조가 돌이며, 고대부터 장신구로 애용되었다던 걸 알고부터, 그에 대한 탐색에 빠려들었다. 어디든 발에 채인 게 돌이잖아. 이렇듯 매혹 덩어리로 마음을 사로잡다니. 돌에 나타난 얼과 무늬가 창조 역사에 공헌했다던데. 마마의 입에선 팡팡 나팔 소리가 터져 나왔다.

다솔이 두 번째 순례 길을 떠난 곳은 앙코르 와트였다. 그곳의 조각상들이 어떻게 밀림 속에서 수천 년 동안 비바람에 부대끼며 무늬를 낳았을까. 더불어 곰팡이꽃도 피었는지 경이로움에 젖었다. 수많은 조각상은 저마다 다른 모양새의 무늬를 낳고 곰팡이 꽃을 피우며 세월을 물레질했다. 그러고 보면 인간들이 돌을 가루로 내어도 돌은 원초의 본능을 독야청청 누린다는 걸.

이집트의 피라미드와 스핑크스도 무늬를 낳고 곰팡이꽃을 피우며 위풍당당이 순례자들을 맞이했다. 몸에 수천 년의 나이테를 되감을 때마다 심장이 뜨거워져 무늬로 환생한다는 걸. 곰팡이꽃을 피우며 가슴앓이를 바깥으로 내뿜는다는 걸.

다솔이 쿠푸왕 피라미드 앞에서 낙타를 타기 위해 발을 올린 순간이었다. 모래바람이 휘몰아쳐 순례자는 쓰러졌다. 누군가가 손을 내밀며 순례자를 일으켜 세웠다. 깨어나니 터번을 머리에 두른 노인이었다. 노인은 자라 모양 물병을 다솔 입 가까이 들이 댔다. 아, 이 현자야말로 나를 지킨 눈동자를 지녔구나. 다솔은 물을 들이켰다.

아뿔싸, 이스트 섬의 모아이 석상들에 나타난 한결같은 표정들은 어떠한가. 경건함과 선뜩함을 동시에 심어주잖아. 세상을 달관한 듯, 어떤 유혹에도 무심한 듯, 그러면서 천지재변에도 불가항력을 지닌 듯, 아니면 순간을 영원으로 물레질하기 위한, 죽음을 견딘 사랑의 꽃을 피우는지도. 다솔은 불가사의란 신비의 겹을 풀고 싶었다. 그리하여 현지 남정네의 도움으로 밧줄을 타고 모아이 중에서도 가장 키 큰 모아이 석상 머리 위에 올랐다. 그 아래를 내려다보며 외계인들이 모아이를 만들었다던 전설에 동참하기 위한 구실이었다. 그랬지만 시간이 정지된 듯한 아찔함에 황급히 밧줄을 타고 내려왔다. 진정 다솔이 기원한 건 차렷 자세로 하늘바라기 하던 모아이 석상들의 기를 받아 하늘을 날고 싶은 바람이었을 게다.

물결

성년식을 치르기 위해 다솔이 발길 닿은 곳은 갈릴리 호숫가였습니다. 아침 햇살이 동녘에서 화라락 피어오르자, 진분홍 이부자리가 호수 위에 드리워졌습니다. 그 호숫가에 정박한 그리스도 시대의 배 모양을 본뜬 어선이 다솔의 눈길을 끌었습니다. 어선의 이름은 '메시아'였습니다. 어떻게 성자가 물 위를 걸었을까. 그 화두는 새와 비행기가 나는 것보다도 훨씬 쉬울 것 같았습니다. 왜냐면 분명 성자도 영을 지닌 인간일진대, 자신과 가까운 이웃이란 감이 들었던 겁니다.

다솔은 그곳에 사는 자신의 또래들을 갈릴리 호숫가로 초청했습니다. 저마다 성년이 될 경이로움에 취했습니다. 십 대를 마감하고 다가올 이십 대는 어떤 걸까. 호기심이 팽배했습니다. 때맞춰 팔복산 위에서부터 갈릴리 호수 초입까지 무지개가 떴습니다. 이제껏 보지 못한 기나긴 하늘다리였습니다. 팔복교회 지붕 위를 날던 비둘기들이 그 하늘다리에 도레미파솔라시 음계를 그렸습니다. 덩달아 바람 따라 호수 물결도 뿡뿡뿡뿡뿡뿡뿡 음계를 그리자, 사마귀들이 비둘기들의 화음에 맞춰 춤사위는 절정에 달했습니다. 또래들은 만세를 부르며 달떴습니다. 무지개를 우러르며 키다리가 외쳤습니다. 우리 수수께끼 놀이하자. 빨주노초파남보, 보라는? 꼬맹이의 해답이 뒤따랐습니다. 나탈리가 입은 옷 색깔이잖아. 또래 중에서 유일한 여친이 화답했습니다. 내가 왜 보라 옷을 입었게. 하늘의 파랑과 내 가슴의 붉은 피가 합해진 게 보라거든. 따라서 나는 하늘의 새 소식 전하는 땅 위의 천사야. 남색은? 말코가 의문을 발하자, 짱구가 그물 내린 시늉을 했습니다. 갈릴리 호수 물빛. 파랑은? 왕방울이 눈동자를 둥그렇게 뜨자, 점박이가 이마에 난 점을 매만졌습니다. 하늘빛. 우리들이 하늘바라기 한 건 평온을 안겨 주기 때문이고. 아냐, 그건. 다솔이 주를 달았습니다. 또래들의 시선이 이방인에게 쏠렸습니다. 하늘을 날기 위한 꿈을 심어 주잖아. 꿈꾸는 자여, 복이 있을지어다. 성자 흉내를 낸 이방인에게 박수가 쏟아졌습니다. 꺽다리가 손사래 쳤습니다. 초록은? 풀빛 아닌가. 스러져도 다시 일어서는 생명의 씨앗이고. 얌생이가 응답했습니다. 노랑은? 누군가의 물음에 주걱턱이 너스레 떨었습니다. 평화의 행진. 독재자여

물러가라. 주황은? 누군가가 소리치자, 저마다 말마디 했습니다. 노을이잖아. 황제 옷자락. 타오르기 전의 입술. 연옥으로 가는 통로, 등등. 빨강은? 누군가의 질문에 다솔이 공중을 향해 성호를 그었습니다. 타오르는 불꽃, 피의 꽃 십자가. 수수께끼 놀이가 끝나자, 나탈리가 팔복교회를 손짓하며, 온유한 자는 복이 있나니, 성경 내용을 읊조렸습니다. 팔복은 삶의 황금률이래. 우리가 그 팔복을 누려야 하잖겠어. 뒤이어 다솔과 또래들은 메시아어선 안에 마련된 성찬을 들었습니다. 빵을 먹고 포도주를 마셨습니다. 특별 요리로 식탁에 오른 '베드로 물고기'들을 그들은 하나씩 냠냠거렸습니다. 붕어라기엔 둥글넓적하고 도미라기엔 늘씬한 모양새였습니다. 맛도 붕어 같기도, 도미 같기도 했습니다. 또래들은 민물 생선 맛에 길들면 바다 생선은 맛이 제로라고, 갈릴리 호수에서 건진 베드로 물고기는 최상의 진미라고 칭송했습니다.

이젠 우리는 성년이 되었잖아. 축배를 들자.

다솔이 외치자, 청년들은 잔과 잔을 부딪치며 함성을 질렀습니다.

우리 모두 초대교회 시대로 되돌아가자.

청년들도 흔쾌히 응하며 제비를 뽑았습니다. 마태, 마가, 누가, 요한, 베드로 등, 예수의 12명 제자들이 뽑혔습니다. 나탈리는 막달라 마리아 역을 맡았습니다. 그리고 보니 자연 예수 역은

뱃사공 역인 다솔에게 안겨졌습니다. 다솔은 포도주에 취하고 달밤의 정경에 매혹당했습니다. 더욱이 하늘다리라니. 배의 이름도 메시아잖아. 예사 징조가 아니거든. 덩달아 다솔은 어선을 타고 노를 저어 호수 가운데로 나아갔습니다. 수위는 탄력이 팽배했습니다. 다솔이 외쳤습니다.

물 위를 걷자.

먼저 뱃사공이 시범을 보였습니다. 다솔은 서너 발짝 물 위를 걷더니 그만 물속으로 빠져 겨우 헤엄쳐 물가로 나왔습니다. 갑자기 파도가 몰아쳐 나탈리의 도움을 받아서였습니다. 나탈리는 갈릴리 호수에서 멱을 감고 자란 갈릴리 호수 체질이었습니다. 다솔은 한강에서 멱을 감고 자란 한강 체질이었던 겁니다. 남자 또래들도 갈릴리 호수 체질이라 헤엄은 잘 쳤지만 물 위를 걷진 못했습니다.

다솔은 물 위를 걷는 게 하늘을 나는 것보다 더 어렵다는 걸 실감했습니다. 하늘을 나는 건 나무 위에 올라 또 다른 나뭇가지를 붙잡기 위해 훌쩍 날기도 했으니까요.

나뭇결

약초를 캐기 위해 다솔은 산자락을 타고 올랐다. 새들의 지저귐에 콧노래를 부르며 흥을 돋웠다. 청청한 공기를 마시며 나뭇가지 사이로 얼굴을 내민 하늘은 왜 저리도 파랑인지. 수목 사이로 드러난 산봉우리들은 왜 그리도 어서 오라 손짓하는지.

발에 요령을 단 듯 외지에서 지내다 보니 몸은 야위고 정신은 어지러웠다. 의사의 진단은 아무런 병이 없다는 것이다. 병명이 없는데도 무기력하며 까라진 고통은 견디기 어려웠다.

다솔이 외지를 나돌 때였다. 파파는 증권회사에 근무하다 숨졌다. 병명은 과로로 인한 스트레스가 쌓여서라고, 마마가 들려 주었다. 지나친 집착은 탐욕이며 결국 중병을 얻기 마련이라고. 마마는 한동안 보석에 탐닉한 걸 뉘우치며, 그걸 정리해 불우이 웃돕기 단체에 희사했다. 그랬더니 항시 두근거리던 심장병이 나았다. 아들에게 떠돌이 생활을 마감하고 어디 조용한 곳에 가서 쉬라고 호소했다.

다솔이 둥지를 튼 곳은 지리산 자락 토굴이었다. 아프리카 오지에서 부족민들의 세력 다툼 때 동굴에 피신했던 터라, 그곳의 토굴 생활이 어려운 건 아니었다. 그러나 박쥐가 드나들고 습기 찬 곳이라 토굴에서 달포를 지내니 으스스한 기운에 몸이 저려 새로운 보금자리가 절실했다. 그 산자락 10만여 평은 파파가 정년퇴직하면 별장을 지어 요양하려고 미리 마련해 둔 야산이었다. 그러고 보면 파파는 오래전부터 불안과 초조함에 시달려 온 내력의 소유자였다. 파파의 무덤은 그 토굴에서 얼마 안 떨어진 볕바른 양지였다.

보금자리를 짓기 위해 다솔은 그 주위에 쓰러진 나무들을 모

앉다. 더러는 가지가 기형이거나 잘라내지 않으면 안 될 나무들을 골라 정리했다. 이미 숨진 나무들은 껍질을 벗기니 속살이 거뭇했다. 다솔은 병들면 사람 속도 거렇게 되리라 싶었다. 내가 살기 위해 쉼터를 찾아 예까지 왔잖아. 숨진 나무들로 보금자리를 꾸밀 순 없거든. 그리하여 쓰러진 나무들은 땔감으로 사용하기 위해 산자락 구석진 곳에 쌓아두었다. 살아 숨 쉬는 나무들을 고르고 골라 대패질을 하고 톱질해 집을 지었다. 대패질할 때 드러난 하얀 속살은 그걸 벗겨 자신의 피부에 접붙이고 싶도록 정감을 일으켰다. 하얀 속살에 스며든 이슬 같은 수액은 혀로 핥거나 얼굴에 바르곤 했다. 속살의 무늬들은 천지를 품은 듯, 강물이 흐르고, 사슴이 뛰놀고, 호랑이가 어슬렁거린 듯해, 별천지 세계로 빠져들곤 했다. 나무를 토막 낼 때마다 드러난 나이테는 그 나무의 나이를 아는 좋은 예였다. 지구는 둥글게 돈다던데, 그에 발맞춰 나무들도 하늘을 향한 그리움으로 가지를 쭉쭉 뻗어 동그라미를 그리며 세월을 키질했는지도 모르지. 벽과 천정은 황토로 바른 친환경 보금자리였다. 황토로 벽돌을 만들어 켜켜이 벽을 쌓고 황토로 천장을 도배했다. 그곳을 지나치던 심마니 선우 씨의 도움을 받아 대목과 일꾼들이 와서 지어준 것이다. 산사람이 되고부터 다솔은 동의보감과 식물도감을 섭렵해 그에 대한 상식도 익혔다. 도라지와 씀바귀를 캐고 취나물을 뜯었다. 칡뿌리와 산삼을 캐고 버섯을 채취해 몸보신에 애썼다. 그것들을 양념장에

곁들려 씹으면 입안에선 현악기들이 연주하는 듯, 감미로움에 젖었다. 옥수수, 가지, 고추, 배추, 무도 심어 가꿨다. 해바라기, 봉숭아, 채송화, 맨드라미를 심어 화원도 마련했다. 눈이 즐거우니 마음도 즐거워 원인 모를 병도 완쾌됐다. 자연은 노력한 만큼 내게 안겨 준다던 게 실제 경험해 보니 그게 바로 진리였다. 계곡에서 흐른 물은 약수였다. 약수를 마시고 멱을 감으니 몸의 탄력이 되살아난 듯했다. 개와 닭, 염소도 길러 식구가 늘어나는 건 신바람이었다. 몽골의 초원에서 지낸 경력이 그런 일들을 뒷받침했다. 그가 손에 모이를 쥐면 새들이 날아와 그걸 쪼았다. 그가 그네를 타면 다람쥐들이 그의 흉내를 내며 뛰놀았다. 그네를 타고 공중을 치솟아 몸을 한 바퀴 돌고 훌쩍 뛰어 나뭇가지들을 부둥켜안곤 했다. 외지를 돌며 호신술도 배웠다. 그런 경험이 나무를 탈 때마다 몸이 가벼워지며 하늘을 날 듯 쾌감에 젖곤 했다. 그는 환호성을 질렀다. 비 상 은 영 혼 이 빚 은 날 개 다. 그러면 그의 환호성이 메아리 되어 울렸다. 비·상·은·영·혼·이·빚·은·날·개·다.

꿈결

벌거숭이 여인이 계곡에서 멱을 감곤 바위 위에 드러누웠습니다. 그걸 훔쳐보던 남정네가 여인을 덮쳤습니다. 남정네와 여인의 기성이 계곡의 물 흐르는 소리를 넘나들었습니다. 남정네가 흘린 정액과 여인이 흘린 피가 바위를 지나 흐르는 물에 흘러내렸습니다. 남정네도 여인도 첫 경험이었습니다. 근자에 다솔은 자주 여인과 교접하는 꿈을 꾸었습니다.

어느 사이 다솔은 불혹이 되었습니다. 산사람이 되고부터 다솔이 견딜 수 없는 건 성욕이었습니다. 약초를 캐서 보신하고 건강을 되찾자, 그의 중심부는 불끈거렸습니다. 수음을 해도 걷잡을 수 없이 여자가 그리웠습니다. 꿈에도 여자랑 동침하는 장면이 떠올라 그를 괴롭혔습니다. 외지를 돌며 발길 닿는 곳마다 여자랑 동침했던 기억이 되살아났습니다.

첩첩산중이라 선우 씨와 마마 외는 달리 사람의 그림자도 안 비쳤습니다. 선우 씨는 닭과 달걀, 염소들을 거래처로 팔아 준 거간꾼이기도 했습니다. 덕분에 그것들은 생계 수입이 되었습니다. 마마는 달마다 사나흘씩 머물다 되돌아가곤 했습니다. 오징어, 멸치, 명태와 미역, 조개 등 해산물과, 조기, 고등어 등 생선을 가져 왔습니다. 간장과 된장도 손수 만들어 주었습니다. 다솔은 마마를 모시기를 원했지만, 산사람이 되기엔 생리에 맞지 않는다며 도리질했습니다.

그가 산사람이 된 지 삼 년 지난 섣달이었습니다. 한밤중에 일어나니 웬 물체가 어슬렁거렸습니다. 다솔은 성냥을 켜서 초에 불을 댕겼습니다.

이보게 젊은이, 놀라지 말게나.

웬 백발노인이 손을 휘저었습니다. 목소리마저 우렁우렁 거려 산신령인 줄 여겼습니다.

누구신지요.

다솔은 겁에 질렸지만 공손히 인사 올렸습니다.

한파에 산송장 될까 봐 따신 곳을 찾아들었었네. 능허라 부르게나.

백발노인이 허허, 웃었습니다. 다솔은 능허가 눈빛도 형형하고 차림새도 단정해 예사 노인이 아니란 감이 들었습니다. 이튿날 깨어나니 백발노인은 온데간데없었습니다.

뒷날 선우 씨에게 다솔은 능허의 내력을 들었습니다. 이곳 아랫동네에 살았는데 6·25 때 가족을 잃었다. 일정한 거처 없이 여기저기 토굴에서 지내며 생식한다. 한의학에 도통해 지리산을 찾는 사람들이 쓰러지면 침도 놓고 환약도 준다는 내용이었습니다.

산사람 된 지 사 년째 접어든 오월, 마마가 숨졌습니다. 임종을 예감했는지 마마는 아들에게 와서 달포도 못 돼 숨졌습니다.

다솔아, 여긴 너의 보금자리가 아니란다. 인간답게 살아야지.

마마의 유언이었습니다. 인간이 인간과 더불어 등을 부대끼며 그 체온으로 사는 게 가장 인간다운 삶이라고 강조했습니다. 그동안 아들이 하산해 결혼도 하고 삶을 꾸려 가야 한다고 보챘지만, 다솔은 이곳이 나의 안식처라며 거절했습니다.

다솔은 파파 무덤 곁에 마마 시신을 묻었습니다. 부모 산소가 곁에 있어 다솔에겐 든든함을 안겨 주었습니다. 생과 사가 동전 앞뒤란 걸 외지 여행 중에 터득해, 부모가 살아 계신 양 자신을 지킨다고 여겼습니다. 날마다 저녁이면 부모 산소 앞에서 예를 올리고 그날 일어난 일들을 보고했습니다. 그동안 외지를 나돌아 자식 노릇 하지 못한 면죄부였습니다.

나날이 다르게 염소 식구가 불어났습니다. 수놈들이 많고 암놈들이 적었습니다. 그러므로 수놈들의 성기를 제거해야 할 상황에 처했습니다. 암놈들이 비실거려 새끼 낳는 데 지장이 있어서입니다. 다솔은 칼을 들고 건장한 수놈을 잡아 놈의 성기를 자르려는데, 아랫도리가 불끈해지더니 축 늘어진 감이 일었습니다. 동시에 누군가가 자신의 성기를 토막 내는 환각에 아찔해졌습니다. 그런 예는 동시다발로 터져 다른 수놈들도 고자로 만들 순 없었습니다. 그 후유증은 무기력 상태로 변해 매사에 자신이 없었습니다. 나뭇가지에 올라 다른 나뭇가지 사이를 건너뛰던 놀이에 취해 떨어져 허리를 다친 것도 무기력에 보탬이 되었습니다. 밤마다 예의 그 여인이 나타나 성욕을 채워주어 일어나면 팬티가 촉촉이 젖었습니다. 종당엔 기력이 없어 드러누웠습니다.

그로부터 사나흘 지났을까. 선우 씨의 안내로 능허가 그 산장을 방문했습니다. 다솔의 맥을 짚어 본 능허가 진단을 내렸습니다.

이보게, 젊은이. 하산하게나. 아직 젊은이는 해야 할 일들이 너무 많아. 혼인해 아이 낳는 것도 국익에 기여하는 거라네.

마치 성욕을 제어하지 못한 자신을 꿰뚫은 능허의 깨우침이었습니다.

사람결

남산 위에 무지개가 떴다.

일백 년 만에 나타난 경사 아닙니까.

왜 일백 년인지. 하고 많은 숫자가 많겠지만 일백이라면 완전한 숫자라서 그런가요.

저마다 환호성을 질렀다.

인간 수명 한계가 일백 세라서 그런 건 아닐는지.

중년 여인도 고개를 끄떡였다.

옳은 말씀. 나의 조부님 시대 땐 육십 년 만의 경사, 아버님 땐 팔십 년 만의 경사라 했으니, 우리에겐 일백 년이 알맞겠지요.

중년 신사가 되짚었다.

인간 수명을 육십 년, 팔십 년, 일백 년이라 가정한다면 그 수치만큼 엄청난 숫자가 없다는 뜻 아닌가요?

삼십 대 장년의 이마에 의문이 도드라지자, 이십 대 청년이 혈기를 부렸다.

형은 뭘 몰라도 한참이나 몰라. 천년이잖겠어.

미수 노인이 단춧구멍 눈을 둥글게 굴렸다.

바야흐로 삼십 세기 땐 인간들에게 천년의 나이테가 온몸에 문신으로 새겨지겠네.

남산 타워호텔에선 다솔의 결혼식이 열렸다. 신부는 갈릴리 출신의 승무원이었다. 나탈리는 다솔의 꿈속에 나타난 여인이었다. 성년식이 열렸던 밤, 다솔과 나탈리는 갈릴리 호숫가 바위 위에서 첫 경험을 치렀다. 그날 밤, 성년식에 참여했던 청년들이 몰려들어 행패를 부렸다. 어디서 굴러온 망아지 새끼가 성스런 우리 공주를 우롱해. 나탈리를 우롱한 건 바로 우리 갈릴리 사람들의 자존심을 파괴한 거라고. 다솔은 청년들에게 몰매를 맞아 쓰러졌고, 나탈리는 청년들에게 끌려갔다.

그들 결혼식은 먼저 나탈리가 다솔의 산장을 방문해 이뤄진 경사였다. 나탈리가 고백했다. 그동안 한국어를 열심히 익혔다. 더불어 한국의 풍습과 역사에 관해서도. 코리아가 좋은 건 다솔이 좋아서였다. 예루살렘에서 인천 국제공항으로 오는 대한항공의 승무원이 되었다. 그동안 다솔을 찾기 위해 엄청 노력했다.

예까지 오게 된 결정적인 증거가 뭔 줄 알아요?

뭘까?

되묻는 연인에게 나탈리가 무얼 펼쳤다.

다솔의 배냇저고리였다.

그들의 첫 경험이 묻은. 그곳에 마마가 수놓은, 다솔의 부모 이름 아래 다솔의 이름이 적혔던 것이다. 그 밤의 정사를 잊지 못해 이런 경사가 오기를 기다렸다. 나탈리의 눈동자가 별꽃처럼 뛰었다. 어제가 오늘인 듯, 내일이 오늘인 듯, 나이테를 풀기도 되감기도 하던 여유는, 성경을 거울삼아 자신의 나신에 접목한 소망의 산실이라며.

'너희가 내 안에 거하고 내 말이 너희 안에 거하면 무엇이든지 원하는 대로 구하라. 그리하면 이루리라.'

그 말씀을 붙잡고 인고의 나날을 견뎠노라고 했다.

결혼식장에 들어서기 전, 다솔이 남산 위에 걸린 무지개를 보고 나탈리에게 속삭였다.

지금, 이 순간을 위해 신이 우리에게 선사한 축복의 통로로고.

나탈리도 다솔에게 속닥였다.

하늘다리는 언제 어디든지 내 가슴에 존재하거든.

주례는 능허가 맡았다.

만물은 결을 지녔습니다. 세월의 흐름에 따라 그만한 결이 생기게 마련이고, 그만의 무늬가 아로새겨져 결을 이루지요. 우리는 만물의 영장인 인간입니다. 세상의 모든 결을 다스릴 능력을 지녔지요. 우리는 인간답게 사는 게 생의 목표 아니겠습니까. 가장 인간다운 삶이란 내가 네가 되고, 네가 내가 되는, 남녀가 동심 일체에서 일군 화평한 가정을 뜻합니다. 그게 바로 인간이 누려야 할 복락이고 생의 가르침입니다.

그날 사회자는 선우 씨였다. 이미 다솔이 산장지기로 영입했다. 능허도 그 산장에서 지내며 산사람들의 버팀목이 되었다.

다솔은 나탈리의 눈동자에 뜬 별이었다. 마마가 항시 너를 지킨 눈동자가 있다던 게 바로 나탈리의 눈동자였다. 떠돌이별은 나탈리의 눈동자를 통해 하늘 나는 새가 되었다.

옥도장 이야기

머잖아 소설집이 출간될 예정이다. 모 출판사에 원고를 보냈더니 두 달 지나 연락이 왔다.

이번에 책을 출간하면 15번째였다. 시집과 산문집이 1권씩이고 나머진 소설 묶음이었다.

출판사와 책 출간 계약이 끝나자, 나는 지기들에게 드릴 때 사인하는 장면을 떠올렸다. 이제껏 사용한 낙관은 2011년, 장편소설 『안견』을 출간할 즈음이었다. 그 소설은 충남 서산 지곡면의 저명한 분들이 현지답사와 역사 이야기 등 많은 도움을 주셨다. 그분들은 안견 화원이 고향 출신이란 걸 대단한 긍지로 여기셨다. '몽유도원도'란 불후의 명작을 그린 안견 화원이기에 그만한 대접은 당연했을 것이다.

그때까지도 나는 지기들에게 기증할 때 사인만 하고 낙관은

찍지 않았다. 작가로서 별 것 아니면서 별것처럼 행세한다 싶어서였다. 그러면서도 '작가란 게 어디 쉽게 얻은 존함은 아니잖아' 하는 외경심이 일었다. 작가들이 저서에 사인하고 낙관 찍던 모습을 볼 때마다 나도 그러고 싶었다. 그런 일련의 행위는 정말 멋져 보였다. 자신의 피와 땀이 영근 알곡에 낙관을 찍음으로 다 이루었다는 마침표일 것이다. 하지만 자신이 없었다. 나의 필체가 졸필이라 과연 낙관까지 찍어야 할지 망설였다. 차라리 악필이라면 덧나 보여도 그럴만한 품격을 지녔달까. 졸필은 눈에 거슬리면서도 비웃음을 안겨 줄 터였다. 정성 들이면 초등학생 글씨처럼 딱딱하고 흘림체로 쓰면 내가 쓴 글도 못 알아볼 정도였다. 그래도 행여 낙관을 찍으면 나의 졸필이 좀은 가려질 거란, 나의 못 말릴 고집이었달까.

답십리 상가 옆을 지나치는데 '춘천옥 직판장'이란 간판이 선뜻 다가왔다.

"어떻게 알고 예까지 오셨습니까?"

가게 주인의 낯빛이 환했다.

"우연찮게 들렸지요. 옥도장을 마련하고파서."

실은 수없이 그곳을 지나쳤다. 그런데도 관심 밖이라 나 몰라라 했다. 답십리에는 고미술 가게들이 많아 나의 발걸음이 잦은 곳인데도. 나는 여가선용으로 고미술 가게들을 순례했다.

창작집을 출간하면 그에 못잖은 도장을 마련해 사인하고 싶었다. 도장 재질 중에서 대접받던 옥을, 더 나아가 옥 종류 중에서 최고봉인, 춘천옥 도장을 지녀야지. 나는 다짐하고 다짐했다.

먼저 인사동을 찾았다. 도장포가 많은 곳이므로 알토란을 선택해야지, 작심하고 나선 길이었다. 인사동 네거리쯤에 필방을 겸한 도장포가 눈에 띄었다. 『안견』을 출간할 때 그 필방에서 도장을 주문했다. 네모 모양의 '성지혜', '효장', '사랑'이 아로새겨진 거였다. 사랑은 크리스천이면 그 도장을 지닌다고 해서 주문했다. 재질은 중국제 옥이었다.

낙관 도장은 한자로 조각해야 품격이 돋보이는데 한글을 고집하시다뇨?

필방 주인이 반문했지만 나는 한글을 원했다.

『안견』을 출간하고 나서 지인들에게 그 낙관들을 찍어 선물했지만, 성에 차지 않았다. 역시 졸필이 신경을 자극했다. 낙관의 재질도 마음을 사로잡은 건 아니었다.

효장孝章은 김동리 선생이 지어 주신 나의 필명이었다.

내가 신당동에 있는 김동리 선생 댁을 방문해 문장 지도를 받을 때였다. 작가는 빠삐용이 살기 위해 처절한 고통을 겪었듯이 그만한 고통을 감수해야 돼.

동리 선생은 성실과 인내가 작가의 책무란 걸 강조하셨다.

나는 그 필명을 사용할 수 없었다. 나 자신이 너무 나약한 존재라 어느 때는 사용하리라 아껴두었다.

뒤늦게 효장이란 필명을 사용하려는데 이성교 선생이 말리셨다. 이미 알려진 대로 지혜는 그대로 사용하고 효장은 호로 영접하란 격려였다.

그분은 '한국문화예술인선교회' 회장을 역임하신 분이었다. 나도 그 선교회 회원이었다. 그 선교회는 문학, 미술, 서예, 무용 등 크리스천 예술인들이 모인 단체였다. 서로 기예를 익히며 연말이면 전시회도 열고, 전국 양로원이나 재소자 있는 곳을 방문해 위문 공연도 했다.

그분은 나의 작품마다 평을 해 주시며 도움 주신 참 고마운 분이었다. 내가 글을 꽃 같이 쓴다고 '글꽃'이란 호도 지어 주셨다.

그로부터 10년이 지났는데도 필방 주인은 나를 알아보고 반겼다.

춘천옥 도장을 마련하고 싶어요,

글쎄, 춘천옥이 동난 지 오래인데요. 만일 있대도 하나에 오십만 원은 줘야 할 겁니다.

필방 주인이 도리질했다.

다른 도장포에 들려도 중국 제품은 많아도 춘천옥은 없었다. 그랬는데 춘천옥 직판장이 존재하다니. 진열대 안에는 반지, 목걸이, 팔찌, 도장 등이 놓였다.

"이게 모두 춘천옥으로 만든 겁니까?"

"그럼요. 춘천옥 직판장인데 가짜 옥을 팔았다간 문을 닫아야 합니다. 저기 놓인 것도 춘천옥이랍니다."

가게 안쪽에 한 아름 될 원석 옥 덩이들이 놓였다.

"어떻게 동났다던 춘천옥이 새파랗게 살아 있네요."

내가 감탄하자 주인이 하하하, 웃었다. 목과 이마에 잔주름이 잡혀 예순은 넘은 것 같았다. 그 나이답지 않게 웃음 뒤에 피어난 볼우물이 소년처럼 해맑다.

"새파랗진 않지만 푸르디푸르게 명맥은 유지해 제가 밥 굶진 않습니다."

주인이 여유로운 표정을 짓고는 내게 명함을 건넸다.

"광산을 지녔다고요?"

명함을 훑어본 내가 감탄사를 발했다.

"그렇습니다. 춘천옥은 춘천시 월곡리와 감정리 두 광산에서 나온 게지요."

제가 감정리 광산 소유자이지만 안타깝게도 춘천옥 매장량이 훨씬 적은 데다 질이 월곡리에 못 미칩니다. 더욱 안타까운 건 월곡리 광산 소유자는 중국인입니다. 월곡리 광산 소유자가 자금난에 허덕인 걸 알고 중국인이 약삭빠르게 그 광산을 매입했지요. 그러고선 춘천옥을 저네 나라로 가져가서 엄청 이익을 챙겼고요.

중국 사람들의 옥사랑은 가히 목숨보다 더 소중히 여긴달까요. 그들은 옥을 몸에 지니면 무병장수하고 행운이 오고 영석靈

石이라고도 부른답니다. 왕권의 상징인 옥새도 옥으로 만들었고요. 무덤 부장품 중에 부식하지 않은 게 금과 옥이란 것도 꿰는 게지요. 세계 여러 나라에서 옥이 생산된 곳은 러시아, 중국, 대한민국입니다. 미얀마 옥도 있다지만 옥돌에 불과하고요. 중국에서 생산된 옥 종류는 다양해 40여 종류이며, 그중에서 제일 좋은 게 화전옥花田玉이라 불리지요.

"신강옥?"

나의 되물음에 이 사장의 낯빛이 의뭉에 휩싸였다.

"어떻게 그걸 아시죠?"

"제가 지닌 옥이거든요."

그걸 책상 위에 놓아두고 컴퓨터 칠 때마다 만지며 얼굴에 비비기도 한다는 걸 일깨웠다.

"그 연세에 컴퓨터를 치다니요?"

그제야 나는 작가임을 밝혔다.

"어쩐지 눈빛이 무얼 그린 듯해 보였거든요."

"항상 꿈꾸는 듯한 환상에 사로잡혀 시류에 타협 못한달까요. 이 나이가 되도록 땅 한 평도 지니지 못한 얼치기랍니다. 현재 사는 아파트도 아들이 구입해 얹혀삽니다."

"신강옥을 지니셨다면 알부자인데요, 뭐."

"신강옥보다 더 대접받는 춘천옥 매장지까지 지닌 사장님이야말로 재벌이겠네."

우리는 양손을 맞잡고 웃었다.

"그 귀한 걸 구입하신 건?"

2000년도에 중국 제품들이 한국으로 많이 몰려와 천 냥 열풍이 일 때였다. 청계천 고미술 가게에 들렀더니 안면 지기 주인이 나를 나무랐다. 나의 팔목에 낀 팔찌를 턱짓하며, 가짜 옥은 몸에 해롭다고 했다. 진짜 옥이라고 구입했는데 가짜라니. 옥중에서 최고 옥이 뭔 줄 아십니까? 중국의 국옥으로 일컫는 신강옥이랍니다. 이게 바로 그거예요. 그곳 쿤룬산맥이 화산 폭발로 옥들이 강물에 떠내려가다 묻힌 걸 캔 거래요. 내가 어렵사리 중국 상인에게 구했는데 이걸 지니면 두통이 사라진답디다. 대여섯 개가 탁자 위에 놓였다. 그중에서 손아귀에 쥘 정도의 긴 타원형을 구입했다. 옥 덩이를 깎은 안마용이었다. 만지면 매끌매끌해 자주 쓰다듬고 얼굴에 대고 비비기도 했다. 그 덕에 나를 괴롭히던 두통이 일지 않았다. 내가 옥도장을 고집한 건 옥의 성능을 웬만큼 꿰서였다.

나는 진열대 안에 든 옥도장들을 손짓했다.

"곧 소설집을 출간하거든요. 책이 나오면 사인을 하려니 도장이 필요해서랍니다."

옥도장은 10개였다. 흔히 보는 도장 크기의 고만고만한 것들이었다. 나는 그중에서 제일 큰 걸 골랐다. 같은 값이라면 큰 게 훨씬 낫겠지.

"그건 좀 곤란합니다. 얼이 맺혀서."

자세히 살폈더니 중간쯤에 실핏줄만 한 금이 드러났다.

"옥에 티군요."

나의 꼬집음에 이 사장은 다시금 하하하 웃었다. 나도 덩달아 웃었다. 흔히 회자되는, 조그마한 흠집을 두고 '옥에 티'라는 비유를 실제 접하고 보니 웃음보가 터졌다. 이웃 아줌마가 공원에 산책 나온 개가 오줌을 갈기자, '저 개새끼 좀 봐'라며 손짓했다. 그랬는데 개 남자 주인이 '어디 내가 개새끼로 보입니까' 항의해 혼쭐났다던 고백이 떠올랐다. 개새끼를 보고 개새끼라 부른 파장으로 곤욕을 치른 세태잖아. 그와는 달리 '옥에 티'를 보고 그리 부르자 가슴 밑바닥에서 생수가 치솟는 듯한 희열에 젖었다. 그런 연유는 이 사장의 온화한 기품이 흐르는 모습에 감동받아서였다. 옥과 벗해서인지 피부도 옥빛으로 해맑다.

나는 도장옥 중에서 두 개를 골랐다. 약간 푸른빛의 큰 것은 검지와 중지를 합한 것의 크기고 하나는 흰빛을 띤, 조금 작은 거였다. 큰 건 성지혜, 작은 건 孝章으로 조각해 달라고 주문했다. 값도 인사동에서 부르던 값이라 쉽게 응했다. 나의 주머니 사정으론 지출이 과했지만 그만한 값어치를 지닌 것이기에 아까울 리 없었다.

"효장을 장효라 부른 분들이 더러 있던데 세로로 새겨 주세요."

지난번 것은 효장을 가로로 새겨 그런지 이웃들이 잘못 알고 그리 불렀다. 셈을 치르고 나자, 이 사장이 나를 소파로 이끌었다.

"차를 대접해 드릴게요."

옥을 가루로 낸 건데 중탕에 섞여 권했다. 소화불량에 효과가 있다며, 그런 가루가 든 작은 병도 덤으로 주었다.

"여기에서 하나를 고르세요."

소파 앞에는 유리로 덮은 함지박이 놓였다. 그 안엔 옥을 세공하다 얼이 맺힌 걸 모아 둔 곳이었다. 옥 파편들 속에서 반지들이 드러났다. 나는 두툼한 반지를 골라 왼손 약지에 꼈다. 실핏줄보다 큰 얼이 맺혔지만 보기에 덧나 보이진 않았다.

"건강 옥반지라 여기세요."

"이 귀한걸. 아무래도 사장님은 장사 묶기가 아니군요."

나는 오른손으로 반지 낀 왼손을 감쌌다.

열흘쯤 지나 이 사장으로부터 집으로 택배가 부쳐왔다. 조그마한 상자 안에는 나의 필명과 호가 아로새겨진 도장 두 개가 들었다. 옥빛에서 우러나온 나의 필명 '성지혜'와 '효장'이란 호가 방글거리며 나를 반겼다.

달포쯤 지났을까. 나는 다시 답십리 춘천옥 매장에 들렀다. 신간 소설집 『향수병에는 향수가 없다』를 이 사장에게 선물하기 위해서였다. 그 책을 훑어본 이 사장은 아무래도 선생님은 작가 묶기군요. 전날에 실토한 나의 감탄사를 흉내 내며 다시금 하하하, 웃었다. 그러고선 옥에 대해 들려주었다.

우리나라에서 옥이 생산된 곳은 춘천이 유일한 곳입니다. 강원도 고성과 경주 남산에도 매장되었다지만 옥돌에 불과하고요.

50여 년 전, 월곡리는 화장품 원료인 활석을 채집한 곳이었습니다. 그런데 단단한 돌이 나오니 기이히 여긴 그 광산 주인이 여러 곳에 알아봤더니 연옥이었거든요. 춘천옥이 널리 알려진 건 일본 지질학자가 춘천에 들러 모 음식점 앞뜰에 장식된 돌을 보고 깜짝 놀랐답니다. 그 귀한 신강옥이 쌓였으니. 그이가 춘천옥을 잘못 본 게지요. 그리하여 그이가 감정한 결과 춘천옥이 신강옥보다 훨씬 고품격임을 증명했대요. 신강옥은 액세서리로는 대접해도 철분 함량이 건강옥으론 부족하대요. 춘천옥은 건강옥이면서 색깔도 그보다 더 좋다고요.

"다른 나라에선 옥 관리를 어떻게 합니까?"

"러시아에선 옥을 군부가 관리와 통제권을 지녀 국민들이 함부로 다룰 수 없답디다. 중국 정부에서는 개인은 원료 수출을 못하게 하지만 제품을 만들어 팔게 하는, 부가 가치를 높인다 할까요."

"왜 우리나라 정부에선 춘천옥의 귀중함을 몰랐을까요?"

"춘천옥이 알려진 게 겨우 오십여 년을 지닌 역사가 짧아서일 겁니다. 다만 춘천옥이 세계에서 탁월한 건강옥이란 게 여러 외국 학자들이 논문에도 밝혔습니다. 칼슘 성분과 철분 성분이 러시아 옥과 신강옥보다 훨씬 함량이 높다고요."

광산 관리가 좀 어려운 게 아닙니다. 굴속에서 바위와 흙을 파헤친 작업이라 노동력도 문제고요. 땅속 2백 미터나 3백 미터까지는 양질이지만 그 아래로 내려갈수록 원석 강도가 불량인 것도 문제랍니다.

이 사장은 나의 윗도리에 꽂은 나비 비취 브로치를 턱짓했다.

"흔히 비취와 옥을 사촌 사이로 여기지만 전혀 남남이랍니다. 비취옥은 보기에 아름다워 보여 액세서리로 알맞고요. 연옥은 액세서리를 겸한 건강 옥입니다. 그중에서 춘천옥이 단연 으뜸이지요."

"옥 종류는?"

"비취를 경옥, 춘천옥과 신강옥은 연옥이라 부르고요. 그 외다른 옥들은 사문석이라 합니다."

기가 막힌 건 춘천옥이 그 가치가 높으면서도 외국에선 아주 푸대접 받습니다. 옥팔찌가 생산되면 러시아 옥이 2백만 원이면 신강옥은 백오십 만원이고, 춘천옥은 3십만 원 정도니. 중국 사람들은 춘천옥을 신강옥이라 여기거든요. 그러니 월곡리 광산 중국인이 저네 나라로 가져가서 떼돈을 벌 수밖에요.

"그런 불미스러움을 왜 우리나라 정부에선 방치해 두었습니까?"

"러시아나 중국은 공산주의 국가라 나라에서 통제하지만, 대한민국은 민주주의 국가라 관계자들이 통제를 못 한 사례랄지."

"어떻게 춘천옥인지, 신강옥인지, 그냥 옥인지를 구분하나요?"

"만지고 눈도장 찍는 경험을 쌓다 보면 혜안이 열립니다. 옥석을 구분하면 세상을 밝히 안다던 잠언도 있거든요."

이 사장은 왼쪽 손목에 두른 춘천옥 팔찌를 오른손으로 만지작거리고는 나를 응시했다.

"지난번 이곳에 오신 뒤부터 무슨 조짐을 못 느꼈습니까?"

"이 반지 말이에요. 여기 들린 날부터 이제까지 이걸 밤낮으로 빼놓지 않고 끼었더랬죠. 근데 하나도 불편하지 않은 겁니다. 저는 어떤 반지도 끼면 반 시간을 못 넘겼거든요. 또 하나 경이로운 건 손 저림이 없어진 겁니다."

어쩌다 손이 나뭇가지가 미풍에 흔들리듯 흔들린다든지 감각이 더뎠다. 그게 없어졌으니 춘천옥이 건강 옥임이 증명된 셈이었다. 대한민국을 금수강산이라 부름은 춘천옥이 효자 노릇을 해서일 것이다.

"역시 선생님도 춘천옥이 건강 옥임을 체험하셨군요. 강남에 계신 단골 여사님은 교회 성가대원이래요. 옥팔찌와 옥 목걸이를 끼고 찬송가를 부르면 옥소리가 난답니다. 음향이 훨씬 부드럽고

톤도 높다나요."

가게 앞쪽의 큰 진열장 외에 안쪽에도 작은 진열장이 놓였다. 그 안에도 자그마한 도장옥 두 개가 마음에 당겼다. 지난 것보다는 크기가 작고 몸통도 가늘었다.

"저 두 개를 제가 지니고 싶어요. 떨이로 싸게 해 주셨으면."

큰 진열장에는 옥도장이 다 팔렸는지 보이지 않았다.

이 사장은 손짓으로 벽에 붙은 선반을 가리켰다.

"저기 보시다시피 옥 뭉치들이 나열되었잖습니까. 지난봄에 제가 월곡리 전시장에 전시된 걸 몽땅 구입했지요. 5억 원을 투자했답니다."

월곡리 전시장이 꽤나 넓은데 코로나 역병으로 찾는 분들이 없으니 문을 닫을 수밖에요. 그분이 지닌 지분의 생산량은 제가 독점할 권한을 지녔지요. 두 춘천옥 광산의 광맥이 붙은 데다 저도 월곡리 광산의 지분을 지녀서랍니다. 그러므로 옥도장쯤이야 얼마든지 만들 원석 춘천옥을 마련하니 떨이란 말씀은 삼가주십시오.

"미안 미안해요."

부끄러웠다. 옥이 지닌 성품이 청결함과 단아함일 텐데 욕심을 앞세우다니.

"옥은 수작업을 못 한다던데?"

"처음에는 수작업을 합니다. 옥 재질이 워낙 강하고 질기다 보니 아주 고운 모래바람으로 고압을 이용해 마무리합니다."

두꺼운 철판을 자르듯 그걸 응용한다 할까요. 그 과정이 얼마나 고된지 춘천옥 도장장이는 단 한 분뿐입니다. 춘천옥 생산량이 많은 것도 아니고 주문량도 적으니 이래저래 도장장이가 줄어들 수밖에요.

"그분의 머리에 춘천옥 면류관을 씌워야겠네요."

나는 그 두 개를 구입해 주문했다. 조금 큰 건 '글꽃', 작은 건 '美'를 전서체로 조각해 달라고 덧붙였다.

앞으로 전집을 마련하기 위한 준비를 해야지. 아직도 출간 못한 작품들이 USB에 저장됐거든. 그러면 낙관도 여럿이어야 하겠지. 큼지막한 네모난 옥돌도 초록빛이 감도는 산수화가 새겨진 네모난 옥돌도 미리 마련해 두었잖은가. 화양목과 상아도.

"글꽃은 세로로 조각할까요? 왜냐면 가로로 하면 '꽃글'로 여긴 분들도 있을 테니까요."

"아닙니다. 꽃글도 좋습니다. 글꽃은 더욱 좋고요."

나는 새삼 한글의 우수성에 감복했다.

내가 글꽃을 고집한 건, 이성교 선생이 글을 꽃같이 쓴다고 호를 '글꽃'이라 지어 주셔였다.

달포 지나 다시금 그 매장에 들렸다. 그동안 전화로 몇 번 이 사장과 춘천옥에 관한 대화를 나눴다.

조선 시대 역관들이 사신으로 중국에 가서 옥 쌍가락지를 가져오면 아들 셋을 장가보낸다고 할 정도로 옥이 비싸고 귀했다. 밥을 지을 때 춘천옥 가루를 넣으면 밥이 찰지고 쉬이 쉬지 않는다. 삼겹살도 그 가루를 살짝 뿌리고 구우면 속부터 먼저 익는다. 춘천옥 광산 주변이 청정지역이다, 라며 설명을 보탰다.

그래도 이 사장은 옥의 신비를 더 캐고 싶은지 입술이 자르르해졌다.

"희한하게도 옥 위에 담배를 올려놓으면 니코틴 맛이 사라집니다. 더불어 소주잔도 그러면 알코올 냄새가 사라져요. 일테면 중화 역할을 하는 거죠."

"참 듣기 좋은 예군요. 저희 장남이 술을 많이 마셔 제가 고민 중인데. 만일 그러면 술 끊는 데 도움 되는 건지."

"제가 옥 조각을 드릴 테니 시험해 보시는 것도 괜찮은 예지요."

이 사장은 납작한 옥 조각 두 개를 내게 건넸다. 그 두 개를 이으면 손바닥만 한 크기였다.

"참 참 참 고마워요."

나는 그 옥 조각을 매만졌다. 금세 손바닥에서부터 군불 지핀 아랫목처럼 따스해졌다.

"그걸 전자레인지에 십 분쯤 데워 타월로 감싸 배꼽에 대면 피로가 가시고 몸의 통증도 가라앉습니다."

"하필이면 배꼽이라뇨?

"인체 중에서 배꼽이 제일 기가 통한 통로거든요."

이 사장은 옥 장식장 서랍에 든 책자를 꺼내 펼쳤다.

"이걸 보십시오. 대만국립고궁박물관에 소장된 희귀 신강옥 제품들이랍니다."

나의 눈길은 저절로 그 책자에 머물렀다. 이 사장이 책장을 넘길 때마다 나의 입에선 장탄식이 터졌다. 중국의 국보들이 펼쳐졌다. 장제스 대만 전 총통이 중국 공산당들에게 쫓겨 피신하며 대만으로 옮긴 것들이었다. 영국 런던 대영박물관, 프랑스 파리 루브르박물관, 미국 뉴욕 메트로폴리박물관, 러시아 상페테르부르크 에르미타시박물관 외에 대만 타이페이 국립고궁박물관을 세계 5대 박물관이라 일컬었다. 대만의 것들은 70여만 점이나 되는 엄청난 숫자였다. 세계 고고학자들이 중국 국토와 바꾸지 않겠다던 유물들이었다. 그것 중에서 신강옥으로 제작된 유물들을 선보인 책자였다. 건륭황제옥쇄, 배춧잎에 여치가 앉은 취옥백채, 주전자, 불상 등이었다.

"신강옥이 유명세를 탄 건 그 박물관에 전시된 유물들을 세계 관람자들이 보고 입에서 입으로 전해서였지요. 러시아 옥도 그러하고요. 우리 대한민국은 국립박물관에서조차 춘천옥이 없으니."

진정 춘천옥을 사랑한 이 사장의 푸념이었다.

이 사장은 내가 주문한 옥도장 두 개를 탁자 위에 놓았다. 자그마한 춘천옥에 새겨진 '글꽃'과 '美'가 풀꽃처럼 피어오른 것 같았다. 썩 잘 새겨진 필체라 도장장이의 탁월한 솜씨가 돋보였다.

꽃글은 꽃다운 글, 글꽃은 글이 꽃답다 일 테지.

나의 글이 꽃으로 피어 향기를 발하면 나비가 입맞춤할까. 아름다운 美는 저절로 따를 테고.

지출이 내게 버거웠지만 춘천옥 도장을 넷이나 지녔잖은가.

뭔가 이루었다는 감이 일어 나의 입술이 꽃송이처럼 화라락 열렸다.

초콜릿인가요, 우유 탄 초콜릿인가요

 – 빛은 어둠에서 탄생된다. 어둠은 빛의 본향이다

세상은 밝히 빛나잖아요

별일 없는 하루하루의 연속이었다. 별일 있는 하루하루는 어떤 걸까. 날마다 코로나 역병으로 움츠렸던 활력소를 되찾기 위한 색다른 묘방은 없는 걸까. 우울을 뛰어넘어 기쁨을 누릴 기회는 진정 오지 않는 걸까. 그 역병으로 이태 동안 숨죽인 나날들이었다.

풍경 따라 시각을 달리하면 별천지가 전개된다던가.

그는 길을 걸으며 휘파람을 불었다. 휘파람 따라 몸속에 든 독가스가 바깥으로 새나간 듯 새 힘이 솟아났다. 그러고 보니 파란 하늘 아래 발걸음마다 풀꽃들이 피어나고 목련이 만개한 꽃길이었다. 바람의 부채질에 자목련과 백목련의 꽃잎들이 흩날렸다. 자색 새와 하얀 새가 어울려 너울너울 춤추는 것 같았다. 그러자 풀꽃들이 아롱다롱 속삭였다.

오빠, 힘내세요. 세상은 밝히 빛나잖아요.

그래, 오빠라고?

내게 오빠라고 살갑게 구는 여동생이 이 세상에 존재하다니. 그러자 어느새 발바닥에서부터 따스한 기운이 파릇파릇 돋아났다. 이 화창한 날씨에 이만큼이라도 봄을 만끽한다는 게 쉬운 일인가. 억눌렸던 감성이 되살아났다.

코리아 남자배구 통합 우승대회

그의 발길이 닿은 곳은 계양체육관이었다.

거의 날마다 인천 해안가에서 헌 배를 수리하던 그에게 체육관은 무료함을 달래기 위해선 안성맞춤이었다. 때맞춰 배구대회가 열려 그의 호기심을 자극했다. 코로나 역병이 진정 돼 관람객들이 몰려들어 분위기가 뜨겁게 달아올랐다.

D 팀과 H 팀의 남자배구 결승전이 시작되기 전이었다. 작년에 이어 두 번째로 개최된 남자배구 통합 우승대회였다. 2020년 동경올림픽 여자 배구대회 당시 코리아가 세계 4강에 올라 배구를 향한 국민들의 열망이 고조된 시기였다. D 팀의 선수들은 검정 유니폼, H 팀의 선수들은 노란 유니폼을 입었다. 실내에는 양쪽 선수들의 모습을 담은 플래카드가 나부끼고 양쪽 팀의 응원단원들이 춤과 환호성으로 분위기를 달궜다. D 팀은 작년에 이어 다

시금 우승을 노린 기회였다. 그는 TV를 통해 코리아 남자배구대
회가 열릴 때마다 관람하곤 했다.

D 팀의 토니 감독은 핀란드 출신으로 30대 중반의 백인 미남
이었다. 국내 배구 감독 중에서 드물게 갈색 머리에 푸른 눈의 외
국인 감독이었다. 허리 부상으로 배구 선수 생활을 접고 감독으
로 거듭나 D 팀에 영입되었다. H 팀의 후 감독은 40대 중반의 화
교 출신이었다. 1995년, 중국 국적에서 코리아로 귀화한 국가대
표 선수 출신이었다.

심판의 손짓 따라 경기가 시작되었다. 양쪽 선수들의 강서브
와 발 빠른 동작, 한 치 앞을 가름 못 할 대결로 관람객들은 숨 막
힐 지경이었다. 양쪽 팀은 강서브로 범실도 잦았다. 그래도 팔팔
한 선수들의 대결이 그에겐 살맛을 제공한 활력소였다. 움츠렸던
기개가 생기를 되찾은 듯 팔뚝의 혈맥이 도드라졌다.

토니 감독은 눈동자를 굴리고 손짓발짓으로, 팔딱 뛰면서 선
수들을 통솔했다. 후 감독은 표정을 들레지 않고 조용한 몸짓으
로 선수들을 지휘했다. 능동과 수동의 차이랄지.

양쪽 선수들의 모습 중에서 그의 시선을 끈 게 D 팀의 링컨과
H 팀의 케이였다.

링컨은 호주 출신의 백인이고 케이는 아프리카 말리 출신의
흑인이었다. 그는 호주가 오스트레일리아로 불린, 수도가 캔버라
이고 남태평양과 인도양 사이에 위치한 것쯤은 밝히 알았다. 영

국 연방국이며 양모 수출이 국익에 기여한다는 것도. 말리는 그에겐 전연 감이 안 잡힌 나라였다. 사전과 지도를 펼쳐 보고선 아프리카 사하라 사막 서쪽에 위치한, 알제리와 나이지리아의 이웃 나라인 걸 알게 되었다. 11세기 당시 말리 왕국에서 국명이 유래되었다고 한다. 예전엔 무역으로 번성했다던가. 근자에 텔레비전에 방송된 '아프리카의 눈물'이란 드라마를 통해 그 나라 현장의 모습이 드러났다. 국민들은 농·목축업으로 생계를 유지하는, 거의 이슬람교도들이었다. 가뭄이 심해 사람들은 물을 구하지 못해 허덕이고 소와 코끼리가 굶주려 죽는, 열악한 나라였다. 가축을 자신들의 심장으로 여긴다던데, 그런 재앙은 살아도 산목숨이 아닐 터였다. 여인들은 입술에 검은 문신으로 채색하고 남정네들의 채찍질에 춤 놀이를 즐긴 기이한 풍속도 드러났다. 그래도 케이는 국제 배구선수이며 여러 나라에서 영입하고픈, 귀빈이었다.

링컨은 왼손잡이로 27세였고, 케이는 오른손잡이로 21세였다. 링컨은 늘씬한 체격에 콧수염과 턱수염을 길러 링컨 대통령의 초상화와 닮아 보였다. 그는 링컨이 본명인지 예명인진 알 수 없었다. 수염과 생김새가 링컨 대통령의 초상화와 비슷했다. 케이는 홀쭉한 생김새인데 검붉은 입술이 먼저 시선을 끌었다. 움직일 때마다 얼굴보다도 입술이 공중을 둥둥 떠다닌 듯했다. 노란 유니폼을 입어 다행이지, 만일 검정 유니폼을 입었다면 상대방 선수들과 관중들에게 적잖은 혼란을 안겨 줄 터였다. 검은 피

부엔 노랑 채색이 잘 어울린다던가. 케이는 자신의 강스파이크
가 터져 상대 선수들이 주눅 들 때마다 양 손바닥으로 얼굴을 가
리는 시늉으로 겸양을 표했다. 실은 겸양을 뛰어넘어 상대 선수
들을 약 올린 고단위 술수일 것이다. 덩달아 나비춤도 추어 관객
들도 덩달아 춤을 추었다. 며칠 전 대회 때는 점수를 올릴 때마다
포효하고 오토바이 탄 듯 부릉부릉 춤추다 코트 바닥으로 미끄러
진, 다이빙 댄스까지 선보였다. 그런 동작은 상대 선수들에게 반
감 사기 쉽다며 H 팀의 관계자들이 말렸다던가. H 팀은 프로 출
범 이후 배구대회 하위권을 맴돌았지만 케이의 영입으로 상위권
에 올랐다.

그가 양쪽 배구선수들에게 관심을 가진 건 링컨 대통령을 연
상시킨 링컨 선수와 아프리카 노예를 연상시킨 케이의 묘한 조화
였다.

그들은 축구선수로 세인들에게 칭송받던 호날두의 7번과 메시
의 10번이 아니었다. 링컨은 18번, 케이는 9번이었다. 행운의 숫
자 7과 완전한 숫자 10은 운동선수들이 선호한 번호였다.

프로선수로 농익은 링컨과 신진인 케이의 활약으로 관객들은
눈에 쌍불 켤 정도로 양 팀은 혈전이었다. 양쪽 선수들이 배구공
을 내리칠 때마다 그의 움츠렸던 혈기가 되살아나고 피부가 팽
팽한 긴장의 연속이었다. 먼저 링컨의 강스파이크로 D 팀이 1점
을 올리면 뒤이은 케이의 반격으로 H 팀이 동점을 이뤘다. 1세트

는 25대 22로 D 팀이 선전했다. 2세트와 3세트는 22대 25, 24대 26으로 H 팀이 이겼다. 4세트는 25대 23으로 D 팀이 승리했다. 케이가 팔팔한 혈기로 상대 팀을 강스파이크로 효력을 발휘했다면 링컨은 완숙미로 상대를 물리친 형국이었다. 한 치 앞을 내다볼 수 없던 혈전이었다. 케이는 상대의 공을 내리칠 때마다 목에 건 은목걸이가 달랑거렸다. 그러면 그의 은목걸이도 달랑거렸다. 경기 관전에 열중하다 보니 자신도 모르게 케이를 흉내 낸 묘한 조화였다.

그 목걸이는 그의 마마가 임종 때 아들 목에 걸어 준 것이다.

알렉스야, 넌 이걸 목에 걸고 다녀야 한다. 장신구라 여기지 말고 너를 지킨 수호신이라 여기렴.

어떻게 목걸이가 수호신이 돼?

넌 피부가 검어 그 은목걸이가 쉽게 눈에 띄잖아. 더불어 웃어라. 너의 신체 중에 유일한 흰 게 이빨이거든. 웃음은 상대를 부드럽게 이끈단다.

그럼 이렇게 웃으면 되는 거지, 뭐.

아들은 하하하, 웃으며 이빨을 드러냈다. 마마도 하하하, 웃으며 아들을 껴안았다.

알렉스는 자라면서 은목걸이 중앙에 십자가가 달려 마마가 신의 은총을 고대해서라고 여겼다. 하지만 교통사고를 면한 게 그 은목걸이임을 알고부터 마마의 의도를 알게 됐다.

그가 10세 때였다. 야밤에 뉴욕 거리를 헤매는데 웬 승용차가 그의 곁에서 멈췄다.

이 깜둥이 새끼야, 왜 무단횡단하고 다녀. 목숨이 오락가락하는 것도 몰라? 다행히 그 은목걸이 때문에 살아남은 줄이나 알아.

백인 청년 운전자가 야유를 퍼부었다.

깜깜한 밤이었다. 흑인 모습은 보이지 않고 승용차의 헤드라이트 불빛으로 은목걸이가 달랑거린 게 눈에 띄었던 것이다.

링컨 대통령의 보좌관이 되다

배구 경기가 무르익을수록 알렉스는 자신이 케이가 된 양 혼미해졌다. 케이의 흉내를 내다보니 자신이 알렉스인지 케이인지 헷갈렸다. 백인들이 아메리카가 저희의 세상인 듯 흑인들을 냉대한 행패에 질린 탓인지 케이가 강스파이크로 상대방 선수들을 주눅들게 할 때마다 피부가 팽팽해지며 날 듯한 쾌감에 젖었다.

어느새 알렉스는 바람을 타고 온 열차에 몸을 실었다. 타임머신을 타고 그가 내린 곳은 아메리카 워싱턴 역이었다. 그는 누군가의 안내로 백악관에 당도했다. 링컨 대통령이 활짝 웃으며 임명장을 내밀었다. 직책은 대통령 보좌관이었다.

이제부터 나를 도와주시오.

그는 링컨 대통령에게 임명장을 받은 순간 요직을 맡은 귀족이 되었다.

내가 링컨 대통령의 보좌관이 되다니. 그는 우쭐해졌지만, 현실은 그게 아니었다. 먹구름이 그의 가슴팍을 짓눌렀다.

각하께서 저희를 우대해 봤자 흑인은 흑인일 따름이옵니다. 백인들이 깜둥이라 얕보니 저희가 어찌 감히 인간답게 살겠습니까?

언행을 조심하게나. 그대들도 하나님이 흙으로 빚은 존귀한 존재거늘. 내가 그대들 덕분에 대통령에 당선됐다는 걸 모를 리 없겠지?

그야 인권 존중을 선거 구호 최대공약수로 내세운 각하의 위대한 영도력 아니겠습니까.

아무튼 이제부터 그딴 허무맹랑한 평은 삼가게나.

이 무지렁이가 전능하신 각하를 경홀히 여긴 죄를 사하여 주옵소서.

이 사람아, 전능하심과 죄 사하심은 하나님의 면책권이요 전매특허인데 내가 대통령에 당선되었다고 신분 상승도 유분수지. 나는 그대들을 내 몸처럼 소중히 여긴 그대들의 이웃이라네. 앞으로 긍지를 지니고 행동을 조심하게나.

명심하겠나이다, 각하.

링컨 보좌관은 허리를 구부렸다.

초콜릿인가요, 우유 탄 초콜릿인가요

알렉스는 곧 죽어도 못 말릴 고집을 지녔다. 초콜릿을 입에 대지 않은 버릇이었다. 유년 시절부터 자신의 가슴팍에 초콜릿 노사절을 조각칼로 새겼던 것이다.

그의 마마는 백인 파파랑 흑인 마마 사이에 태어난 혼혈아였다. 초콜릿 피부가 아닌, 백인 피가 섞인 우유 탄 초콜릿 피부를 지닌 미인이었다. 어떻게 성년식을 치른 백인 청년이 15세나 많은 흑인 미망인을 연모해 그들 사이에 아들이 태어났다. 산모는 난산이었다. 까무러쳐가는 정신을 가다듬고 산실에서 백인 청년에게 속삭인 최초의 고백이 의사와 간호사를 놀라게 했다.

초콜릿인가요? 우유 탄 초콜릿인가요?

핏덩이를 껴안은 새파란 백인 파파는 중년 연인의 질문에 화답하지 못했다. 나도 너도 안 닮은 깜깜 깜둥이야.

부르짖고는 산실 밖으로 뛰쳐나갔다.

그로부터 여러 해가 지났다. 백인 파파는 백인 아가씨와 결혼해 백인 쌍둥이 아들을 둔 가장이었다.

알렉스는 마마의 유언에 따라 생부를 찾아갔다. 생모는 자궁암으로 숨졌다. 난산 끝의 후유증으로 내내 그 병에 시달려 온 터였다.

생부는 뉴욕의 증권회사 직원이었다. 깜둥이 아들을 자식으로 인정하되 사랑하진 않았다. 장남을 흑인 양육원에 맡기곤 그에 따른 보조금을 지불한 파파였다. 교통사고를 면한 그 날 밤이었다. 알렉스는 가족이 그리워 생부 집을 찾아갔지만, 출타 중이었다. 의모와 쌍둥이 동생의 푸대접으로 문전에서 박대당했다.

넌 깜둥인데 어찌 우리 가족이 되는 게냐?

의모의 차가운 말투에 쌍둥이 두 동생도 맞섰다.

새카만 깜둥이가 우리 형이라고? 그딴 형은 없어. 어서 꺼져버려.

알렉스는 자라면서 생모가 산실에서 내뱉은 고백이 나이지리아 출신 월레 소잉카 시인의 「전화 통화」 구절임을 알게 되었다. 더불어 그 시가 노벨문학상을 받은 윤활유가 되었다던 것도.

…… 얼마나 까맣죠? 잘못 들은 게 아니었다. 살짝 까만가요? 아니면 아주 까만가요? 여자는 사려 깊게도 힘주어 강조했다. 보통 초콜릿 색깔인가요? 우유 탄 초콜릿 색깔인가요?

흑인 남자와 백인 여자와의 「전화 통화」 내용이었다.

알렉스는 그 시를 감상할 때마다 코끝이 찡했다. 알렉스가 그 시집을 읽고 외운 건 양육원 도서실에 소장되기도 했지만, 소잉카가 흑인이라서 그럴 것이다. 더욱이 흑인이라도 초콜릿 피부와 우유 탄 초콜릿 피부는 사회에서도 대접을 달리 받는다던 사실도 알게 되었다.

그는 마마가 직장인이라 낮에는 '어린이집'에서 지냈다. 보모는 아이들에게 초콜릿을 나눠 주었다. 백인 남아가 그의 곁에서 퉁을 주었다.

이건 참 맛있는데 너를 보면 맛이 싹 달아나 버려.

왜 그런데?

너의 피부랑 닮았잖아.

그날부터 알렉스는 초콜릿을 냠냠거린다는 건 자신의 살을 냠냠거린 거라 여기고 입맛이 싹 달아났던 것이다..

그는 양육원에서 자라 16세가 되었다. 동갑내기 제니랑 친하게 지냈다. 제니도 백인 아빠랑 흑인 마마 사이에 태어난, 우유탄 흑인 혼혈아였다. 젖먹이 때부터 고아가 된 제니는 눈치코치 빠르고 동갑내기들을 잘 이끌었다. 초경을 치른 제니는 하루가 다르게 숙녀티가 돋보였다. 제니를 보면 알렉스는 키스하고픈 욕정이 일었다. 저녁때였다. 으슥한 복도에서 제니랑 마주쳤다. 주위엔 아무도 없었다. 그는 제니를 껴안고 입술을 더듬는데 퇴짜당했다.

난 네가 좋지만 너를 닮은 아이를 낳을까 봐 무섭단다.

두려움이 아닌?

응, 그래. 걔가 겪을 고통을 어찌 보겠느냐고.

그제야 알렉스는 감이 잡혔다. 필시 마마도 그랬으리라. 초콜릿 피부를 지닌 아들이 내 핏줄 아니란 거부감이 일었을 테니. 그리고 그 피부 닮은 아들이 사회에서 모질게 냉대당하리란 걸.

초콜릿인가요, 우유 탄 초콜릿인가요.

흑인들만 득실거린 양육원에서조차도 소잉카의 「전화 통화」에 기록된 그 내용을 인용하던 사례들이 많았다. 일상에서 일어남 직한 대화지만, 소잉카는 그 시를 백인이 흑인을 조롱한 명구로 묘사했다. 따라서 그 책자에 드러난, 작가 이력과 사진을 보더라도 소잉카는 초콜릿 피부가 아닌 흑인이라서 그 시를 지었을 거란 걸. 누구든지 자신의 단점을 들렐 수치는 감출 속성을 지녔으므로. 더불어 소잉카는 수염도 머리카락도 솜덩이처럼 부푼 하얀 색이었다.

어느 날, 그는 뉴욕에서 국제 문인들의 만찬회가 열린 호텔을 찾아갔다.

그는 그 연회석에서 소잉카와 마주 보고 섰다.

월레 소잉카, 당신은 〈뿌리〉 영화에 출연한 모건 프리먼을 닮았군요.

소잉카는 호탕하게 웃으며 그의 양손을 잡았다.

나를 본 사람마다 그렇다고 하더군. 실은 내가 프리먼보다 잘생겼는데.

과연 그렇군요. 하지만 당신의 머리카락과 수염은 자연산이 아니죠?

소잉카는 그에게 잉크를 보내며 은근짜를 놓았다.

너도 머리카락을 하얗게 물들어 보렴. 세상천지가 환해 보일 테니.

어떻게 머리카락이 하얗다고 세상이 환해 보일까요?

분위기에 따라 세상인심은 변하기 마련이라, 요는 생각하기 나름이거든.

당신도 세계를 넘나드는 지성인이라 해 봤자, 흑인이란 멍에를 지우고 백인이 되고 싶은가 보죠?

요 녀석이 간뎅이가 부었구먼. 이걸 그냥.

소잉카가 핏대를 올리며 달려든 순간, 그는 꿈에서 깨어났다.

승리에 의한 승리를 위한 승리의 승리

"운동선수인데 왜 링컨이란 존칭으로 불릴까? 늘씬한 체격의 텁석부리가 운동선수와는 연이 안 닿아 보인데도."

옆에 앉은 아가씨가 묻자, 청년이 답했다.

"본명? 예명? 어느 것이든 링컨 대통령을 닮고 싶다던 의지의 표현 아닐까. 대통령을 아무나 하는 건 아니잖아. 링컨 대통령은 발 빠른 두뇌 회전, 좌중을 사로잡은 위엄, 상대를 꼼짝 못 할 영도력을 지녔기에 영웅으로 존중받거든. 운동선수에게도 그런 요건이 필요하지 않겠어."

"아리송한 추측인데. 모습이 닮은 것과 인상이 비슷한 건 차이가 난다지만 생김새와 품격은 따로국밥 아닌 어울림의 조화 아닐까."

"야구 선수 중에 소크라테스도 있잖아. 야구만큼 심오한 철학자의 자질을 갖춰야 할 종목도 없으니 그리 불리기를 고대했겠지."

알렉스는 그들의 대화를 좀 더 조리 있게 펼쳐보았다.

링컨 선수는 배구선수를 시작할 때부터 링컨 대통령을 상징한 구호인 '국민에 의한 국민을 위한 국민의 정부'를 승리로 덧입혀 결심을 다졌을 것이다. 승리에 의한 승리를 위한 승리'는 운동선수들에겐 선택이 아닌 필수이므로.

케이에게도 이번 경기는 그 구호가 최대 목표였을 것이다. 얼굴엔 구슬땀이 얼룩지고 공을 내리치기 위해 뜀뛰기를 할 때마다 헉헉 토한 사자후는 피맺힌 절규로 알렉스의 뇌리에 박혔다. 알렉스가 상상의 나래를 펼쳐 타임머신을 타고 링컨 대통령의 보좌관이 된 건 누리지 못할 호사였다. 그러기에 그 유혹은 달콤함의 마력이었다. 알렉스는 링컨과 케이 선수의 속사포가 터질 때마다 그런 상상에 휘말렸다.

양쪽 팀이 2대 2로 팽팽히 맞서 5세트에 접어들었다. 상대 선수들의 혈전으로 경기가 막바지에 접어들수록 D 팀과 H 팀 선수들의 대결이 아닌, 링컨과 케이의 대결로 압축된 것 같았다. 경기에 열중한 나머지 공을 높이 칠 때마다 케이는 달랑거리는 은목걸이를 입에 문 것도 뒤늦게 알고 내뱉었다. 링컨의 속사포가 터지면 케이의 반격으로 시합의 승패는 앞서거니 뒤서거니 했지만 결국 23대 21로 승리는 D 팀에게 안겼다. 5세트는 게임 15로 승리가 결정되는데도 상대끼리 반격포가 이어져서였다. 결정타는 링컨의 서브 실수로 승리가 H 팀으로 기울 듯했지만, 뒤이은 케이도 서브 범실과 링컨의 강스파이크로 막을 내렸다.

케이가 울 때 그도 울었다

"링컨은 그런대로 잘생겼잖아."

옆 좌석의 아가씨가 속삭이자 넘겨짚은 청년의 반응이 뒤따랐다.

"생기긴 생겼는데 나름대로 생겼다는 뜻?"

두 연인은 공중에 의문표를 그리며 웃었다.

"케이도 못생긴 얼굴은 아니거든."

청년이 목소리를 낮추며 그를 힐끔거렸다.

그는 청년의 반응 뒤에 감춰진 깜둥이란 비난이 생략된 건 자신을 겨눈 화살임을 감지했다. 일순 팔뚝의 정맥이 부풀어 오르며 손목을 불끈 쥐었다. 어쩐다. 연놈들을. 이걸 그냥.

그런 사이 경기가 끝났다.

저게 뭐냐.

D 팀 선수들이 기뻐 날뛴 와중에 케이가 드러누워 울잖아. 울음은 통곡으로 변했다. 전례에 없던 개인 통산 57점을 꽂고도 승

리의 면류관인 그 대회 MVP를 링컨에게 빼앗겼으니 통한의 눈물을 흘릴 수밖에. 그 눈물은 흑인들이 백인들에게 당한 수모일 것이다. 알렉스 자신이 자라면서 타인들이나 이복동생들에게 당한 울분과 다름 아닐 것이다.

그 시합이 시작될 때부터 알렉스는 케이가 바로 자신의 분신이라 여겼다. 케이가 상대방 선수들을 향해 공을 내리칠 때마다 자신의 쌓이고 쌓인 울분이 사라진 듯했다. 케이가 실수하면 그 아픔이 자신의 아픔으로 가슴이 쓰렸다.

알렉스 마마는 숨질 때 눈물로 호소했다.

피는 피를 부르기 마련이다. 넌 레트포드의 장남이란다. 친부를 찾아가렴. 마마는 코리아 남자랑 동거 중이었다. 양부는 편의점 직원이고 마마는 그 식당 요리사였다. 알렉스는 자신이 살던 캘리포니아에서 부친이 살던 뉴욕으로 향할 때 한 걸음 한 걸음이 무거웠다. 마침내 뉴욕 증권회사로 가서 파파를 만났다.

저는 레드포드라 하는데요.

그는 먼저 자신의 성을 밝히고는 찾아온 이유를 밝혔다.

마마가 숨져서요.

부자의 첫 대면이었다. 당신의 아들이 고아가 되었으니 거두어 달라는 애절한 몸짓이었다. 이름을 안 밝히고 성을 내세운 건 내가 당신의 아들임을 강조하기 위해서였다.

파파는 열 살배기를 보고 악수를 청했다.

잘 왔군 그래.

그 다음에 이어진 파파의 목소리를 듣고 그는 피가 거꾸로 치솟았다.

파파는 잘 계시니?

친부가 양부를 친부인양 하던 위선이 하도 절절해 아이는 머리를 친부의 배를 향해 돌진했다. 백인 아이들이 놀리면 곧잘 대항하던 방어였다. 친부는 쓰러지면서도 미소를 입가에 흘렸다. 나는 네가 나의 피를 이어받았지만 내 아들로 거두지 못한다던 압력이었을 것이다. 친부는 친부로되 친부가 아니었다. 깜둥이 아들을 업신여긴 백인 아빠였다. 백인으로서 흑인을 멸시한 권위주의 악습을 피붙이에게도 내비쳤다. 아픔을 당하면 그만큼 성장의 밑거름이라던가. 하지만 친부에게 당한 그따위 모욕은 지우려야 지워지지 않은 모순이요 고통이었다.

그보다 더한 고통은 연달아 일어났다. 그의 유년 시절은 백인 우월주의가 기승을 부릴 때였다. 그가 양육원 가까운 공원에 들어서자, 백인 소년들이 히죽거리며 그를 빙 둘러섰다.

이봐, 깜둥아, 넌 아메리카를 좀먹는 쓰레기야. 그 쓰레기를 싹싹 쓸어내야만 우리 아메리카가 살만한 천국이 되는 게야.

아암, 그렇고말고. 쟤의 피도 숯덩이처럼 새카만 게 아닐까. 우리 시험해 볼래.

어쭈, 놈이 먼저 도전하니 우리가 마냥 얌전빼진 못하겠지.

그러게 말이야. 몸이 간질간질하니 허파가 웃잖아.

그는 먼저 머리를 놈들의 배로 들이밀며 방어했지만 대여섯 명을 상대하기엔 역부족이었다. 치고받다가 종당엔 쓰러졌다. 팔다리에 상처를 입어 피가 나왔다.

재수 없게 시리. 깜둥이 피도 우리랑 닮아 빨갛잖아.

그가 더 이상 폭력을 안 당한 건 때맞춰 달려든 경찰들의 보호 때문이었다.

알렉스는 17세 때 양육원 생활을 마감했다. 양부의 인도로 배를 타고 코리아 인천에 당도했다. 인천은 양부의 고향이었다. 양부도 흑인 병사와 코리아 여인 사이에 태어난 혼혈아였다. 양부의 피부는 초콜릿 피부도 아니고 더욱이 우유 탄 피부도 아니었다. 다갈색이었다. 그래도 초콜릿 피부보다는 보기에 괜찮아 보였다. 가끔 양부는 그를 연민의 눈으로 바라보았다.

너를 보면 나의 파파가 기억나거든. 또 하나 보탤 게 있다면 메리를 닮아 보호해 주고 싶어.

양부가 양아들을 박대 안 하고 고향까지 데리고 간 건 의지했던 부친과 연모했던 여인을 동시에 떠올린 이중 효과였을 것이다.

코리아는 살아가는 덴 괜찮은 나라란다. 나랑 함께 가지 않을래?

물론이죠. 전 고아가 되는 게 죽기보다 싫거든요.

인석이 기특하긴.

양부는 그를 품에 안았다.

알렉스는 양부의 뜻에 따라 헌 배를 수리하는 기능공이 되었다. 기술을 익히기가 힘들어 자주 투정을 부렸다. 헌 나무토막을 잘라내고 새 걸 잇댄다든지 못질 하나도 전문의 기술이 필요해서였다.

저도 배를 타고 고기잡이가 되고파요.

아서라. 그건 위험하단다. 배 수리공보다도 어부 노릇이 더 힘든 거란다.

위험한 줄 아시면서 왜 그 짓을 하시나요?

먹고 살기 위해서지. 내가 미국으로 가기 전에도 어부 노릇을 했거든.

양부의 모친은 미군 흑인 병사와 동거 중이었다. 양부가 미국행을 한 것도 아들이 어부가 되지 않기 위한 모친의 결단이었을 텐데.

때때로 양부는 어선을 타고 고기잡이로 출타하더니 어느 날 폭풍에 어선이 침몰 돼 숨졌다. 그 충격으로 알렉스는 뱃놈이지만 고기잡이는 하지 않았다. 소년은 틈만 나면 배구대회 관람을 즐겼다. 양육원에서 그가 익힌 놀이가 배구였다.

케이의 통곡이 효력을 발휘해서일까. 그로부터 일주일쯤 지나, 대한배구협회 측에서 코리아 남자배구 통합 우승대회 최우수 선수로 케이를 선정했다. 그 시상식이 어느 호텔에서 열린 게 TV

화면을 통해 방영되었다. 알렉스는 그 경위를 알 순 없었지만 역시 최우수 선수는 그 대회 개인 통산을 가장 많이 획득한 선수에게 돌아가야 한다던 여론이 팽배해서란 후문이었다.

알렉스는 신문에 보도된, 케이가 그 우승 트로피를 들고 환히 웃는 장면을 오려 자신의 방 벽에 붙였다. 그러고선 아침에 출근할 때마다 케이의 웃음을 자신의 기쁨인 양 흉내 냈다. 그러면 근심은 사라지고 기쁨이 발바닥에서부터 서서히 피어올랐다.

그래, 나도 승리자가 되는 게야. 내게 주어진 고난을 못 이긴 대서야 어찌 사내대장부라 하리.

알렉스도 사람들과 배구 친선 대회 때 승리하면 곧잘 양손으로 얼굴 가린 흉내를 냈다. 그러면 겸손의 미덕을 내비친 전시효과가 되었다. 그건 세파를 이길 끈기였다. 하루하루를 얼마나 유효적절하게 넘기느냐는 자신의 능력일 것이다.

하하하 웃어야지.

내 몸 중에서 유일하게 흰 걸 방패로 삼아야지. 그러고 보니 웃음이 묘약이라 뜨거움이 발바닥에서부터 피어올라 온몸을 데웠다.

핫핫핫핫핫핫……. 웃고 보니 막힌 허파가 뚫린 듯 시원했다. 웃음이 만복의 보약이거든. 핫핫핫핫핫핫……. 그의 웃음은 유리창을 깨뜨릴 듯 울려 퍼져 창공에 메아리 되어 날아올랐다.

얼굴 없는 나라

삼박자 멍에

인간은 자신을 찌르는 독침과 그 독을 해부하는 칼과 그 상처를 깁는 바늘을 지니고 산다.

S, M, C의 대결

머나먼 계명성 왕국에선 백성들이 광장으로 모여들었습니다. 그들은 영어 알파벳 대문자를 놓고 제비뽑기했습니다. A B C D 에서, M N O P, S T U V에 이르기까지 가려 뽑기입니다. 백성들은 무척 많았습니다. 3조로 나눠 제비뽑기 대장을 선출하는 덴 석 달 열흘이 걸렸습니다. 1조에선 C, 2조에선 M, 3조에선 S가 뽑혔습니다.

C, M, S는 마냥 흥겨워할 순 없었습니다. 대장은 그 조에선 우

두머리입니다. 하지만 계명성을 통치하려면 왕이 되어야 했거든요. 그리하여 백성들이 모인 자리에서 C, M, S는 서로 장기 대회를 열었습니다.

그들은 씨름, 활쏘기, 투창 던지기, 100계명 외우기를 겨루었습니다. 힘과 지식은 왕국을 다스릴 원동력이니까요. 그 모임을 주관한 '인류 멸망 위원회' 위원장이 분위기를 유도했습니다.

우리가 아무리 머리를 쥐어짜도 인간들의 지혜엔 못 미칩니다. 왜냐면 인간들은 천지를 창조한 하나님을 닮아서랍니다. 그러므로 모세가 하나님께 받은 건 돌조각에 적힌 십계명이지요. 그걸 지우고 우리 계명성 왕국 백성들은 인류에게 당당히 맞설 100계명 헌법을 창안했던 겁니다. 상대방을 꾀는 자, 속인 자, 저주받게 한 자, 종국엔 사망에 이르게 한 자 등입니다. 평온한 자리에 분란만 일삼는 훼방꾼이 바로 우리들의 장기 아닙니까. 누가 인류의 진정한 훼방꾼인지 마침맞은 좋은 기회랍니다. 거듭된 씨양이질로는 만족할 순 없어 고심 끝에 선택된 게 바이러스입니다.

잠시 뜸 들인 위원장이 강조했습니다.

"바이러스는 오래도록 인류를 위협한 존재였습니다. 그러면 먼저 제비 뽑힌 순서대로 장기 대회를 열어볼까요?

나의 이름은 사스입니다. 이른바 SARS이지요. 그걸 코리아어로 번역하면 '급성호흡기증후군'입니다. 감기의 시초라 여기면 쉽게 이해됩니다. 2003년 아시아에서 발생 되었지요. 우리 계명성 왕국에선 요술 부린 게 장기라 요상한 언어에서 발췌해야만 인간 들을 궁지로 몰아넣거든요. 인간 사회를 어지럽게, 혼란을 거듭한 촉진제이고요. 종국엔 인류 멸망이란 지대한 목표를 성취한 게 우리들의 책무랍니다.

S가 겁 없이 나불대자, 위원장이 자제를 호소합니다.

깊이 생각하고 얌전히 굴 일이지. 그게 뭔가.

우리들의 신성한 임무를 왜곡하려 드는군요.

어디 임무가 내 알몸 보여주라고 원성 높입디까? 적당히 가릴 건 가리고 바깥으로 내뿜어야지.

S대장과 위원장의 언쟁이 드높아지자, M이 자신을 들렙니다.

내 이름은 메르스입니다. 쉽게 말하면 MERS, '중동호흡기증후군'입니다. 사우디아라비아를 비롯한 중동지역에서 발생해 그리 불립니다. 사스랑 비슷하나 치사율이 조금 높달까요…….

두 분 선배님이 내력을 잘 말씀하셔서 달리 표현을 못 하지만 저는 코로나19입니다. 일테면 COVID-19이지요. 두 분 선배님과는 달리 19란 명칭이 붙은 건 2019년에 유행해 존재 가치를 드높인 사례랍니다. 그러니 위력이 막강할 수밖에요. 지금까진 제가 막내지만 어디 계명성 나라에서 씨종자가 궤멸되었답디까. 앞으로도 인류가 멸망하기 전까진 막내는 막내를 낳고 막내는 또 막내를 낳는 기이한 풍조가 이어질 겁니다.

바이러스 중후군

동양방송국 회의실에는 초청 인사들이 지정된 자리에 앉았다. 김창인 신학박사, 유한동 한일 병원장, 강영석 서원대학교 인문학과 교수였다. 그 건너편에 앉은 백지현 아나운서가 분위기를 이끌었다.

"요즈음 '코로나19'로 전 세계가 떠들썩합니다. 제로 경제 시대, 상점마다 문을 닫고 예술가들은 절망의 문턱에 섰습니다. 위축된 투자 심리가 지갑을 닫았다고 야단들입니다. 더욱이 수많은 목숨까지 잃는 극단적인 위기에 휘말려 지구의 종말이 왔다고까지 합니다. 그러므로 어떻게 하면 인류의 적을 기지 있게 물리치느냐가 오늘의 주제입니다. 의학계와 인문학, 신학을 대표한 세 분을 모시고 고견을 들어보기로 하겠습니다."

먼저 유 병원장이 입을 열었다.

"바야흐로 3차 전쟁은 나라와 나라끼리, 이념 대립이 아니라 인간과 바이러스와의 전쟁이 도래했다 할까요."

"축구와 야구, 그 외의 경기장 관중석엔 관중들이 얼씬 못하니 별천지 세상입니다. 산 자도 죽은 자도 아닌 인간 모형도까지 배치해 흥을 돋우지 않습니까. 결혼식장엔 하객들이 없고요. 가게마다 문을 닫으니, 안톤 슈낙의 『우리를 슬프게 하는 것들』 후속타가 나올 법 하지요."

강 교수의 평을 듣고, 백 아나운서가 문제의 핵심을 파고들었다.

"그럼, 이제부터 오늘의 주제 '바이러스 증후군'에 대해 말씀해 주실까요?"

"바이러스는 세균보다 적어 사람의 눈과 현미경으로 볼 수 없는 아주 미세한 괴물입니다. 동물 바이러스, 식물 바이러스, 세균 바이러스로 구분합니다. 그에 의한 질병은 독감이고요. 사스, 메르스, 코로나19도 이에 속합니다."

유 병원장 뒤이어 강 교수도 입심을 발했다.

"총칼과 포탄 대립의 전쟁처럼 사망자 수가 늘어나니 종말이 온 게 아닙니까?"

침묵을 지키던 김 박사가 입을 열었다.

"종말 운운은 세례 요한 때도 그랬지요. 그건 예수 사역 이전에도 논쟁거리였고요. 세상사란 하나님의 시간표대로 움직입니다."

근데 코로나19는 너무하다 싶습니다. 성경에는 너 아침의 아들 계명성이여(이사야–14:12)란 구절이 기록되었습니다. 계명성은 루시퍼, 일테면 타락한 천사를 뜻합니다. 하도 죄를 지어 하나님이 에덴에서 쫓아낸 거지요. 얼마나 참담했으면 갖은 인고 끝에 기생충으로 환생했겠습니까. 예수님 이전 시대는 사탄, 예수님 사역부터 마귀라 부릅니다.

"사스는 감기 바이러스가 변형된 동물 사이에 유행하던 병이지요. 그게 고령자나 만성질환 환자에게 감염되면 목숨도 잃게 됩니다. 2002년, 중국에선 8백여 명의 사망자를 낸 인류의 무서운 적입니다. 박쥐에서 유래된 바이러스였고요."

유 병원장의 설명이 뒤따랐다.

"흔히 박쥐는 오복을 상징한다 해서 예부터 인간의 사랑을 받았습니다. 길조인 양 벽걸이나 여인들의 장신구에도 애용되었거든요."

강 교수의 평을 듣고 김 박사가 말했다.

"오복이라면 수, 부, 강녕은 누구나 다 아는 사실이고요."

고종명考終命도 이에 속합니다. 제 명대로 살다 편히 죽는 게 보통 어려운 일이 아니거든요. 여기서 짚고 넘어가야 할 게 유호덕攸好德입니다. 도덕 지키기를 낙으로 삼는다는 뜻입니다. 바야흐로 21세기는 도덕성이 결핍돼 이런 환란이 거듭된 게 아닙니까. 죄악이 만연한 시대지요."

"좋은 말씀 귀담아 들었습니다. 그럼 본론으로 들어갈까요."

백 아나운서가 TV 화면을 켰다. 화면에는 현장과 함께 해설자의 설명이 뒤따랐다.

2019년 12월, 중국 우한시에서 바이러스성 호흡기 질환. '우한 폐렴'이 발생했다. 이른바 '코로나19'라고도 한다.

사스, 메르스, 코로나의 공통점과 차이점은 뭘까. 공통점은 호흡기를 통해 감염되는 증상이다. 발열, 기침, 근육통, 호흡곤란 등이 특징이다. 이번에 퍼진 '코로나바이러스'는 '무증상감염'이라 더 무섭다. 사스는 치사율이 9.6%, 전파력은 1인당 평균 4명 정도의 수준이다. 2015년 유행한 메르스는 전파력이 평균 0.9명 수준으로 2003년 사스에 비해 '감염자 수'는 적었다. 그러나 치사율이 34퍼센트로 사망자 비율이 훨씬 높았다. 코로나는 현재도 진행형이기에 정확한 감염자 수를 파악하긴 어렵다. 사스, 메르스에 비해 전파력이 매우 높다. 더 큰 문제는 인류에게 전염된 동물 바이러스 중 인류가 그 정체를 아는 건 고작 1퍼센트 정도라고 한다. 그에 대한 예방은 관리를 습관화하여 또 다른 감염병을 철저히 막아야 한다.

"이상에서 살펴본 바와 같이 더욱 인류를 궁지로 몰아넣은 건, '인류가 그 정체를 아는 게 고작 1퍼센트'라는 겁니다. 나날이 다르게 신종 바이러스가 도래할 것이므로 전쟁보다 더 무서운 공포 아니겠습니까."

"우리 사회에서 동물 애호가들의 애완견 기르기에서부터 그 버릇을 고쳐야 합니다."

강 교수의 열변에 유 병원장이 뜨악한 표정을 지었다.

"허허, 이러다간 동물애호가들에게 비난받겠습니다만, 바이러스 주원인이 동물과의 접촉이니 양식 있는 자들이 사자후를 발해야지요."

"자동차 배기가스와 공장의 매연이 초래한 지구 온난화 때문에 바이러스가 출출 수밖에요."

김 박사도 동조했다.

"저는 동물애호가도 아닌데 입술이 부르트길 잘합니다. 그런 감을 잡은 순간 인중까지 부풀어 올라 바이러스 연고를 발라도 치료에 달포가 걸립니다."

백 아나운서가 예를 들었다.

"그건 기초입니다. 세포는 물론 뇌에까지 바이러스가 침투해 정신 분열을 일으키고 종국엔 죽음에 이르지요."

유 병원장이 바이러스 증후군의 심각함을 일깨웠다.

"바이러스가 창궐할수록 인간은 자성해야 합니다. 자연은 동식물과 해조류에 이르기까지 공존하는 공간입니다. 그 자연의 질서를 파괴한 주범이 인간들입니다. 동물을 남획하고 자연을 훼손하는 사례가 극에 이르잖습니까. 인간이 잔혹할수록 그를 공격하는 바이러스도 덩달아 잔혹할 수밖에요."

김 박사도 인간의 자성론을 일깨웠다.

"여기서 짚고 넘어가야 할 게 인간과 인간과의 관계입니다."

처칠과 플레밍은 어릴 때 친구였습니다. 처칠이 물에 빠진 걸 플레밍이 구해줬지요. 그 보답으로 처칠 부모는 가난한 플레밍이 학업에 전념하도록 도와줘서 플레밍이 의학 공부를 마쳤고요. 마침내 플레밍은 세균학자가 되어, 페니실린을 발견해 인류에게 세균 감염을 막는 지대한 공헌을 했습니다. 그런 데다 군에 입대한 처칠이 전쟁터에서 폐병에 걸려 생명의 위험에 부딪혔습니다. 플레밍은 그 전쟁터로 가서 처칠의 생명을 다시 구해줬지요. 훗날 처칠은 영국 총리가 되었습니다. 2차 세계대전을 승리로 이끌었고 나치로부터 수많은 생명을 구했습니다. 우리 인간은 동물을 다스릴 천부의 지혜를 지녔지요. 아무리 바이러스가 창궐해도 사스와 메르스를 기지 있게 이겼잖습니까. 제2의 페니실린을 발명해 머잖아 코로나19도 통쾌하게 사라질 줄 믿습니다.

선행의 나비 효과

팔월에 접어들어 장마가 기승을 부렸다. 코로나 후유증으로 가뜩이나 의기소침하던 수재민들은 비바람에 집이 무너져 쓰러지곤 했다. 폭탄이 터진 양 천둥이 일고 코로나19 감염자가 늘어난다는 게 전파를 타고 사람들에게 전해졌다. 날마다 미국, 영국, 프랑스 등 세계 강국에서도 코로나19가 기승을 부려 감염자들과 사망자 수도 상상을 초월한다는 뉴스가 속속 알려졌다.

그런 와중에 백 아나운서는 사람들에게 여러 통의 편지를 받았다. 그중에서 눈에 띈 게 노인 일자리에 선정된 여인이 보낸 사연이었다.

저는 매달 열흘 동안 도로변의 쓰레기 줍기를 합니다. 일일 노동은 서너 시간입니다. 파란 비닐봉지에 담긴 건 거의 담배꽁초 아니면 로또복권 영수증입니다. 나날이 다르게 그 두 개가 늘어난다는 건 세상인심을 대변한 게 아니겠습니까. 어느 날은 버스 정류장 의자 옆에 담배꽁초가 길바닥에 널려 있어서 집게로 줍고 보니 300여 개가 넘지 뭡니까. 아, 내 인생이 담배꽁초보다 못하구나, 심한 자책감에 시달려 그 자리를 뛰쳐나왔다니까요. 로또복권은 또 어떻습니까. 그 낙첨된 영수증을 많이 주웠거든요.

어느 날은 종이컵, 깡통, 휴지, 선전지 등을 줍다 집게 끝에 씹어뱉은 껌도 집어 파란 봉지 안에 넣었지요. 나비가 날아와선 그 집게 끝에 묻은 단맛에 냠냠거려 내 손아귀에 붙잡혔습니다. 아주 예쁘게 생긴 무지개 나비였어요. 아, 그래, 이런 진풍경은 내가 넝마주이기에 맛본 게 아니냐 싶어 황홀해졌지요. 무지개 나비를 날려 보낼 때의 쾌감은 또 어떻고요. 햇빛 받은 빨강, 주황, 노랑, 초록, 파랑, 남색, 보라가 파란 하늘을 수놓은 게 별천지라, 무지개 꿈을 꾸었다니까요. 기껏 달마다 열흘 동안 서너 시간씩 한 노동 값이 삼십만 원이 못 되지만, 그래도 살맛을 제공해준다 싶더라고요.

경기도 파주시 평화로 검산동
곽순이 드림

누구더라, 곽순이가? 그래, 그렇지. 오능후 어머님이구나.

백 아나운서는 파주시 검산동으로 향했다. 서초구 반포아파트에서 승용차를 몰고 경기도 금촌역까지 가는 데 한 시간이 더 걸렸다. 오전 10시였다. 때맞춰 그 일대 일자리에 선정된 노인들이 일을 마치고 귀가 중이었다. 곽 여사가 노란 모자와 노란 조끼를 입어 쉽게 눈에 띄었다.

"누구야?"

곽 여사가 헤벌쭉 웃었다.

"저예요."

백 아나운서는 노인의 손을 잡았다.

"무슨 중요한 일이라고 예까지 왕림하셨을까?"

"제겐 대단한 일이거든요. 얼마 전, 방송국에 사표를 냈습니다. 그러고 보니 여사님을 꼭 뵙는다는 게 풀지 못한 수수께끼인 양 다가오더라고요."

곽 여사는 칠순을 넘겼는데도 얼굴에 주름살이 없다.

"이곳은 전원아파트 단지라 공기가 해맑아. 앉아서 대화 나눌 마땅한 장소도 없고. 걷는 게 좋겠지?"

"저도 청정공기를 마시고 싶군요."

그들은 유승아파트 단지를 지나 좁은 길로 들어섰다.

곽 여사의 이마에 혈맥이 도드라졌다.

"왜 사표 냈을까?

"알고도 물으시다뇨?"

의문 부호가 백 아나운서의 이마에 찍혔다.

"버커리가 되기엔 난 아직 새파래."

망령 들지 않았다던 걸 은유로 표현한 곽 여사의 입술이 오므라들었다. 그러자 입술 가에 잔주름이 잡혔다. 곽 여사는 나의 성이 곽가랍니다. 남들에겐 현풍 곽 씨가 콱콱 물어뜯는 인상을 주기 쉽다며, 친정 아버님이 순이라 부르셨지요. 순이란 이름이 한국어 중에서 가장 선하다며. 촌뜨기 이름이지만 난 그 이름이 좋은걸요. 그런 사실을 백 아나운서는 엄마에게 들었다.

오능후는 어릴 때부터 반포에서 천재라 불리었다. 인물도 훤하고 공부도 뛰어났다. 더욱이 그곳 중학교의 총학생회 회장으로 선출돼 학생들에겐 선망의 대상이었다. 승승장구하던 능후가 고교 배정 때 8학군에서 밀려나 9학군 소속인 관악구 외진 고교에 배정되었다. 문제는 능후네 집이 반포아파트에서 신반포 아파트로 이사 가서였다. 반포가 8학군, 신반포는 7학군이었다. 하지만 이사 간 기간이 짧아 타 구역으로 배치됐다. 하루가 다르게 7학군과 8학군에 소속된 초등교와 중학교의 전학생들이 늘어나던 시기였다. 그 학군에 속한 고교의 일류 대입 성적이 뛰어나 너도 나도 선호한 탓이었다. 위장 전입이 많아 서울시 교육계 관계자들이 중지를 모은 게, 이사 간 시기에 맞춰 고교를 배정했다. 곽 여사의 충격은 컸다. 남들에게 동경의 대상이던 아들이 장래 한가락 할 인물이 될 것을 바라마지 않았다. 그런데 이름 모를 고교에 배정받다니. 7학군과 8학군에 배정받지 못한, 강남과 서초구에 속한 중학교 부모들의 항의 데모는 극에 달했다. 그걸 수습하기 위해 그들이 안을 내놓은 게 이사 간 개월 수에 따라 재배정해 준다는 내용이었다. 지현도 강북 고교에 배치된, 능후와 같은 상황이었다. 그리하여 고교 2학년이 되어서야 지현은 8학군, 능후는 7학군 고교로 전학했다. 수재라 불리던 두 초중교 동창은 3등급으로 고교를 졸업했다. 집과는 거리가 먼 고교에 배정받았으며 부모들의 극성에 짓눌러 방황을 거듭한 끝에 성적이 떨어졌다. 두 동창은 수재들이 입학하는 S 대학교에 시험을 치렀지만 낙방해 재수하게 되었다. 그들이 몸담았던 중학교 자모회 대표 모임 회원은 12명이었다. 그 모임 회장이 곽 여사였고 부회장이 지현 엄마였다. 그들 자녀 중에 첫해 S 대학교에 4명이 합격했고 8명이 재수했다. 재수한 7명이 원하던 S 대학교에 합격했다. 법학과, 전자공학과, 물리학과 등 인기학과였다. 지현은 영문학과였다. 유독 능후가 S 대학교 시험에 떨어졌다.

　능후가 삼수를 해 대입 시험을 치르기 전, 지현은 능후를 만났다.

　이번엔 기필코 원하던 곳에 합격해. 과외 장소를 알려 줄게.

　어딘데?

　능후는 대수롭잖게 여겼다.

　민구랑 과외 받으면 돼.

송민구도 그 모임 회원이었다.

물리학과에 합격한 민구가 무엇이 부족해 삼수했을까?

원하던 과였지만 적성에 맞지 않았대. 민구 아빠가 외과병원 장이거든. 그 병원을 민구가 물려받기 위해 의대에 가기로 했대.

고액과외 하라고? 우리 부모님은 그런 여력이 없어.

그런 걱정은 붙들어 매. 몸만 가서 서너 시간 배우면 돼.

난 그런 도둑 심보는 사절이야.

아무리 권해도 듣지 않아 지현은 능후를 깔아뭉갰다. 네가 얼마나 잘났기에 그러느냐고.

능후가 재수와 삼수에 응한 과는 S 대학교 정치학과였다. 결국, 능후는 4수까지 하여 Y 대학 사학과에 입학했다.

지현은 능후가 마냥 좋았다. 유치원 때부터 단짝이라 친하게 지냈다. 서로 화답하며 무얼 배우는 게 그리도 좋을 수 없었다. 능후가 삼수와 사수하는 동안 지현은 자신이 재수할 때 겪은 고통보다도 더한 아픔이 온몸을 짓눌렀다.

북쪽은 소나무 숲이었다. 곽 여사와 지현은 그 숲에 이르러 진달래를 따서 씹어 삼켰다. 달착지근한 향내가 입안 가득 번졌다.

"저의 혀가 현악기를 켜는군요. 더욱 예뻐져 시집가라고요."

"시집가고 싶어?"

"사표 내고 보니 딱히 할 게 없잖습니까. 시집이나 가야지, 싶거든요."

불혹 넘긴 늙다리에게 장가 올 남정네도 없고요. 저 역시 독신녀 생활에 길들었지요. 세상이 시시해 보인 건 세상 남자들이 시시해 보인 거와 진배없었으니. 그런 괴팍한 집념은 대입 합격과 무관하지 않더라고요. 남들이 한사코 머리 싸매며 가고자 하던 S대학교를 기껏 서너 시간 땜질한다는 게 기막혔거든요. 그 기막힌 동굴에 뛰어들어 제가 승리자가 된 게 용서치 못할 파렴치한 행위지 뭐예요. 내내 죄의식에 사로잡혔어요. 지현은 독백을 바깥으로 들레지 못하고 입안으로 삼켰다.

곽 여사의 표정은 한결 평온해 보였다. 백옥 피부가 그을려도 예전의 멋쟁이보다 더한 울림이 지현의 가슴으로 파고들었다.

그 자모회 회원들은 너나없이 멋쟁이들이었다. 강남의 대입 입시생 엄마들은 저절로 멋쟁이가 될 수밖에 없었다. 일류 양장점 옷에 일류 레스토랑을 드나든, 일류병에 물든 유한마담들이었다.

"서울 집값이 날고뛴다던데, 반포아파트를 능후 아빠가 친구 빚보증 잘못 써서 하루아침에 날려 보냈거든. 그러니 입시생 아들을 두고 강남을 떠날 순 없더라고."

곽 여사가 억장 무너질 꼴을 당해도 위안을 받은 건 8학군에 속한 S 고교보다도 7학군에 속한 K 고교에 더 끌려서였다. 세칭 일컫는, 능후가 KS 마크를 취득하기 위해선 전화위복이라 싶었다. 그런 와중에 자녀를 1등급 안겨 주기 위해 예능 과목 교사들에겐 촌지 다발을 안겨 주던 진풍경이 벌어지곤 했다. 바야흐로 입시경쟁은 입시생들보다도 엄마 치맛바람이 더 거센 시절이었다.

능후가 삼수생으로 대학 입시를 치르기 전이었다. 지현은 민구 엄마를 만났다. 서초동 커피숍 외진 자리에서였다. 지현은 다짜고짜 따졌다.

능후에게 빚진 게 없어요?

빚이라니?

되묻는 장서연 여사의 미간이 좁혀들었다.

우리 모임 중에서 유독 능후만 삼수하게 되었지요. 능후가 그렇게 된 건 민구 엄마 같은 악랄한 기회주의자 때문인 걸 모르세요? 만일 그렇지 않았다면 능후는 삼수하지 않을 실력은 갖췄거든요.

지현의 꼬집음에 장 여사의 표정이 얼룩졌다.

너 왜 그러니? 알긴 뭘 알아?

지현은 더한층 목소리를 높였다.

고액 과외비를 부담 못 한다 싶어 능후를 제외시켰잖아요. 민구 엄마가 그 못된 행패에 건져 올린 건 얼마일까요?

장 여사의 표정이 표독스레 변했다. 엄마가 그 고액과외 금액을 밝히진 않았지만 오백만 원이란 걸 지현은 알아차렸다.

민구가 의대생이 되기 위해 삼수한다고요? 만일 민구가 그 과에 합격하면 제가 재판부에 탄원서를 올릴 테니까요. 민구 실력이 겨우 삼류대학 의예과에도 합격 못 할 실력 아닙니까.

한참 언쟁이 높아지자, 장 여사가 뒤로 물러섰다.

능후에게 알려. 몇 날 몇 시에 어디서 과외받는다고.

장 여사의 그런 행위는 어느 학원을 통해 위임 과외교사를 소개받아서였다. 족집게 고액과외가 기승부린 시절이었다.

"분하지 않으세요?"

지현이 의문을 발했다.

"민구가 자살했다는 소식 듣고, 그래, 올 것이 왔다 싶긴 했어."

민구는 그 대학교 의대를 겨우 졸업하고, 모 병원에서 근무하다 자살했다. 아내가 그 대학교 법대를 졸업한 변호사였다. 장인이 의학박사 학위를 취득하란 강권에 못 이긴 데다 의사 노릇에 질러서였다. 치료한 아이가 갑작스레 숨져 의사의 오진으로 판명났다. 그 아이 부모와 법정 투쟁에 휘말려 노심초사 끝에 자살했다던 풍문도 들렸다. 그 충격으로 장 여사도 당뇨 겸한 울화증으로 숨졌다.

"민구뿐만이 아네요."

전자공학과에 입학했던 권태성은 휴학계를 내고 호주로 가버렸고요. 법학과에 입학했던 이용익은 정신병자가 되어 요양소에서 치료받는대요. 누구와 누구는 뻔뻔스레 재벌회사 부장과 정부 고위관리로 자리를 굳히긴 해도 심한 갈등을 겪지 않겠습니까.

그러더니 지현은 의문을 토했다.

"제가 아나운서를 그만둔 건요?"

"그건 잘못이야. 백지현 아나운서만 한 아나운서가 어디 있담. 유창한 언변에 재치 있는 답변, 상대방을 꿰뚫어 본 듯한 직감 어린 질문은 과연 명아나운서의 자질을 갖췄거든."

지현이 그런 평을 들은 건 초등학교 때 이태 동안 미국 유학 가서 익힌 영어 회화 실력이 월등했던 탓이었다. 자라면서 영어로 된 세계 명작을 탐독한 게 아나운서의 자질에 보탬 되었다. 수리 탐구와 과학 성적이 뒤처져 대입 재수생이 되었다. 언어 능력은 탁월해서 대학교에선 영문학과를 수석 졸업했다. 그런 이면엔 고액과외 때문에, 그 과에 합격했다는 지격지심이 떠나지 않아 필사의 노력으로 분투했던 탓일 것이다. 동양방송 아나운서 시험에 합격하고도 지현을 괴롭힌 건 과연 내가 그 직분을 감당하겠냐는 우려였다. 이래도 시시하고 저래도 시시했다. 매사가 시시한 건 고액과외에서 파생된 후유증이었다. 그 고질 관념에서 벗어나기 위해 분투하면 할수록 남의 행복을 빼앗은 '도둑 심보'가 앞을 가렸다. 얼마나 많은 재원이 그 기묘한 수법에 좌절되었을까. 마치 피라미드 도표처럼 늘어나 그 바이러스가 흐르고 흘러 사회악으로 자리 잡은 현실이라니.

진달래와 솔 향내가 코끝으로 스며들었다. 지현은 자신의 속내를 말했다.

"미국 예일대학교 대학원에서 영문학을 더 깊이 파고들고 싶어요. 여사님을 뵙고 나니 가슴 속에 든 돌덩이가 빠져나간 듯합니다. 능후가 이 시대의 양심이라 싶어 마냥 좋은 건 변함없어요. 그동안 만나지 못했는데 곧 만나 진심으로 대화를 나눌까 해요."

그런가. 낙오자라 싶어 이 어미가 많이도 달달거렸거든. 그 고액과외에서 제외돼 한동안 민구 엄마가 괘씸해서 이를 갈았지만 이젠 아무렇지도 않아. 나를 저울대에 올려 빵빵거려 봤자 남은 건 목마름이었어. 아들의 취향을 모르고 발밭게 덤벼든 이 어미가 부끄러워 한동안 자책감에 시달렸어. 능후도 괜찮은 아가씨를 만나 아들 낳고 괜찮은 삶을 꾸려간단다. 『생각의 연습』과 다른 저서들을 출간해 독자들로부터 괜찮은 반응도 받았거든. 그게 알려져 인문학 교수로 재직한단다. 우리 집 생활이 어려워지자, 서초구에 살 수 없어 흑석동을 거쳐 신대방동, 이젠 탈서울 시민이 되었더랬지. 세 아들 혼인 시키고 나자, 손에 쥔 것으로 겨우 이곳에 둥지 틀긴 했지만. 어느 날엔 서초구 반포로 되돌아가리란 꿈을 꾼단다. 넝마주이가 된 건 손주들에게 용돈을 안겨준 할미가 되고 싶어서. 곽 여사는 고백을 바깥으로 들레지 못했다.

솔숲에서 지저귀던 새들이 파란 하늘을 향해 날아올랐다. 지현은 눈시울이 뜨거워져 곽 여사를 껴안았다.

"처칠과 플래밍의 우정을 세인들은 '선행의 나비 효과'라고 칭송하잖습니까. 능후와 저의 우정도 그런 범주에 들기 위해 노력하겠습니다. 아직도 우린 사십 대라 앞날이 창창하거든요."

유령인간

거리에는 사람들이 드물다. 코로나19가 기승부려 나라에서 '거리 두기'를 강조해서다. 아니, 저마다 자신이 살고자 한 몸부림이다. 사람들은 마스크를 쓴 채 걷는다. 얼핏 보면 누구인지 가늠 못 한다. 코와 입이 없는 유령인간으로 보인다. 말조심, 사람 조심, 행동 조심, 조심, 조심, 조심이 생활화되었다. 그러니 허깨비가 슬쩍 거리에 모습을 들렌 것처럼 보인다.

얼마나 거짓말을 잘했으면 하나님이 마스크 단 인종으로 전락시키겠습니까?

입마개가 있다면 눈가리개도 있어야 평형성에 알맞겠지.

눈은 있는 그대로 보는 거잖습니까?

그렇군. 사팔뜨기도 진실을 왜곡되게 보진 못할 테니.

요는 두뇌가 요술 부려서일 테죠. 그러니 입이 깨방정 떨 수밖에. 드러난 바이러스가 있다면 드러나지 않은 바이러스도 존재 가치를 높이거든요.

나라에선 침묵이 금인 걸 내세우지만 사람들은 할 말은 하고 지나친다.

삼박자 축복

인간은 자신을 찌른 독침과 그 독을 해부한 칼과 그 상처를 깁는 바늘을 지니고 산다. 더불어 순간마다 자성하는 지혜를 터득하기에 내일을 향한 꿈을 꾼다.

향수병에는 향수가 없다

터키를 다녀온 아내가 남편에게 터키석 두 알을 선보였다. 터키석 브로치와 터키석 반지를 갖는 게 아내의 소원이었다. 비자카드 영수증에 찍힌 값은 한화로 일백만 원이 넘었다. 아내는 그걸 금방에 맡겨 18K에 브로치와 반지를 세공하니 이백만 원이 웃돌았다. 남편은 귀금속도 아닌데 그리도 목돈을 낭비하느냐고 따졌다. 아내는 나의 가슴앓이 단방약인데 그까짓 돈이 대수냐고 맞섰다. 걸핏하면 아내는 가슴이 찢어질 듯이 아프다고 했다. 그런 경우는 하고픈 걸 못할 때와 화를 잠재우지 못할 때 일어난 연쇄반응이었다. 아내는 터키석이 품은 파란 빛을 사모했다. 그 빛은 오염되지 않은 태초의 하늘빛이요, 때 묻지 않은 꿈의 결정체요, 보면 볼수록 평안을 안겨 준댔다. 아내가 그 삼박자 축복을 지닌다면 웬만큼 지출이 많아도 괜찮다고 남편은 자위했다.

그것도 부족한지 아내는 애국심에 밑줄을 그었다.

"자기야, 우리 대한민국이 금수강산이라고 외국인들이 예찬하잖아. 근데 왜 터키석이 안 나는 걸까. 만일 그렇다면 코리아석이라 부를 텐데."

아내는 한국에서 구입한 건 거의 가짜라 터키에 가서 진짜백이를 구하겠다고 별러 왔던 터였다.

남편은 아껴 둔 주먹다짐을 펼쳤다.

"여보야, 터키에는 터키석이 나지 않는단다."

새미는 냄새라면 민감한 거부반응을 보였다. 똥오줌, 소, 말, 돼지, 닭 등 오물 냄새와 흙냄새도 그랬다. 풋나물도 퇴비 냄새 풍긴다며 가려 먹는 경우가 잦았다.

항조가 샌프란시스코에서 근무 중일 때였다. 그는 국내 굴지의 자동차 홍보 담당 부장이었다. 미국에서 근무하면 국내에 근무한 직원보다도 진급이 빠르고 영어 회화도 익힐 좋은 기회였다. 그런데도 그들은 반년도 못 돼 귀국했다. 새미의 식생활 때문이었다. 미국 쌀과 채소들은 버터와 치즈 냄새가 풍겨 도무지 식사를 못 하겠다던 게 그 이유였다.

항조가 이란으로 출장 갔다 와서 아내에게 향수를 선물할 때였다.

"어쩜 이다지도 훤한 낙공이 있을꼬. 가히 예술의 경지 아냐.

상아를 빚어 이렇듯 참 예술이 탄생된 게 기이하고도 특품인 게지."

낙타를 공으로 예우한 새미의 목소리가 달떴다. 낙타 안에 든 향수는 뒷전으로 미루고 모양새에 찬사를 쏟았다.

"페르시아 장인들의 솜씨는 알아준다고. 양탄자와 타일 조각 기예도 기상천외의 작품이거든. 이 낙공도 그네들의 명품 아니겠어."

항조도 아내에게 합당한 선물이라 싶어 배를 내밀었다.

몸통은 베이지 색채에 다섯 잎의 초록과 붉은 꽃으로 무늬를 낳았다. 꼬리와 굽, 목덜미 털까지도 사실적으로 표현했다. 눈동자와 입술은 마냥 흐뭇한 표정을 지었다. 등허리엔 조붓하면서도 매끄러운 봉오리를 맺어 향수가 바깥으로 나올 통로가 되게끔 빚은 것이다.

"이 낙공은 페르시아 왕자가 탄 모형도가 아닐까."

전설을 현재에 접목한 새미의 눈동자엔 페르시아 왕자별이 팡팡 빛을 뿜었다. 뒤이어 그 낙타 봉오리 뚜껑을 열고 컹컹거리더니 꺼림칙이 내뱉었다.

"낙타 똥오줌 냄새가 역하게 풍겨."

아내의 외고집을 아는지라 항조가 맞받았다.

"조향사調香師가 깜빡 졸았을까. 향수에 낙타 똥오줌이 들어간 것도 모르게."

새미는 낙타 몸통에 든 향수는 버리고 몸통은 씻고 또 씻었다. 그것도 모자라는지 바람 잘 부는 볕에 말리기를 여러 번 하더니, 그걸 경대 서랍 위에 놓았다.

새미가 낙타 똥오줌 냄새에 질린 건 이스라엘과 이집트의 성지 순례 때였다. 시내산 입구에 들어서자마자 낙타 똥오줌 냄새가 역하게 풍겼다. 때맞춰 손님들을 끌기 위한 몰이꾼들의 호각 소리가 새벽의 정적을 깨뜨렸다. 예까지 와서 낙타 똥오줌 냄새에 질려 시내산 등정을 못 하면 어쩌나. 항조가 조바심을 냈다. 다행히 그들 부부가 시내산 등정을 끝낸 건 그 산 중턱까지 걸어 올라가서야 몰이꾼이 이끈 낙타 등에 올랐다. 새벽이라 어둠과 이슬이 낙타 냄새를 어느 정도 가렸다. 이따금 낙타 방귀 소리가 퍼엉 울려 신경을 자극했지만. 모세가 전능자에게 십계명 돌조각을 받고 대화를 나눈 곳이라 기적 중의 기적 장소였다. 그들 부부는 성지 여행의 백미 장소를 놓칠 순 없었다. 그날 등정을 마친 새미가 새치름해졌다.

예수님도 방귀 뀌었을 거라 생각하면 정나미 떨어져.

서너 달 지나자, 새미의 경대 위엔 향수병들로 가득 찼다. 화장품들은 서랍 속으로 들어가고 향수병들이 주인을 쫓아낸 형국이었다. 옛 향수병은 향수가 없고 빈 병인데도 여인들의 애장품이라 인기 품목에 속했다. 거의 손아귀에 쥘만한 것인데도 값이 엄청 비쌌다. 새미가 수장한 건 옛 걸 본뜬 모조품들이었다. 오륙만 원 정도면 고미술 가게에서 구입할 수 있어서였다. 골동품들이 엄청 비싸지만, 모조품 빈 병이 그만한 가격이라면 싼값은 아니었다. 그런데도 새미의 구매욕에 불을 댕긴 건 그 병들의 모양새가 예사로이 넘기지 못할 얘깃거리였다.

"이게 뭔 줄 알아? 유비는 돗자리, 관운장은 칼, 장비는 창을 들었잖아. 그 영웅들이 향수 모델에도 등장한 걸 보면, 중국인들의 자긍심을 알만해. 사실 『삼국지』만한 소설이 동서고금에도 없거든."

때맞춰 그 내용들이 텔레비전 연속극으로 상영돼, 새미의 입에선 파앙 나팔소리가 터진 듯했다.

요건 당나라 현종이 양귀비를 말에 태우고 야유회 가는 거잖아. 유들유들한 현종의 풍채와 안내자 양국충의 음흉한 표정과 양귀비의 고혹적인 자태라니. 이것들이 백자라도 모양새가 다른 거와는 달리 새하얀 고품격이잖아. 향수병 제조자가 삼국지의 삼총사도 현종과 양귀비도 아무렇게 다룰 순 없었던지 백자의 최고 재료 송아지 뼛가루로 반죽해 빚었거든. 뚜껑은 연봉에 금박 입히고. 근데 말이야. 양귀비가 현종을 사로잡은 게 겨드랑이 암내가 특별 양념이었대. 암내 풍긴 여자의 그것에 사로잡히면 남정네들이 맥을 못 춘다나.

항조는 성욕을 참을 수 없어 아내랑 침대에서 뒹굴었다. 열정이 사그라지자, 새미가 억눌린 감정을 토해냈다.

"내 몸에서 암내가 사라졌는데, 예전 같진 않지?"

새미가 냄새에 민감한 건 액취 풍긴 유전인자를 타고 나서였다. 조모는 겨드랑에서 풍긴 노린내로 남편에게 구박당해 그늘진 삶을 살았다. 부친도 겨드랑이 액취로 지기들에게 따돌림을 당했다. 자신은 겨드랑이 암내 제거 수술로 냄새를 풍기진 않았다. 그런데도 한여름엔 모시와 실크 옷을 입을 땐 면내의를 입어야 하던 고충이 뒤따랐다. 그리 조신하지 않으면 암내를 풍겼다. 허브차와 카레, 오이지도 냄새가 고약하다며 사절이었다. 김밥을 먹을 때도 단무지는 빼냈다.

새미는 거듭 찬사를 쏟았다.

"이게 뭐고 하니, 〈서태후 영화 시리즈〉란 거야. 잉어가 하늘을 향해 입김 발한 건 서태후의 야망을 드러내잖아."

그 잉어가 서태후 별장을 품었으니. 이화장 앞 연못엔 만발한 연꽃 사이로 학이 뛰놀고, 부귀영화 공명에 장수를 누리고픈 서태후의 야망을 대변해 주잖겠어. 일세를 풍미하던 여걸도 여자인지라 애마도 앙증맞음의 극치 아냐. 청마인데 꼬리는 뒤로 슬쩍 감추고 두상의 머릿결은 금박 입히고 목엔 금방울을 달고 말안장도 황금색에 연꽃으로 수놓았으니. 마공님, 복도 많으셔라. 서태후의 진짜백이 안목은 마름모꼴에 돋을새김 붉은 글씨로 써진 복희수록福喜壽錄 아니겠어. 누릴 복은 다 누리고픈 게 서태후의 야망이었지만. 글쎄, 후세인들은 고약한 악질 태후라고 손가락질

해대니. 자기야, 모조품이지만 천연색이 이토록 선명하고 아름다운 건 법랑琺瑯이라서 그렇다나. 난 그게 무슨 채색인지 몰랐는데, 바로 칠보 채색이란 덴 까막눈이 따로 없다 싶더라. 칠보를 한글로 파란이라고도 부르거든. 그 어감이 얼마나 신선해. 우리한글의 우수성이 여러 나라에도 알려졌잖아. 청대 황후들도 이런 법랑을 선호해 법랑 향수병들이 유행을 탔대. 요건 상아로 빚은 거래. 자그마한 병에 앞은 물 찬 제비가 날고 뒤엔 뿔을 곤두세운 사슴이 풀밭에서 노닐잖아. 제비는 봄소식 전하며 사슴은 사향향기를 뿜어대니. 녹용은 장수의 비결이라 향수병 모델로는 왔다지 뭐. 모름지기 향수의 근원은 그 향기로 인간을 즐겁게 하고 마음이 즐거우므로 장수한 건 바로 삶의 묘미거든. 더욱이 향수를 발라 여인들의 가슴앓이가 치유된다면 향수야말로 장수의 전시효과 아니겠어. 복덩이 제비랑 사슴이 입은 꼬까옷이 한눈에 쏘옥 들어오는데, 일백 년이 넘은 거라나. 그 옆에는 청대 백자 화조도야. 새와 꽃이 그려진 건데 품격이 돋보이잖아. 자기야, 미안해. 이 천사향수병 값이 오십만 원이거든. 가게 주인은 일백만원 이하는 절대 안 된다더라. 향수병 하나를 일백만 원에 살 순 없잖아. 아무리 청대 명품이라지만. 내가 아낀 보물과 바꿔치기했지 뭐야. 티베트 장인이 놋쇠를 불에 달구고 조각해 맞춘 거거든. 그네들의 세공 솜씨는 세상에 널리 알려졌잖아. 마름모꼴 가두리에 깨알만 한 완자무늬로 테를 두른 것도 어딘데, 앞뒤 면에 대나무와 난초가 각인 돼 초록으로 채색해 한결 품위를 더하잖아. 놋쇠는 금보다 더 고운 빛을 발하고.

그 명품은 티베트에 다녀온 친척을 통해 오십만 원 든 걸 천사 향수병과 바꿔치기했던 것이다.

"사실 천사상이란 게 마리아를 두고 붙인 이름이거든."

마리아가 아기 예수를 껴안은 모습을 담은 건데, 상인들은 천사라고 부르니. 그렇다고 그네들을 나무랄 수도 없는 게 천사 중의 천사가 바로 마리아거든. 천연 채색도 선명하고 보면 볼수록 참 평안을 안겨 주니 얼마나 미더운지.

이건 엄청 크기도 하려니와 무게도 꽤 나가잖아. 손바닥만 한 크기의 호박에 아래위로 악귀 쫓는 괴불과 사자, 나비를 세공해 붙였는데, 은이 70% 들어갔다나. 애장품치곤 크고 덧나 보인다며 뒤로 미루던 수집가들이 귀금속 값이 다락 같이 오르니 눈독 들인 게지. 더구나 그것들이 동 난 건 귀금속업자들이 쌍불 켜고 설쳤거든. 그걸 녹여 반지를 만든다면 호리다시도 보통 호리다시 아니라며. 그런 명품들을 녹여 잇속 차렸던 귀금속업자들은 자성할 줄 알아야지. 모름지기 그치들은 티베트 장인들에게 송구하면서도 결례한 거잖아. 암튼 중국 지도자들이 우리가 공자를 잃을지언정 결단코 티베트를 놓칠 순 없다. 국제 사회를 겨냥해 큰소리 탕탕 친 저력이 바로 티베트 땅에 무진장의 보고가 저장돼서라던 게 거짓 아닌가 봐.

일 년도 안 돼 새미는 향수병 1백 개를 지닌 수장가가 되었다. 모은 것 중에서 싫증 난 건 새로운 것과 바꿔치기해, 썩 괜찮은 것들이었다. 그 수치 이상은 사절. 세상이 온통 노래져 향수병만 보인다면 살맛 잃을 게 아냐.

항조는 한동안 잠잠한 아내의 의도를 시험해 보았다.

"이백 개를 채워야 속병에서 놓임 받을 텐데?"

"나의 아픈 데를 잘도 긁는군. 으음, 우리 공주마저도 향수병으로 보인다면 망조의 조짐 아니겠어."

토리는 향수병들을 잘도 어루만졌다. 낙타와 사슴처럼 뛰놀고 제비처럼 날며 춤췄다. 유비, 관운장, 장비의 세 영웅 이름을 불러가며 그들을 흉내 냈다. 장미 향수병은 입맞춤하더니 떨어뜨려 깨뜨렸다. 새미가 딸에게 회초리 들고 종아리를 후려친 건 전례에 없던 중벌이었다.

"고깐 병 따위로 우리 고명딸에게 상처 입힐 게 뭐람. 어떻게 당신 코는 세상 냄새를 거부한 요주의 고상한 코인지 모르겠어."

지난주일, 세탁할 때 피죤 넣고 헹궈야 할 바지를 아내가 냄새에 질려 그걸 피했다. 항조는 그 바지가 몸에 달라붙고 피부가 부풀어 올라 애를 먹은 터라, 버럭 화를 냈다. 새미도 맞섰다.

"자기, 어디 찜해 둔 데 있잖아. 누구지?"

"단연코 아니야. 아니라니까."

아내의 도발적인 질문을 항조는 단박 무시했다. 강한 거부 몸짓은 자신의 허점을 보완하기 위한 술수였다.

얼마 전, 새미는 남편의 외도를 눈치챘다. 딸에게 가한 중벌은 남편을 겨냥한 앙금의 폭발이었다. 새미가 향수병 모으기에 탐닉할 때, 항조는 술을 자주 마셨다. 출장을 핑계로 외박하는 날도 잦았다. 자칫하다간 남편마저도 향수병으로 보여 세상이 샛노래질 것 같아 새미는 그 구매에서 벗어났다. 그러면서도 입에선 못 말릴 열정이 튀어나왔다. 그나저나 우리 요정들을 모실 보금자리가 있어야 할 텐데.

화장품대 위에 놓아두기엔 요정들이 너무 많았다. 새미는 진열장을 구하기 위해 쏘다녔다. 그래도 마음에 당긴 게 없어 궁리 중이던 터였다. 장식장이라면 값나갈 거라 여겼다. 그런데도 전연 다른 아내의 구매에 항조는 볼만장만 넘길 수밖에 없었다. 결혼 십 주년 넘긴 가정주부들이 보석에 집착하고 부동산 투자에 혈안이라, 항조는 아내의 구매욕을 눈감아 주었다.

"이게 뭔고 하니 이태리제 장식장 아냐. 신제품을 사려면 일백만 원 웃돌 텐데, 단돈 삼만 원에 구했거든."

중고품이래도 이삼십만 원은 너끈히 받을 장식장이었다. 오래된 거라 그 장식장도 골동품 대접을 받을 정도로 고품격이었다. 유리로 선반을 끼운 이층 행자목이었다. 서너 군데 찍힌 흠집이 나도 부분적으로 색칠하고 기름칠해 눈에 거슬리지도 않았다. 앞과 옆면 양쪽에는 유리가 달렸다. 뒷면엔 거울이 달려 앞에 진열

된 장식품들이 훤히 비쳤다. 그것들이 더 많아 보이는 전시효과도 되었다. 아래는 서랍도 달렸다. 새미는 번갈아 가며 향수병을 서랍 속에서 꺼내 진열장 안에 장식하곤 했다. 일테면 향수병 장식장으론 궁합이 맞았다.

그 장식장은 이웃에 양장점을 경영하던 아가씨가 그 안에 손가방과 벨트를 놓아두곤 했다. 그 가게에 들린 새미가 신제품 옷들과는 안 어울린다며, 버리려거든 나를 달라고, 먼저 초를 쳤다. 무얼 버려도 돈이 드는 세상이라며. 자주 내게 달라고 노골적인 공세도 펼쳤다. 마침내 새미는 그 장식장을 구했다. 장사가 안 돼 아가씨가 가게를 처분하고 나서였다. 답례로 수박 한 통을 선물했다.

신문을 보던 새미가 남편의 새벽잠을 깨웠다.

"인물이 훤해야 명품 조향사가 되나 봐."

"어디 보자. 나보다 잘생긴 남자가 이 세상에 존재할까."

신문에는 데이비드 서핏이 뉴욕에서 기자회견한 장면이 실렸다. 데이비드는 프랑스 출신으로 아르마니랑 손잡고 여러 종류의 향수를 개발했다. 향수는 상큼하고 싱그러운 감귤 종류와 독을 품은 듯한 진한 향기가 인기였다. 요즈음은 불황기라 여인들이 무화과 잎사귀에서 풍긴 그윽한 냄새를 선호한다. 향수는 마음에 뿌린 쉼표라고, 고백한 내용이었다.

"눈썹은 짙고 눈동자는 촉촉하잖아. 코는 흔히 백인들이 지닌 주먹코도 말코도 아니거든. 코쟁이 코치곤 우뚝하면서도 복코 아냐. 그렇긴 해도 내 낭군보단 못하니 어쩌누."

한동안 잠잠하던 새미가 다시 향수병을 구한 건 안양에 다녀온 뒤였다. 향수병을 구하기 위해 자주 고미술 가게들을 순례하다 보니 그런 유형의 여인들을 알게 돼 유명 박물관으로 견학 가곤 했다. 일행과 안양박물관을 견학하고 난 뒤였다. 그곳 고미술 가게에 들러 함지박 안에 든 향수병 중에서 알토란을 가려냈다. 양면에 시가 아로새겨진 얄팍하면서도 단정한 원통형 터키석이었다.

"오래도록 안 팔린 애물단지인 양 오만 원에 거저 준 척하던 가게 주인의 선심 공세라니."

새미는 사전을 들춰가며 그 시를 읊조렸다.

台超象 外香貯壺中 揖之不盡味 焉不窮
태초상 외향저호중 읍지불진미 언불궁

내 모습이 넘쳐 남은, 향수병에 담긴 향기가 밖으로 풍겨남이요, 뜰 때마다 촉감이 너무 좋아, 다함이 없음이라.

그러더니 그걸 밑구멍을 뚫고 목걸이로 줄을 엮어 사용했다.

그것도 부족한지 새미는 더욱 열을 올렸다. 참, 나도 까막눈이라니. 이런 게 망가진 것들이 많았잖아. 그걸 떨이로 구입해 목걸이랑 팔찌를 만들까 봐.

항조는 곧장 안양으로 가려던 아내의 발목을 잡았다.

"그건 터키석을 흉내 낸 가짜야. 돌가루에 플라스틱 원료를 섞어 파란 물을 들인 거라고."

항조는 라이터에 불을 켜서 향수병 밑구멍에 대 보이고는 그걸 아내 코앞에 내밀었다. PVC에서 풍겨 나온 휘발유 냄새가 강하게 풍겼다. 새미는 파리해져 곧장 밖으로 나갔다. 저녁때 귀가해선 남편을 향해 눈총을 겨눴다.

원석이 아닌 바에야 돌가루든 플라스틱 원료가 들어갔든 무슨 상관이람. 이래봬도 터키석을 완벽하게 모방한 거니 터키석 향수병이라 불러도 누가 나무라겠어. 플라스틱 제품도 예술성이 조화롭게 이뤄지면 명품으로 인정해야 된댔어. 80년대까지만 해도 장신구들이 보석 아니면 귀부인들에게 외면당했지만, 요즈음은 인조보석 장신구들도 빼어난 세공이라면 인기 끈 거와 같은 이치래. 도굴꾼들이 보석 원석들을 캐려고 너무 설쳐대니 지구가 동난다고 환경운동가들이 목청 높인 것도 예사 조짐이 아니라잖아.

새미가 또 인사동에서 구입한 건 청화백자 글자향수병이었다. 고려청자와는 다른 청대 청자의 연푸른빛이 평온을 안겨주었다. 눈사람처럼 얼굴과 몸채를 빚고 뚜껑은 고깔모자를 씌웠다. 앞면엔 세로로 크게 당백호唐伯虎라 청색으로 써진 것이다. 가게 주인은 일백 년 넘은 거라며 턱을 높였다. 향수병 따위야 항아리에 비하면 뒷전으로 밀려나야죠. 일백만 원이지만 칠십만 원으로 끝냅시다. 그 가게 진열대에는 고려청자, 조선백자, 고대 중국 항아리들이 놓인, 고품격만을 고집한 가게 주인의 안목이 엿보였다. 새미는 인사동이니 자릿세도 포함됐을 거라 여겨도 향수병에 그만한 돈을 투자하긴 억울해 배짱 좋게 나왔다. 고가 항아리를 구입할 때 향수병은 공짜로 얻었을 거라 짐작하고는 삼십만 원, 현금으로. 그러면서 당백호란 호칭에 의구심이 들었다.

"당나라 으뜸가는 호랑이?"

"아닙니다. 송나라 철학자인데 위풍당당하게 처신해 무협지와 텔레비전에도 자주 등장한 호남아죠. 남자 향수의 최상급 모델로 여겼던지, 그 이름처럼 향수병도 위풍당당해 보이지 않습니까."

새미는 가게 주인과 한참을 입씨름한 뒤에야 그 가격을 지불했다.

그런 여유는 자신이 수장한 것 중에 몇백만 원의 고가 향수병이 있다는 사실에 자극받아서였다. 하나는 코뿔소 부부와 송아지, 뒷면엔 화병에 꽂힌 나뭇잎에 잉어가 매달린, 초록 돋을새김으로 된 손아귀에 쥘 정도의 유리병이었다. 또 다른 건, 앞면에 홍당무에 얹힌 사마귀, 뒷면에는 고구마 등에 오른 여치가 채색된 백옥 향수병이었다.

172

"청대의 진품이잖습니까."

답십리 고미술 가게 주인이 중화민국 향수병 책자를 선물했다. 새미는 귀가해서 그 책자를 살피며 한화로 합계 오백만 원 넘는다고 입 나팔을 불었다.

"원가는?"

항조도 호리다시 중의 호리다시가 싫진 않아 아내의 그악스런 구매욕에 부채질했다.

"오십만 원씩 일백만 원. 행운이 따로 없잖아. 사실 이걸 팔려고 하면 원가 받기도 힘들 테지만."

옳은 주인을 만나야만 제값을 받는 거지. 향수병에 그만한 투자를 할 이웃이 없다는 게 새미의 흥분을 가라앉혔다.

"어때? 저 코뿔소는 라스코 동굴 벽화 무늬 같잖아?"

아내의 평을 항조는 흘려버렸다.

"아닌 걸. 중국 고사를 인용한 것 같은데."

그들 부부의 의문처럼 영혼과 감성을 살찌우기 위해선 전통과 현대를 아우른 심미안이 조화롭게 이루어져야 했다. 그런데도 그걸 공유할 지기가 없다는 게 새미를 덜 들뜨게 했다.

그런 와중에도 새미는 고질 버릇을 치유하기는커녕 불붙은 구매욕에서 벗어나지 못했다.

"화가와 조각가들, 감히 가家를 지닌 양반들의 기예를 필부인 내가 어찌 입에 담으리."

걘 검지와 중지를 합한 크기의 놋인데 아씨의 봄나들이 풍경에 시도 아로새겨졌잖아. 삼백 년 지난 명대 것인데도 이런 명품을 알아줄 소장자가 안 나타나 애를 태웠다. 선생이야말로 진정한 주인이라며 나를 무슨 대가인 양 예우하던 가게 주인의 칭송에 감히 고개를 못 들겠더라.

이 밀화 말이야. 땅속에서 천년 잠을 자다 바깥 구경 나와 장인에게 십장생으로 거듭나 세인들의 칭송을 받거든. 요는 기다림의 미학 결정체 아냐. 이 호박은 중앙에 복福을 아로새기고 복숭아를 냠냠거린 원숭이가 주인으로 등장하잖아. 우리 인간의 원조가 원숭이라고 주장하던 진화론자들의 주장을 해학적으로 표현한 거래. 뒷면의 수壽에는 봉황이 진 쳤으니. 모름지기 창세 이래 수복이 인간의 필수 과제인가 봐. 그 진분홍은 가게 주인이 산호라 하여 요런 횡재가 어디냐 싶었는데 귀금속업자를 통해 감정했더니 진짜백이 산호라잖아. 자손에게 대물림 한 대도 나무랄 데 없대나. 저건 청대 유리, 예컨대 '북경 유리'라 하여 특등대접 받아 보석과 진배없다더라. 그 초록 유리는 연꽃이 활짝 피었을 때의 풍경을 담았대. 연잎이 바람에 펄럭인 폭넓은 스커트처럼 생동감이 인 것도 어딘데, 유리 세공을 저리도 맵시 돋보이게 하다니 감탄할 수밖에. 거꾸로 세우면 모자 쓴 여인의 모양새이므로 연미인蓮美人 향수병이라 부른대나. 그 옆의 백옥은 용이 향수병 목을 끌어안고 하늘로 오른 형국이잖아. 향수야말로 날 듯한 가

뿐함을 안겨줄 묘약일 텐데, 난 왜 지지리도 박대하는지 모르겠어. 참, 깜빡했네. 걘 인사동 난전 가게 앞을 지나치며 먼지 묻은 걸 공짜 값을 치렀지 뭐야. 씻고 보니 앞뒤에 박쥐 세 마리가 아로새겨진 청대 백자라더라. 살아가노라면 고런 횡재가 존재하기에 세상은 살맛이라며 쾌재를 불렀거든. 근데 생김새가 향수병치곤 투박하고 주둥이가 커서 골동품 전문가에게 감정했더니 비연호鼻煙壺래.

"담배를 입으로 안 빨고 코로 들이쉬다뇨?"

내가 대뜸 물었지.

"인간의 오감 만족 중에서 코가 제일 민감하대요. 니코틴을 그곳에 넣어 흡입한 건데, 지금도 티베트나 중국 소수민족들은 그런 걸 사용한다고 합디다."

"코로 흡입하는 건 비연호와 향수병이 동격이라 휘뚜루 사용하다 보니 향수병이라 불리게 되었군요."

그 전문가는 무얼 좀 알고 계시란 표정을 지으며, 비연호 책자를 들췄다.

가장 최초의 향수 기록은 BC 1천 년경, 이집트 사람들이 종교 의식에서 향수를 풍성하게 썼다고 합니다. 세월이 흘러, 독일 라인강변에서 발견된 향수병을 전문가들이 감정한 결과 6천여 년 지난 거란 게 공론화 되었죠. 신라 시대 유리병이 향수병이란 설과 조선 시대 향낭도 그에 속한 거랍니다. 사실 비연호는 코담배를 넣어둔 병이었지요. 담뱃잎을 가루로 낸 건데 약재 가루를 섞기도 하고요. 아메리카 인디언들도 피로 회복제로 사용했답디다. 그런 사례가 중국 명나라 당시 만주족들에게 전해졌대요. 그 유목민들이 사용한 게 널리 퍼지자, 청나라 왕들과 왕족들이 애용했으니 중국이 비연호 왕국인 셈이죠. 나폴레옹도 비연호 애호가였대요. 이 책자에 보시다시피 고품격 비연호들이 귀금속보다 더 값비싼 건 단순히 멋 내기보다도 보약 효과를 뛰어넘은, 수명장수가 인간들의 염원 아니겠습니까. 귀족들이 사향가루나 웅담가루 등 몸에 유익한 걸 넣어 들이키니 애장품이 고품격일 수밖에요.

그러고 보니 새미는 이제껏 구입한 게 향수병보다도 비연호가 많은 걸 알게 되었다. '삼국지 삼총사'와 '당백호 청화백자 글자향수병', '괴불과 사자가 아로새겨진 호박도, 서태후 시리즈도' 그에 속했다. 그런 연유는 세월의 흐름에 따라 후세 사람들이 향수병과 비연호를 동일시 여기고 사용했던 것도 있고, 골동품 상인들도 잘못 여긴 탓일 것이다.

서너 달 지나자, 새미는 지방과 외국으로 자주 출장 가던 항조가 바람피운 걸 눈치챘다. 남편의 옷과 몸에서 코끝 매운 향내를 풍겼던 것이다.

"자기, 장가가기 바빠 회사에서 쫓겨나면 어쩌나."

온유를 가장한 표독스런 아내의 표정에 질려 항조도 속내를 감추지 못했다.

"향수 감정사 자격증을 땄어? 내가 상대한 여자들 냄새까지 맡게."

남편의 저돌적인 항거에 새미의 인내가 참을성을 잃었다.

마라도에 갔을 땐 해초 냄새 풍긴 소녀의 풋사랑, 인도에선 사리 걸친 처녀의 참신한 사랑이었잖아. 타이티에선 과부와의 농밀한 밀애였고. 북경에선 유부녀랑 질탕하게 놀아나 왕서방 후손에게 쫓겨 자금성의 찬방 굴뚝으로 숨어들어 깜둥이가 되었담서. 그리도 성 자유 개방에 목숨인들 제 명을 지키려나 몰라.

항조는 출장 가면 두어 달이 걸렸다. 새미가 그 지역 냄새에 질려 동행하지 못해 일어난 곁길이었다. 새미가 향수병과 비연호 수집에 광적으로 뛰어든 것도 남편의 바람에 맞선 자신의 화를 잠재우기 위한 처방이었다.

"난들 생판 모른 여자들과 어울린 게 좋겠어? 이젠 사나흘 지방 출장으로 직장 일을 마무리할 테니, 당신도 빈 향수병을 모으지 말고 진짜 향수를 구하도록 해 봐. 향수 없는 빈 병은 알맹이가 빠진 것 같잖아. 난 향수 애호가거든. 향수는 마음에 뿌린 쉼표, 데이비드 그 친구 걸작 명언에 나도 박수 치고 환호한다니까."

항조는 그동안 참았던 진정성을 고백했다.

"인간은 누구든지 자신만의 향기를 지녔잖아. 냄새가 싫다고 자신을 스스로 고립시키면 사람 사귐도 순조롭지 못하고 외톨이로 살아가기 마련이거든."

그건 사실이었다. 새미는 냄새 때문에 대인 기피증에 걸려 친인척의 방문도 꺼렸다. 그들을 접대한 지도 꽤나 오래되었다.

그즈음 옆집 저택이 팔려 새 주인이 이사 왔다. 이웃들은 그 안주인이 저택에 살아 그런 건지, 부터 나 보인 풍채 때문인지, 마님으로 예우했다. 칠순 넘긴 마님은 오후 3시면 애완견을 끌고 강변을 따라 산책하곤 했다. 토요일이면 중년 여인이 그 저택으로 와서 집 안을 청소하고 반찬도 장만하는 걸 이웃들도 알았다. 중년 여인도 세련돼 벤츠 몰고 시장 봐 와도 어색하지 않고 당당해 보였다.

새미가 딸의 몸에서 향수 냄새를 맡은 건 삼월 중순이었다. 남편은 지방으로 출장 중이었다. 거실 소파에서 설핏 잠들어 깨어났는데 향수 냄새가 코끝을 스쳤다.

"이상타. 우리 딸에게 향내가 나다니."

근자엔 무얼 물어도 톡톡 쏘고 덧난 행동을 잘해 사춘기가 빨리 오나 여겼다.

"으음, 내 몸에서 풍긴 향수 이름이 뭔 줄 알아?"

엄마가 향수 냄새라면 사절이라, 토리는 선뜻 묻고 답했다.

"샤넬 넘버 5잖아."

"얜, 도대체 네가 몇 살이라고 향수 운운하니?

새미는 정신이 혼미해졌다.

"이젠 중학생인데 향수 좀 발랐다서 무에 야단일까 야단이긴."

되레 엄마를 훈도한 딸내미의 도랑도랑한 짓거리가 거슬렸다. 새미는 토리의 뺨을 후려쳤다.

"야단났기 때문에 야단이잖아. 그 향수, 어디서 났지?"

"멋쟁이 마님. 마님의 안방 서랍장엔 향수들이 가득 찼던데. 엄마처럼 빈 향수병들이 아니고 진짜백이 향수들. 또 있어."

새미의 날카로운 반응이 뒤따랐다.

"뭔데?"

"겨드랑이 암내. 난 그 냄새가 좋거든. 그 냄새 없는 엄마가 친엄마 같지 않아 얼마나 고민했게."

"얘, 그건 고약한 냄새란다."

하필이면 엄마의 치욕 중의 치욕을 내 딸내미가 들추다니. 여름이면 그 냄새에 신경이 곤두서 민소매 옷도 못 입고 남 앞에 바로 서지도 못한 엄마의 고충을 넌 모를 거야. 새미는 침을 튀기며 고함쳤다.

토요일 오후면 토리는 그 저택에서 지냈다. 토리가 그 댁 마님의 환영을 받은 건 남다른 이유가 있어서였다. 마님이 강변을 산책할 때였다. 그곳 풀밭에 드러누운 토리에게 마님의 애완견이 다가가서 엎드려 꿈쩍도 안 하더란 것이다. 바로 곁에서 눈망울을 굴리던 개가 사랑스러워 토리가 린드버그를 껴안고 볼을 비볐다. 그 광경을 내려다보던 마님이 눈물을 주르르 흘렸다는 것이다. 그 자리에서 마님은 토리를 저택으로 데리고 갔다. 그날부터 토요일 오후면 토리는 그곳에서 진객으로 대접받았다. 그런 내용쯤은 새미도 알았다. 딸이 그 저택을 드나들어도 그냥 넘긴 건 개를 좋아해서 그러려니 여겼다.

달포쯤 지나 새미는 그 저택을 방문했다. 중년 여인을 통해 토리 엄마가 마님과 면담을 원한다고 했더니, 연락이 왔다.

저택 거실에는 감청색 가죽 소파와 다탁, TV가 놓인 담백한 분위기였다. 다탁 위엔 부부 사진이 놓였다.

"두 분이 파리 유학 시절에 만난 잉꼬부부였다던 건 토리에게 들었습니다."

마님도 입술에 윤기를 더했다.

"그이와 나는 소르본대학에서 불문학을 전공했지요. 처음 서로 통성명할 때 내가 금단이라 했더니, 그이가 루이라고 자신의 이름을 밝히잖아요. 내가 루이뷔통과 루이 14세와는 어떤 관계냐 물었죠. 루이뷔통은 명품가방이고 그 왕은 절대 권력자 아니냐며 눈동자를 굴려, 그 천진스러움이 마음에 닿지 뭡니까."

그러고선 마님이 방문자의 의도를 물었다.

"향수가 보고 싶다죠?"

"그럼요. 저도 향수병을 좀 수집했거든요."

'향수가 아닌 향수병이라' 중얼거리며 마님은 새미를 안방으로 안내했다. 새미는 마님이 토리에게 그 이유를 들은 것 같아 언짢았지만, 표정을 들레진 않았다. 안방에는 더블 침대가 놓인 건너편 벽에 프랑스제 장식장들이 놓였다. 마님이 서랍장 위층에서 아래로 하나하나 서랍을 열었다. 그 안에 든 향수들이 만발한 꽃처럼 방문자를 영접했다.

우리 부부는 틈만 나면 세계 여러 나라를 여행하며 향수를 모았다. 프랑스에선 샤넬 넘버 5에서부터 디오르 명품들, 런던에선 엘리자베스 2세 여왕 향수도 구입했다. 모나코에선 레이니공과 그레이스 켈리 왕비의 결혼 기념 향수, 카사블랑카에선 험프리 보가드와 잉그리드 버그만 주연 영화 포스터를 담은 카사블랑카 향수도 선뜻 눈에 잡혔다. 스페인에선 투우사와 카르멘, 네덜란드에선 풍차, 나이지리아에선 흑인 영가를 부른 농부들이 그려진 향수도 모았다. 이것 중엔 중국제는 몸통은 수壽, 손잡이는 불사조를 조각한 대모향수, 한국 제품은 태극도가 그려진 구한말 백자 향수도 어렵사리 구했고요. 인도 제품은 보석들이 박힌 보석 향수, 일본 제품은 게이사의 초상화, 그 밖에도 기녀와 한량의 정사 장면 에로 향수도 시선을 끌더군요. 그러더니 마님은 다른 향수병을 들고 "이게 뭔 줄 아세요?" 묻고는 답했다.

"파리 유학 시절, 루이가 나를 고향 프로방스로 이끌더군요. 그곳에서 연인의 이름을 딴 '금단 향수'를 특별 주문해서 선물하며 구혼했답니다.”

향수병에 담긴 이십 대 초의 마님 모습이 새삼 청초해 보였다.

아무래도 향수의 고향이라면 프로방스를 손꼽겠지요. 예부터 프로방스엔 조향사들이 향수를 수레에 싣고 거리를 누볐다나요. 그곳 조향사가 마법 지팡이로 올리브 나무에 숨결을 불어넣자, 그 나무는 핑크빛 꽃과 풍성한 초록 잎으로 변해 이제껏 맡아보지 못했던 신비한 향기가 나더란 게 그 고장의 전설이래요. 사실 프로방스라면 꽃들이 만발하고 자연의 향취를 뿜어댄 꿈의 고장 아닙니까.

“내가 그이를 첫눈에 사로잡은 진짜 이유가 뭔 줄 아세요? 나의 몸에서 풍긴 암내가 그리도 좋을 수 없다나요. 그게 바로 고향 냄새란 거예요.”

“냄새는 무슨 냄새?”

마님과 차를 마시고 대화를 나눈 시간이 한 시간이 더 지나도 새미는 그 냄새를 맡지 못했다. 그 냄새를 맡기 위해 곁에서 코를 킁킁거린 상대의 속내를 가늠했는지 마님 입술 언저리의 잔주름이 오므라졌다.

“노인 냄새에 가려 암내가 덜 나긴 하지만, 왜 그 있잖습니까. 호르몬 분비액이 많은 청소년 시절에 그 냄새가 강하게 풍기거든요.”

루이가 연인의 나라를 방문하고 싶다기에 함께 서울에 왔다.

해맑간 가을 하늘을 보고 천국이 따로 없다며 감탄했지요. 그 후 서울 소재 외국인 회사에 직장을 마련해 둘이 신촌에서 신접살림을 차린 게 반세기가 더 지났다. 마님의 남편은 작년에 급성 패혈증으로 세상을 하직했다는 말을 이미 새미는 중년 여인에게 들었다.

토리는 자그마치 향수가 일천여 개나 된다고 했다. 머리를 굴리던 방문객의 심중을 헤아렸는지 마님이 고백했다.

머잖아 이것들을 공공전시관에 기증하기로 루이랑 이미 약조했지요. 모조품이긴 하지만 피라미드에서 나온 이집트 향수도, 이스탄불 황제들과 마야 후손들, 인디언들이 사용한 향수도 있지요. 저 서랍 안에 든 향수들은 과거와 현재를 잇는 연결고리며 세계를 품에 안은 거랍니다. 훗날 관람자들이 속삭이겠지요. 루이랑 금단의 사랑은 향수에서 시작되었다고요.

향수를 구입하다 보니 이게 탐욕이라 싶어 고민도 했습니다. 그런 취미를 져버리기엔 루이랑 내가 너무 외로웠거든요. 우리 사이에 자식도 없고 국제결혼에 따른 제약과 소외감, 이웃의 따가운 눈총을 피하려고 외국 여행을 자주 다녔죠. 그러다 보니 손이 심심해 향수를 수집한 거랍니다. 저것들을 이백 개 넘게 구입하자 새로운 힘이 솟던걸요. 아, 이런 앙증맞고 다양한 향수병들은 그에 따른 제조업자들과 도안가들, 응용미술 전문가들에게 도움이 되겠구나 싶었거든요. 또 다른 깨달음은 저마다의 향수 향기가 다르듯, 일테면 장미 향수는 장미 중에서도 가장 좋은 걸 선택했을 거란 믿음도 오더라니까요.

새미가 침을 삼켰다.

"전 낙타 모양의 향수병에 든 향수를 죄다 버렸는걸요. 낙타 똥오줌 냄새가 나는 것 같아서."

"그 아까운 걸 버리다니요? 어떻게 향수에 낙타 똥오줌 냄새가 날까. 낙타의 선한 눈동자와 수굿한 자태는 어디로 도망갔대요?"

마님과 새미의 지론은 점점 뜨거워졌다.

"게이사와 에로향수가 무에 좋다고, 그런 천한 것들은 상종도 말아야죠."

남녀 성행위 장면을 그린 향수병과 비연호를 많이 보았지만 새미는 눈살을 찌푸리며 눈 밖으로 내몰았다.

"세상사가 그렇듯, 향수에도 그런 종류가 있다는 정도지요. 그걸 손에 잡은 순간 거부감이 일었지만, 예수님도 기생 라합에게 중책을 맡겨 구원 사역에 동참시킨 장면이 선히 떠오르지 뭡니까."

마님은 더욱 목에 힘을 실었다.

향수를 모으다 보니 이웃에게 향기를 끼쳐야겠다는 강한 의욕이 일더라고요. 루이와 머리를 맞대도 별다른 뾰족한 수가 없었어요, 연말이면 우리가 저축한 얼마를 떼어 혼혈아 미아들을 돕는 자선단체에 기부하곤 했지요. 내가 천성적인 심장질환자라 일손 도우미도 할 수 없으니. 신생아를 사산한 경험도 있어 자꾸만 그 핏덩이가 떠올라 그런 단안을 내린 거지요. 사람들은 저마다 특성과 자질을 지녔잖습니까. 내게 주어진 그런 것들을 얼마나 유효적절하게 사회에 공헌하느냐가 이 세상에 태어난 보람 아니겠어요. 그게 바로 그리스도 향기이기도 하고요.

루이가 숨지자, 하늘이 노래 한동안 우울증에 시달렸지만, 어느 순간 깨달음이 옵디다. 살아생전 루이에게 쏟은 열정을 잠재워 나이만 먹어 가느니 그 열정을 이웃에게 베풀어야겠다. 아직도 내겐 남들에게 웃음을 선사할 기력이 남았거든요. 따스한 말 한마디, 오늘도 참 좋은 날이군요. 그 헤어진 옷 좀 꿰매 드릴까요. 단추도 달아 드릴게요. 손톱 발톱도 깎아야겠네요. 면 수건을 목에 감고 잠드시면 감기 예방도 된답니다. 식혜를 잡수시면 속이 시원하지요. 그러고 보니 루이랑 손톱 발톱을 서로 깎아 주던 손이 허하지 않았지요. 루이가 즐겨 마시던 식혜를 만들어 노인들에게 대접하니 사는 보람도 느꼈죠.

마님의 열변은 점점 뜨거워졌다.

"동물성 향료 중에서 가장 비싼 게 '무스콘'이란 건데, 그게 숫 사향노루의 분비물에서 추출한 거라나요. 누구나 고개를 절레절레 흔들던 고약한 그 냄새가 최고의 향수로 대접받는다니 참 신기한 사례 아니겠습니까."

들숨을 내쉬며 마님이 눈동자에 신호등을 켰다.

"당신에게 풍긴 암내도 사향노루 냄새니, 타고날 때부터 복을 지니고 태어났군요. 그건 루이가 내게 바친 구혼의 찬사였다오."

마님과 눈이 마주치자, 새미는 눈동자에 신호등을 켤 수 없어 고개를 숙였다. 뒤이어 이마에 드리워진 의문 부호를 양손으로 다리미질하고 목쉰 소리를 냈다.

"옛 향수병과 비연호엔 관심조차 없는가 보죠? 선진국일수록 그런 걸 수장한 귀부인들이 많다던데?"

런던과 뉴욕, 북경에도 고미술 경매장에서 옛 향수병과 비연호들이 고가로 팔리던 걸 목격하곤 세상엔 별 희한한 진풍경도 있구나 싶더라고요. 손아귀에서 아무렇게나 다루던 쾌감주의자들의 자위행위인진 모르지만. 모 수장가가 심양에서 오백만 원에 구입한 청대 모란 백자 비연호를 중간거래업자에게 이천 만 원에 팔았답니다. 근데 북경 경매장에서 일억 원에 거래되는 걸 보고 기절했다던가. 인간의 탐욕이 어디까지인지, 저 향수들을 볼 때마다 자성의 기회로 삼는다우. 명대의 송록채 법랑 모란 향수병도 억대, 청대 서양화나 왕의 초상화를 넣은 금테 범랑 비연호 등은 수억대를 호가한대요. 웬만한 집값의 비연호들도 짱짱하니.

"참 기막히군요. 만일 임종 때 그걸 지니고 하늘나라에 올라가면 하나님이 그 비연호만 한 집에서 살라고 하신다면 어쩌나."

마님과 새미가 밖으로 나오자, 린드버그가 재빨리 새미 앞으로 뛰어와 엎드렸다.

"인석이 낯가린 데도 댁 앞에서 굽실대니, 암내를 맡은 것 같군요."

"코가 참 예민한가 보죠. 암내 제거 수술한 지 오 년이나 지났는데."

새미는 상대에게 자신의 치욕이 드러난 게 심히 자존심 상해 양손으로 부채 바람을 일으켰다.

"어디 냄새란 게 쉬이 사라지는 겝디까? 겨드랑이가 아니더라도 인체의 땀구멍에서도 냄새가 새어 나오거든요. 암튼 지나친 거부반응으로 토리마저 수술대에 올린다면 어쩌나 싶어 감히 말씀드립니다."

"토리라니? 우리 토리에게 무슨 징조라도?"

마님의 오므렸던 입술 잔주름이 밝게 펴졌다.

"댁의 따님도 엄마 유전인자를 물려받았던데요."

이 일을 어쩐다. 새미는 속으로 끙끙 앓았다.

"글쎄, 말예요. 지난번 강변에서 우리 루이가 토리에게 그 냄새를 맡고 접근한 거지요. 그 순간 루이의 모습이 내게 구혼하던 남편의 모습과 너무나도 닮아서."

남편이 숨지자, 마님은 린드버그를 루이라 부른다고 했다.

대문 밖에서 경적이 울렸다. 토리가 여행 가방을 끌며 대문을 열었다. 새미도 뒤따랐다. 예루살렘에서 열릴 부활절 대축제에 가자고 마님이 제의해, 모녀가 응했다. 그 축하 기념으로 그리스도 탄생에서부터 사역, 십자가형을 받고 부활한 장면까지 12개의 향수가 선보인다며, 마님이 달떴다. 새미도 분위기를 탔다. 이젠 진정한 향수를 지녀야지. 그래야만 이웃 사랑 실천도 하고 세계를 품에 안을 수도 있거든.

마님 뒤이어 모녀가 벤츠에 오르자, 항조가 잘 다녀오라며 차창에 입김을 뿜었다.

777 프리즘

메뚜기는 나락실이 좋다

신도시의 한얼서점에는 손님들이 자주 드나든다. 인근에서 제일 큰 서점이다. 분위기도 산뜻해 손님들의 발길이 잦다.

원탁을 가운데 두고 청년과 아가씨가 책을 읽는다. 청년은 오른쪽 은반지 낀 새끼손가락으로 책장을 넘긴다. 책장은 메마른 소리를 낸다. 엄지와 검지를 대신한 새끼손가락은 장자의 권위에 도전한 막내의 야망처럼 덧나 보인다. 아가씨는 만화책을 본다. 내용에 따라 푸푸, 히히 웃음을 토할 때마다 동그란 은귀고리가 잘랑잘랑 흔들린다. 대충 눈 흘림으로 책을 훑어보던 청년이 일어선다. 아가씨도 일어나 청년을 부축한다. 군화처럼 생긴 구두는 청년의 왜소한 몸을 삼킬 듯하다. 걸음을 옮길 때마다 칵칵 탁음을 낸다. 딸깍딸깍, 아가씨의 하이힐 굽이 경쾌한 리듬을 발한다. 청년의 몸이 더 이상 기울지 않은 건 아가씨가 버팀목이 되어서다. 아가씨는 카운터로 가서 책값을 치른다. 청년의 왼쪽 겨드랑이엔 방금 구입한 『오체불만족』이 꽂힌다.

청년이 앉았던 자리에 사십 대 여인이 앉는다. 희는 의자가 딱딱한 건 청년의 몸에서 풍긴 건 온기가 아니라 바람일 거란 감이인 탓이다. 만일 청년이 말을 한다면 입김이 아니라 바람일 거란것도. 신체가 정상이 아니면 체내에 잠복한 온기마저도 사라진걸까.

유치원생 모자가 희의 건너편에 앉는다. 엄마가 손에 쥔 건『공부 잘하는 아이들의 20가지 습관』이다. 책장을 넘길 때마다째깍째깍 시계 초침 소리를 낸다. 남아는『몽골과의 전쟁과 삼별초의 항쟁』이란 그림책을 본다. 책을 읽는 모습이 진지하다. 유치원생이 한글을 깨치고 몽골과 삼별초의 역사를 안다는 건 반겨야 한다. 희는 새삼 자신의 부족한 지식에 대한 혐오감이 인다.나이 들수록 머리가 텅 빈 걸 뼈저리게 절감한다.

– 영리하게 생겼군요?

희가 질문하자, 유치원생 엄마가 답한다.

– 아이큐가 일백팔십이래요. 천재라 불리면 머리에 뿔이 돋나봐요. 사슴뿔은 약용으로 사용하겠지만, 애어른 뿔은 바늘로 돋아나 어미 가슴을 꼭꼭 찌른다니까요.

남아는 책에 시선을 쏟지만 잘도 말귀를 알아듣는다.

– 지금 내 바늘은 오랑캐 놈들을 향해 돌진한다. 홰애액 홱,
딱딱 쓰으 쓱.

아들이 가래 뱉는 소리를 내자, 엄마는 재봉틀 돌린 소리로 맞
선다.

– 얜, 바늘이 어떻게 홰애액 홱, 딱딱 쓰으 쓱, 소리 내니?"

– 바늘을 가지고 어떻게 전장에 나가지? 화살과 칼을 준비해
야만 적을 상대하는 거잖아. 폭탄을 던지면 오랑캐 놈들이 폭삭
망할 텐데.

희가 모자의 대화에 끼어든다.

– 삼별초 난 때 폭탄이 있었다면 대한민국이 어떻게 한반도라
불리겠습니까.

남아는 안경이 체내에 무르녹은 것 같다. 네 개의 눈을 지닌
화성인처럼 보인다. 희의 뜻을 알고 엄마가 문 두드린 소리를
낸다.

– 특수안경이랍니다. 하도 장난을 치니 테가 잘 망가지잖아
요. 특수안경이 비싸므로 테는 싼 것으로 바꾸곤 해요. 특수안경
을 끼면 귀 뒤에 물집이 생기기 쉬워 마사지를 자주 해줘야 하니
성가시기도 하고요. 요즈음은 특수 신소재 폴리플렉스를 사용해
부러지지 않은 안경테가 등장해서 화제를 모은다나요. 상술이 얼
마나 능한 세상인지.

– 눈을 혹사했군요. 책을 너무 읽어서?

— 시력은 괜찮은데, 까만 눈동자가 움직이지 않아요.

얘가 네 살 때, 남편이 아들을 데리고 동물원으로 갔더랬죠. 버스 안에서 아들이 거리 간판 이름을 읽어댔으니 남편이 좀 좋았겠습니까. 천재 아들 뒀다고 승객들이 부러워했대요. 동물원으로 가서 호랑이, 곰, 토끼, 사자, 원숭이를 본 순간, 얘도 동물들도 서로 날뛰었으니 시계에 혼란이 온 거죠. 원숭이가 좀 민첩합니까. 이리 뛰고 저리 뛰니, 얘도 덩달아 원숭이 흉내 내다 오른쪽 눈이 홱 돌아 검은 눈동자가 보이지 않더래요. 아들이 장님처럼 더듬거려 남편이 놀란 건 당연하잖습니까. 수술받고 안경잡이가 된 거죠.

희는 콤팩트를 열어 거울에 얼굴을 비쳐 본다. 겉으론 화장한 얼굴에 땀이 얼룩져 분을 바른 척하지만 실은 자신의 눈도 사시가 아닌지 확인해 본 순간이다. 오뚝이처럼 눈을 움직여 보고 콤팩트를 닫는다. 시력은 괜찮아 아직도 안경 도움을 받지 않아도 된다.

유치원생의 입술에 희의 시선이 머문다.

— 입이 합죽한 건 눈 수술할 때 너무 아파 어금니를 깨물어서?

— 아뇨. 한창 크는 애인데, 병원 출입이 잦아 먹는 것이 살이 안 돼요. 더욱이 과자와 초콜릿만 먹으니.

어금니 네 개를 빼고 이치를 해 넣었지요. 여덟 살 때 다시 이

갈이 한다니 괜찮겠지만. 눈은 완전 치료 확률이 반반이래요. 병원이란 인정사정없는 곳이잖아요. 환자를 마음대로 다루니. 안과와 치과를 자주 들락거려 애도 인정사정없는 성격으로 변할까 봐 걱정이랍니다.

침략자들을 증오해야 할 텐데. 남아의 뒤통수엔 몽골 스타일을 흉내 낸 말 꼬랑이처럼 한 모숨의 머리카락이 길게 늘어졌다.

희는 속으로 되뇐다. 인생살이란 기쁨과 슬픔이 반반씩 섞인 불순물인걸요. 그 불순물을 제거하기 위해선 시간이란 수레바퀴에 내 몸을 던져 풀무에 연단돼야만 정금 같이 나온다잖아요. 그건 자신을 향한 위로일 것이다.

진열대 위에는 『비밀을 위한 비밀』과 『예수의 제2복음』이 놓였다. 둘 중에 하나를 선택하기 위해 희는 저울추를 단다. 무슨 비밀이기에 비밀을 위한 비밀이 돼야만 했을까. 암고양이 같은 '폴 콩스탕'의 눈빛이 젖었다. 동그란 눈동자에 풍긴 우수, 저 눈 속에 비밀이 숨었을까. 아니면 입술에 비밀이 채색되었을까. 흑백사진이라 어떤 립스틱 빛깔로 입술을 칠했는지 알 순 없다. 갈색 아이섀도와 갈색 립스틱으로 단장해 냉철하고 매혹의 지성미를 강조했을까. 자줏빛 아이섀도와 동색 립스틱으로 환상의 분위기를 풍길까. 어떻게 생각하든 그건 독자의 몫이라 작가가 관여할 바 아니다.

희는 『예수의 제2복음』도 찬찬히 훑는다. 책표지에는 저자인

'주제 사마라구'가 여유로운 표정을 짓는다. 『수도원의 비망록』엔 중세기 사제 같은 냉엄한 모습이었는데. 머리는 은빛이지만 눈썹은 까맣다. 칠순을 넘겼잖아. 은발이면 눈썹도 백미에 가까울 텐데, 검은 물을 들였을까. 나이테를 저장한 거웃엔 흰털이 나왔을까. 그것도 독자의 몫이라 작가가 노여워할 이유는 없을 터. 중년 여인은 턱을 치켜세운다. 창녀 막달라 마리아와 동거하고 십자가 처형을 두려워한 인간 예수의 모습을 묘사했다. 그러므로 노벨문학상 선정에 로마 교황청이 항의 성명을 발표한 최대의 화제작이란 문구가 책표지를 장식했다. 책 내용은 지문이 생략되어 읽기가 어려울 것 같다. 작가의 독선과 아집은 독자가 넘어야 할 산봉우리다. 좀 더 깊이 사마라구 연구를 해 봐야지. 여유로운 표정 뒤엔 작가의 번득인 기지와 아집이 바이러스처럼 녹았을 테니.

카운터 옆 낮은 통나무 탁자에는 아이들이 엎드려 만화책과 그림책을 본다. 아예 드러누워 책을 읽는 남아도 눈에 잡힌다. 사탕을 입에 문 꼬맹이는 단것이 입술에 흘러내려 소맷부리로 훔친다. 손가락에도 단것이 묻었는지 책장에 닿자, 지문이 찍힌다. 여성잡지 판매대에도 소녀들이 책을 뒤적거린다. 내용을 읽기보다는 사진과 제목을 보며 이 책 저 책을 매만지기에 바쁘다. 책이 상품인 걸 모른 양 눈요기에만 탐닉한다. 알게 모르게 책은 손때가 묻고 주름이 잡힐 것이다.

희는 카운터로 가서 서점 주인에게 『예수의 제2복음』을 내민다. 콩스탕을 제치고 사마라구를 선택한 건 콩쿠르 문학상보다도 노벨문학상에 더 비중을 두었다던 걸 깨닫는다.

— 귀빈들이 너무 많군요.

— 나락실엔 메뚜기들이 들끓기 마련이잖습니까. 메뚜기가 몰려들어야 풍년이 오는 법이죠.

서점 주인은 희가 내민 책값을 받는다.

빛, 초경, 물음표

과일가게 주인이 박스를 푼다. 박스 이음새에 붙은 비닐을 면도칼로 쫙쫙 긋자, 접힌 박스 윗부분이 저절로 올라간다. 종이도 반란을 시도하는지 아직 숨이 덜 죽어 꼿꼿하다. 주인의 손길 따라 천도복숭아가 바깥 구경한다. 주인은 진분홍 먼지떨이를 들고 과일에 묻은 먼지를 턴다. 먼지떨이 색깔이 선명해 과일이 덜 싱싱해 보인다.

과일가게 건너편은 몽블랑 빵집이다. 재고를 남겨두지 않아 인근에선 바겐세일 빵집으로 불린다. 오후 다섯 시면 빵은 반액으로 팔린다. 저녁 열 시 문을 닫을 때면 70퍼센트 제한 값을 받아 빵은 동난다. 몽블랑 빵집 옆 골목엔 백화점으로 가기 위해 셔틀버스를 기다리는 여자들이 줄을 선다.

희는 연립주택 이층 베란다에서 하늘을 쳐다본다. 대낮인데도 은하수가 흐른다. 이상 기온에서 빚은 몽환의 빛일까.

소녀 시절, 희는 명주실처럼 풀어진 그 빛을 스커트에 담고자
했다. 그날따라 더욱 감격, 환희, 흥분인 건 초경을 접해서였다.
소녀는 점점 자라 새내기 여사원이 되었다. 사옥 옥상에서 면실
유처럼 쏟아진 빛에 취했다. 그 빛을 옥합에 담아 그리운 이의 발
을 씻어주고 싶었다. 희는 잰걸음으로 달려가 그리운 이의 침실
로 뛰어들었다. 희가 옥합을 깨뜨리자, 그의 침대 시트엔 피가 묻
었다. 그와의 사이에 딸이 태어나자, 산실 창을 통해 빛은 신생아
와 자궁에서 쏟아진 피를 비췄다. 희는 유부남 유와 헤어지고, 연
하 남자 리와 한동안 열애에 빠졌다. 리와 헤어질 땐 가슴에서 뭉
텅뭉텅 쏟아진 객혈을 빛이 비췄다. 빛과 피는 시간의 흐름을 타
고 음양의 조화인 양 희의 육체 안팎을 훑었다. 어쩌면 희는 평안
보다도 파도치는 몽환의 세계를 더 탐했는지도 모른다.

　트럭이 여자들 사이를 비집고 느릿느릿 다가와 멈춘다. 운전
기사가 트럭을 덮은 검은 천을 걷어낸다. 개와 고양이가 철망에
갇혔다. 운전기사는 전직이 어부라 고래 사냥이 장기였다고 이웃
들에게 떠벌렸다. 먹느냐, 먹히느냐. 그건 맹수와의 격투가 아니
라 고래 사냥이라고 열을 올렸다. 거센 파도에 밀려 배가 조각나
면 어부들은 고래 뱃속에 들어간 요나의 신세가 된다. 그런데도
나는 고래를 잘도 잡았다고 개선장군인 양 폼을 쟀다. 이젠 나이
가 많아 트럭을 몰며 유선방송을 통해 '개와 고양이를 삽니다'를
외친 졸부가 되었다며, 껌을 짝짝 씹었다. 개와 고양이는 보신탕

집으로 직행할 것이다. 놈들은 곧 형장의 이슬로 사라질 운명을 감지했는지 공포에 어렸다.

여고생이 돈을 세며 걸음을 빨리한다. 얼마인가 보다도 돈 세는 재미에 푹 빠진 것 같다. 파파노인이 여고생 곁에서 걸음을 멈춘다. 들고 있던 우산대가 여고생의 헤진 무릎 청바지 속으로 들어가서다. 여고생이 팔딱 뛰며 신경질을 부리자, 붉은 샌들 굽에선 얼음 깨진 소리가 난다. 파파노인이 우산대를 힘주어 낚아채자, 여고생의 헤진 청바지가 북북 찢어진다. 물음표 모양의 우산대가 바깥으로 드러남과 동시에 파파노인이 여고생의 허벅지를 안고 넘어진다. 지나치던 길손들의 얼굴에도 물음표가 그려진다.

천원 지폐 다발이 바람에 흩날린다. 여고생이 엎드린 채 돈을 줍는다. 고래가 여고생 손을 발로 누르고는 돈을 빼앗아 트럭에 올라 팡팡 클랙슨을 울린다. 여자들은 킥 소리 못하고 지켜본다. 여고생이 일어나서 비명을 지른다. 이 새끼야, 내 돈 줘. 이미 트럭은 길모퉁이로 사라진 뒤다.

국제결혼

초인종이 울려 희는 문을 연다. 여자 집배원이 우편물을 내민다. 황토색 가방을 어깨에 멘 강은 체격이 작아 몸이 가방 속으로 들어갈 듯하다.

— 덴마크에서 왔군요. 등기로.

강은 봉투 안에 든 것이 무언가를 눈치챈 것 같다.

– 저 여자는 누구?

강이 봉투에 붙은 우표를 턱짓한다. 앞가르마 탄 시원스러운 이마, 긴 머리 올린 양쪽 귓불엔 진주 귀고리가 달렸다. 귀티 흐른 갸름한 얼굴은 소녀처럼 앳돼 보인다.

– 마르그레테 여왕.

희가 답하자, 강이 후, 한숨 쉰다.

– 왕관 쓰지 않은 통치자, 목에 힘주지 않은 여왕이라 정이 가는군요.

희는 강에게 수박을 대접한다.

– 화장의 포인트는 입술인가 보죠?

강의 선홍빛 립스틱이 수박 속보다 더 붉다.

– 그럼요. 초인종을 누르며 등기우편 왔어요, 하곤 얼른 그 자리를 벗어나기에 입술이 창구인 셈이죠.

– 땀을 많이 흘리나 보군요?

강의 얼굴엔 화장기가 땀으로 얼룩졌다.

– 하루에 여섯 시간을 걸어야 하거든요. 더구나 오르막길이 많은 지역 아닙니까. 등기는 빈집이면 다시 방문해야 하니 장딴지에 알이 구슬처럼 박혀요.

봉투 안에는 이천 크로네가 들었다. 환율이 달러보다 오백 원 더 높아 오늘 시세로 삼십사만 원은 될 것 같다. 대학에서 전산학을 전공한 딸은 덴마크에서 컴퓨터 전문 회사에 다닌다. 크로네를 감싼 봉투 외에 편지와 사진 두 장이 드러난다. 사진은 딸과 사위가 서로 껴안고 볼을 비빈 장면이다. 또 하나는 시어머니 안느가 양팔로 아들 내외를 감싼 모습을 담은 것이다.

지난주일 출근길에 다른 차와 충돌해 망가진 승용차 수리는 내가 부담하기로 했어. 어떤 남자와 서로 잘못해 부딪혔는데 억울해할 건 없다 싶거든. 바로 회사 앞에서 일어난 사고라 잘못하면 동양인의 나쁜 인상을 심어 줄 것 같아 겁나더라고. 망가진 부분은 수리하고 엔진오일도 새것으로 갈았어. 어디 가도 경계로 몸을 사려 신경이 보통 쓰이는 게 아니야. 모든 게 유리그릇 대하듯 조심스러운 태도여야 하니. 백인 속의 황인이란 결국 내 세포를 죽인 행위인 걸 조금씩 터득해. 거대한 집단 속에 개미가 된 나의 입장이 거북하긴 해. 하지만 개미 또한 새로움에 대한 도전이라 그네들을 개미로 여긴다면 그것 또한 억울할 이유가 없다던 걸로 위안 받아.

토마스가 인도로 여행 떠난 지 달포 지났어. 여행 비용이 바닥 직전이라 비싼 전화 대신 주말마다 이메일로 연락해. 인도 남부에는 공중전화도 전화카드도 없대. 대신 전화기를 소유한 사람이 구멍가게 내어 외국 여행자에게 전화기 빌려주고 엄청나게 비싼 요금을 받는다나. 이메일도 한 번 올리는데 천 원씩 내야 하지만 그래도 국제전화 거는 것보다 15배 싸다고 해.

　요즘 회사에선 정신없이 바빠 하루가 금방 지나가 버려. 어제는 머리 싸매고 씨름하던 경리 회계 프로그램 수정을 끝냈어. 온종일 컴퓨터에 매달려 일을 하니 목덜미에 근육통이 일고 손목이 아파.

　군에 입대한 직원 후임으로 전산실장이 새 직원을 맞이했어. 까만 사람이야. 남아공 흑인 남자와 덴마크 백인 여자 사이에 태어난 튀기라나. 그리고 보니 우리 회사 전산실에는 백인, 흑인, 황인, 세계 인종이 모인 셈이야.

　다음 주말엔 코펜하겐 북쪽에서 컴퓨터 강의를 들어야 하거든. 전산실장은 컴퓨터 왕이 돼야만 직장에서 해고당하지 않는다고 강조해 난 농을 걸었지. 덴마크에 왕이 하나 더 탄생한다면 마르그레테 여왕이 골치 좀 아프지 않겠느냐고……

　추신 : 천 크로네가 더 든 건 삼계탕에 필요한 수삼과 대추를 구하기 위해서야. 좋은 걸 골라 부쳐 줘.

1999. 2. 1
수아

　이 멍청아. 희는 딸에 대한 연민과 미움이 동시에 솟구친다. 미움은 엄마의 반대를 무릅쓰고 국제결혼 한 반감이요, 연민은 외국에서 고생하는 딸에 대한 안쓰러움이다. 뭐라? 토마스는 달포 동안 인도 여행이라고. 여편네는 죽자꾸나 고생하는데 저 혼자 희희낙락거리다니. 남자가 계집 없이 어떻게 달포 동안 견딜까. 그래, 남편의 양기를 북돋아 바람피우라고 삼계탕 운운해? 외국에서 슬쩍 여자와 바람피워도 넌 알 리 없겠지. 희는 화가 치밀었지만, 딸도 녹록지 않은 성격임을 알고 옥죄임에서 벗어난다.

작년 여름, 희는 덴마크로 가기 위해 비행기에 올랐다. 외동딸이 선택한 남자가 하필이면 덴마크 사람일까. 괴씸하면서도 의뭉에 휩싸였다. 그 나라는 미국이나 프랑스처럼 귀 익은 나라가 아니었다. 희는 김포공항에서 논스톱으로 암스테르담에 당도해 곧바로 기차를 타고 코펜하겐으로 향했다. 이미 덴마크 국민 된 딸을 한국인으로 되돌릴 수 없다던 암담함이 꼬리 쳤다. 엄마는 이웃과 쉽게 적응하지 못했다. 딸은 현실과 손잡는 데 익숙했다. 딸이 타국에서 토마스와 동거한 사이, 희는 그들 관계가 끝나기를 바랐다. 근데 수아는 토마스와 결혼하겠다고 선언했다. 절대 안돼. 희는 전화통에 불이 나도록 외쳤다. 달포도 안 돼 집으로 청첩장이 날아들었다. 어미가 덴마크 말을 몰라 당황할까 봐 청첩장 내용을 번역한 게 흰 종이에 컴퓨터 글씨로 찍혔다. 1998년 7월 7일 화요일 오후 7시. 결혼하게 되었사오니 참석하셔서 축복해 달란 내용이었다. 장소도 호슨스란 곳이었다. 덴마크 수도 코펜하겐도 알지 못하는데 호슨스는 하늘의 이름 없는 별만큼이나 감감한 곳이었다. 딸이 둥지 튼 곳이 코펜하겐이 아니고 호슨스란 사실도 비위가 틀어졌다.

코펜하겐 공항에는 딸이 마중 나왔다. 거의 일 년 만의 상봉인데도 모녀는 서먹한 태도로 대했다. 난 엄마가 눈에 뜨일 차림새로 올 줄 알고 얼마나 가슴 조였게. 수아는 엄마의 화려한 등장이 아닌 걸 무척 다행으로 여겼다. 검소한 옷 입고 오란 부탁을 강조해 희는 옷을 고른 것도 여간 신경 쓴 게 아니었다. 호슨스가 어떤 후미진 곳이기에 옷차림까지 간섭받아야 하냐 싶어 울화가 치밀었다. 정작 코펜하겐에 당도하자, 딸의 뜻을 이해했다. 고층빌딩은 없고 고풍스런 옛 멋을 지닌 도시였다. 거리를 활보한 여자들도 수수한 차림새였다. 하이힐 신은 정장 차림은 눈에 띄지 않았다. 저마다 샌들 신은 가벼운 차림새였다. 인구 오백만에 국민소득이 세계 제일이란 칭송을 받는데도 과소비와 사치와는 거리가 멀어 보였다. 절전과 절수, 추운 겨울에도 연료를 아끼느라 난방을 잘하지 않는 곳임을 수아 편지 내용을 보고 알았다. 희는 딸과 백화점에 들러 아이스 쇼핑하고, 간이음식점에서 야채수프와 감자튀김을 먹었다.

오후 2시, 코펜하겐 중앙역에서 호슨스로 가는 기차를 탔다. 엄마, 토마스와 시댁 가족을 보면 웃는 얼굴로 인사 나눠. 제발 부탁이야. 감정을 잘도 토해내던 엄마를 향한 간곡한 주문이었다.

바다 밑에 터널을 뚫어 기차로 세 시간 지나서야 호슨스에 당도했다. 희는 바다 밑 고속도로가 홍해를 가른 모세의 기적처럼 여겼다. 앞으로 전개될 덴마크의 일정이 순조로울 것 같아 굳었던 마음이 조금 놓였다. 호슨스역 광장에서 토마스가 장모를 반겼다. 마마, 토마스입니다. 발음도 똑똑하게 한국말을 하며 악수를 청했다. 푸른 눈동자를 지녔는데도 낯설지 않았다. 갈색 머릿결을 쓸어 올리며 웃는 얼굴로 악수를 청했다. 희는 원하던 아들이 하늘에서 뚝딱 떨어진 듯한 신선한 충격을 받았다. 손끝에서 전해진 따스함이 어두웠던 가슴을 환히 밝혔다. 장모는 사위를 와락 껴안았다.

결혼식 날은 화창했다. 시차를 분별 못 할 정도로 기후 변동이 심한 곳이었다. 그날은 아침부터 밤까지 푸른 하늘이었다. 식장은 토마스 집 뜰이었다. 호슨스 시내에서 택시 타면 20분 거리의 전원주택이었다. 나무와 숲, 노랗게 익은 밀밭 사이로 드러난 빨간 지붕이 돋보였다. 오후 7시인데도 대낮처럼 밝았다. 덴마크가 북극권의 남쪽에 위치해 백야는 없고 겨울의 일조 시간이 너무 짧았다. 여름은 해가 길어 밤 열 시도 어둠이 깔리지 않는 곳이었다.

희는 덴마크에 오기 전, 세계 지도를 펼쳐 열심히 공부했다. 이제부터 어미가 할 일은 그들 세계에 동화되는 것이다. 세계 어느 곳에 있고 이웃 나라는 어느 나라일까. 풍토와 기후는 어떠한

가. 역사와 전통, 한국에서 사라진 그 나라 왕통에 관해서도 알아야만 했다. 1972년 부왕 프레데릭 9세가 승하하자, 장녀 마르그레테 2세가 즉위했다. 프랑스 귀족 출신 헨릭 전하와의 사이에 프레데릭과 요아킴 두 왕자를 두었다. 마마, 요아킴 왕자님도 오스트리아계 홍콩 여인과 국제결혼 한 것 아시죠? 마마란 호칭이 귀 설지 않았다. 안느를 마마라 불러야 하는 딸의 고충이 전해져, 만일 이방인 며느리를 안느가 냉대하면 어쩌나 하는 심리도 작용했다. 서로 주고받는 관계에선 친절이 최상의 덕목이란 걸 가슴에 새김질한 순간이었다. 어디 가도 국제결혼은 흔한 게 아닌가. 희는 손짓발짓으로 설명했다.

뜰에는 장미로 장식돼 향기가 진하게 풍겼다. 화동은 안느의 차남 소생인 쌍둥이 남매였다. 신랑 신부 예복은 안느가 맞춘 평상복이었다. 신부는 분홍 원피스, 신랑은 감청색 양복이었다. 안느가 봉제 회사 미싱공이라 어렵지 않게 예복을 마련했다. 시외할머니와 시어머니, 친정엄마가 입은 하얀 블라우스도 안느 작품이었다. 주례 목사는 토마스 그랜저와 유수아는 동서양을 잇는 다리다. 오늘 밤엔 필시 호슨스 하늘에 뜬 반달과 서울 하늘에 뜬 반달이 붙어 보름달이 될 거다. 사랑도 갑절로 하고, 이해도 갑절로 해라. 아들이 태어나면 덴마크 '덴'을 따고 코리아 '코'를 따 이름을 '덴코'라 지어라. 딸이 태어나면 서울 '서'를 따고 호슨스 '호'를 따서 '서호'라 불러라. 그런 내용의 설교를 하여 하객들을 웃겼다. 시외조모는 외손주가 코리아 여인을 아내로 맞이한 건, 코리아 흙이 사탕처럼 쩝쩝 달라붙는 게 아니냐 했다. 하객들은 양가 사돈이 닮았다고 숙덕였다. 안느는 하나님이 흙을 빚을 당시 너무 똑같아, 나는 조금 구워 백인이 되고 사돈은 중간쯤 구워 황인이 되었다고 화답했다. 안느는 토마스의 이복여동생 마리와 스칼렛과 함께 아코디언, 바이올린, 피아노 삼중주를 연주해 하객들의 갈채도 받았다. 안느는 호슨스 아파트에서 혼자 살았다. 주말이면 두 아들이 사는 전원주택으로 자전거 타고 와서 텃밭에 채소를 가꿨다. 희가 딸네 집에 열흘 머무는 동안 저녁 식사는 내내 그들 가족과 함께 한 만찬이었다. 넓은 초원에 새하얀 탁자와 의자, 무엇 하나라도 정성껏 대접하기 위한 안느의 배려가 돋보였다. 그들 가족이 엮은 화기애애한 분위기에 젖어, 희는 딸의 선택이 나쁘지 않다고 여겼다.

생일잔치

사랑하는 장모님께.

생일 카드와 초콜릿 바구니 감사합니다.

그날 아침, 쌍둥이 조카는 동생이 태어나면 좋겠다는 노래를 불렀지요. 외조모님은 아기 목욕 세트, 마마는 손수 짠 초록 모자를 제게 선물하셨습니다. 수아는 저게 손수 뜨개질한 붉은 조끼를 주더군요, 마리와 스칼렛은 아리랑을 연주해 수아를 기쁘게 했고요. 생일 축하케이크와 음식은 동생 부부가 마련해 즐거운 하루를 보냈습니다.

장모님은 한국의 따뜻한 날씨를 즐기고 계신가요? 여긴 이렇다 할 더위가 아직 없었어요. 호슨스 사람들은 덴마크 여름은 하지(6월 24일)가 지나야 온다고 하지요. 수아와 저는 여름휴가를 열흘 동안 스웨덴과 노르웨이에서 보낼 예정입니다. 저희는 텐트 치고 야영하기를 즐깁니다. 여행하는 동안 햇볕이 쨍쨍한 날씨이기를 간절히 바랍니다. 특히 노르웨이는 산이 많은 곳입니다. 우리 부부는 덴마크에선 좀체 볼 수 없는 산 풍경에 매료당하겠지요. 부디 건강하시길.

앞면은 21. 06. 99. ♡ ✉ 에서 시작해 토마스 사인이 적혔다. 덴마크어로 써진 내용이다. 뒷면은 수아가 한국어로 번역한 글이 적혔다. 종이 한 장에 두 나라 언어를 담는 게 기이했다. 그런 부조화를 호슨스 사람들이 그들 부부를 보고 느끼지 않을까. 희는 딸의 외국 생활이 무척 고될 것 같아 가슴이 쓰리다.

일식

수아는 수첩에 적힌 팔월 달력을 보며 노트북에 숫자를 나열한다. 키보드에선 딱딱딱 건반 두드린 소리가 난다. 1에서 31까지 아라비아 숫자를 쳤다. 숫자 아래 광복절, 말복, 칠석, 처서를 치고 나자, 달력에 나타난 서른한 개의 숫자가 나뭇가지에 달린 열매처럼 보인다. 일상의 삶이란 열매를 따기 위해 몸부림치는 과정이 아닐까, 한국산 노트북을 덴마크까지 가지고 온 것도 그런 여유를 지니고 싶어서였다.

수아는 국제전화를 건다.

— 여긴 흐린 날씨라 달이 보이지 않아. 서울은?

— 애야, 넌 나보다도 달을 더 사랑하는구나, 어젯밤엔 분명 달이 떴단다. 보름달은 아니었지만. 지금 아침 식사 중이야.

무언가 위로받고 싶었는데. 엄마가 딸에게 자주 내뱉은 건, 넌 나보다 누굴 무얼 더 사랑한다는 푸념이었다. 그런 질문을 받으면 나도 너보다는 누굴 무얼 더 사랑한다던 울림으로 다가왔다.

수아가 토마스와 결혼한 건 엄마에 대한 반항에서 비롯되었다.

유는 희보다 18세 연상이었다. 가정을 버리고 연하 비서를 아내로 맞이할 무분별한 남자가 아니었다. 그들 사이에 딸이 태어나도 호적에 올리지 못한 채 심장마비로 숨졌다. 희는 딸의 초등교 입학을 위해 친정 동생 이름 아래 호적을 올렸다.

희가 12세 연하인 리와 결혼한 건 딸이 중학생이 되어서였다. 그 나이라면 엄마의 행동과 주위에서 일어난 일은 헤아릴 정도였다. 의부는 수아를 딸로 거두기엔 곰삭지 못한 혈기를 지녔다. 수아 앞에서 곧잘 연상 여인을 껴안고 애정 표현을 했다. 고교생이 된 수아는 외가 성을 버리고 친아버지 성으로 바꿨다. 이복오빠를 찾아가 자신이 친동생임을 밝혔다. 협박과 호소도 겸해 호적을 되찾았다. 생활비도 넉넉히 받아 낸, 옹골차면서도 조숙한 소녀였다. 엄마도 18세 연상인 아빠를 사랑했다면, 나도 12세 연상의 의붓아버지를 사랑 못 하겠느냐, 야유를 퍼부어 결국 그들도 헤어졌다.

단둘이 살게 된 모녀는 증오를 견딜 수 없어 자주 여행을 다녔다. 딸이 떠나 돌아오면 엄마가 떠나는 일이 되풀이되었다.

수아는 대학을 졸업하자, 유럽행 비행기에 올랐다. 오슬로에서 덴마크 여인 안느와 같은 방에서 지냈다. 서로 서툰 영어로 통성명했다. 수아는 코바늘로 뜨개질하던 안느에게 호기심이 생겼다. 여행 중에 뜨개질이라니. 수아에겐 상식 밖의 일이었다. 무얼 짜고 계시죠? 안느가 답했다. 토마스가 입을 조끼. 대중가요 작사자야. 안느는 가방 속에 든 사진을 보여 주었다. 아들이 엄마 등 뒤에서 껴안은 사진을 훑던 수아에게 안느가 물었다. 고르바초프를 어떻게 생각해? 러시아를 이마에 단 사나이. 수아가 훗훗 웃었다. 토마스는 덴마크를 이마에 단 사나인 걸. 토마스의 이마에도 고르바초프처럼 얼룩점이 먹물처럼 배였거든. 고교 시절엔 야생마였지. 집시처럼 떠돌아다녔거든. 한동안 방황하더니 대중가요 작사자가 되었어. 아직은 음유시인에 불과해. 며느님은 인어공주이겠네요. 아들이 나이 들어 보여 수아가 고개를 갸웃했다. 노총각이야. 진정한 아내감을 못 만났달까. 인어왕자가 인어

공주를 만나면 환상의 커플처럼 보이겠지만 그게 아냐. 토마스는 나처럼 짠돌이가 어울려. 그 직업은 생활하곤 거리가 멀어 내조자의 헌신이 필요하거든. 안느가 눈을 오뚝이처럼 떴다. 서양 여자는 여가선용을 담배를 피우거나 손톱에 매니큐어 칠하는 마담으로 여겼는데. 여행 중에도 뜨개질하는 안느에게 수아는 모성애를 느꼈다. 토마스가 요즈음 작사한 노래를 불러볼까. 안느가 가방에서 팸플릿을 꺼냈다. 덴마크어 밑에 영어로 적혀, 수아는 쉽게 내용을 터득했다. 제목은 '사랑을 위하여'였다.

'사랑을 위해 우리는 땅을 정복했네. 하늘을 나는 새가 되었네. 그대 나라 흙과 내 나라 흙은 똑같은 황토색이라네. 하늘도 똑같이 파랗다네.'

음도 쉬웠다. 수아는 안느와 일주일을 함께 지내는 사이 그 노래를 외워 불렀다. 헤어질 때 안느가 물었다. 덴마크의 삼대 명물이 뭔 줄 알아? 인어공주, 안데르센, 또 무얼까요? 수아의 눈동자에 의문이 일었다. 머잖아 토마스가 삼대 명물에 속할걸. 안느가 자신 있게 답했다.

귀국한 안느와 수아는 서로 편지를 교환했다. 함께 지낸 일주일은 즐거웠어요. 덴마크란 나라가 아줌마 덕분에 낯설지 않았지요. 안느는 한술 더 떴다. 수아의 솔직하면서 삶에 대한 진지한 태도가 마음에 들었단다, 우리 만남을 헛되이 하지 말고 서로 동서양을 잇는 징검다리가 되자. 엽서에 자신의 사진을 천연색으로 코팅하고, 초록으로 적힌 덴마크어 아래에 토마스가 영어로 쓴 정감 어린 내용이었다. 일 년쯤 지났을까. 안느가 수아를 덴마크로 초청해 진지하게 제의했다. 난 수아를 내 며느리로 삼고 싶어. 며칠 동안 데이트한 토마스도 수아에게 청혼했다. 나의 아내가 되어 주시오.

수아는 달력을 접어 책상 서랍 안에 넣는다. 한국 달력을 거실에 걸린 덴마크 달력 옆에 걸고 싶진 않다. 혼자 봐야 할 달력이잖아. 그만한 자제력이 없다면 낯선 땅에서 외국인의 아내 자리가 흔들릴 테지.

전화벨이 울렸다.

ㅡ 여긴 터키야. 지금 하늘을 우러러 봐.

토마스의 목소리가 흥분에 달떴다.

ㅡ 구름이 잔뜩 끼었는데.

가까운 거리에도 여긴 햇빛이 눈 부시고 저긴 소나기가 오는, 일기 변화가 심한 덴마크의 여름 날씨였다.

ㅡ 무슨 고민이라도? 날씨보다 우울한 목소린데.

ㅡ 목소리도 거리를 타나 봐.

수아는 여행 중인 남편에게 부담 안 주기 위해 목소리를 낮췄다. 실은 생리가 없어 신경을 자극한다. 그들 부부는 아이를 원치 않는다.

ㅡ 조금 전, 터키 시바스의 유서 깊은 이슬람교 사원을 우러렀

거든. 근데 광탑光塔 사이로 달에 잦아든 태양이 초승달 모양으로 빛을 발했다고.

왜 그는 터키 사원 앞에서 금세기 마지막 일식을 맞이했을까. 일식은 새가 울음을 멈추고 오소리가 굴을 뛰쳐나오고 기온도 떨어뜨린다고 한다. 그도 천문학자들처럼 개기일식의 환희에 견줄 만한 변화가 없음을 예감했을까. 호슨스 굴속을 빠져나가고 싶었을까. 수아는 화두에 휘말린다.

구멍

희는 면도칼로 연필을 깎는다. 무엇을 깎을 때마다, 깎으면 커지는 건 무엇입니까, 수수께끼가 기억난다. 희가 최초로 구멍을 뚫은 건 창호지였다. 방안에서 바깥을 내다보고픈 충동이 일어서였다. 오른손 검지에 침을 묻혀 창호지에 댔다. 빳빳한 종이가 풀이 느슨해져 스르륵 손가락이 바깥으로 빠져나갈 때의 쾌감, 그건 뛰쳐나가고 싶은 유혹을 일깨웠다. 나무들의 수런거림, 풀잎들의 노랫소리, 새들의 지저귐이 청각을 자극했다. 구멍으로 바깥을 내다보면, 뜰 귀퉁이에서 수탉이 암탉의 등 타던 모습이 눈에 잡혔다. 바깥에서 방안을 엿본 진풍경도 흥미로웠다. 벌거숭이 아버지와 엄마의 뒤엉킴과 원색의 신음이 뇌 신경을 자극했다. 방안과 바깥, 문을 열고, 닫음의 순간에도 세계를 변화시킬 음모가 씨앗처럼 움텄달까.

다음은 구슬 따기 놀이였다. 일곱 개 구멍을 파고 알록달록한 구슬을 구르면 쏙 들어가던 쾌감에 젖었다. 찬수는 고추가 가렵다며 주무르고, 민은 몸을 흔들었다. 아랫도리가 가려운 건 희도 마찬가지였다. 아버지와 엄마의 원초의 본능 뒤엔 한 생명이 잉태된다는 걸 감 잡은 나이였다. 피리와 퉁소에도 구멍이 뚫렸잖아. 바람과 꽃과 새의 화음을 담은 요술 구멍처럼 여겼거든. 대문이가 빠져나간 조모의 입안에도 구멍이 있다는 걸 안건 초등교에 입학한 해였다. 사람에겐 몇 개의 구멍이 있을까. 찬수가 히히 웃었다. 희는 썩어 망가진 조모 이와 젖니가 없어진 찬수 이를 목격하고, 육신이 썩어 문드러진 노인과 풋과일 같은 어린이의 싱싱함과 비교하곤 했다. 콧구멍 두 개, 귓구멍 두 개, 합하면 네 개야. 희의 대답을 듣고 찬수가 히히거렸다. 똥구멍도 구멍에 속하고 그곳도 구멍이라 부른다나. 찬수는 열꽃 핀 눈동자를 아래위로 굴렸다. 그곳이 무엇인가를 능히 헤아린 순간이었다. 그렇다면 눈동자도 구멍이겠네. 희는 찬수의 호기심에 더 이상 불을 댕기고 싶지 않았다. 그건 아냐. 눈동자는 창이래. 거울처럼 말간 세상을 바라보는.

희는 점점 자라 중학생이 되었다. 세상이 거울처럼 말간 것이 아니란 사실에 접해야만 했다. 쓰레기통, 맨홀, 동굴도 구멍이었다. 성년식을 치른 찬수는 카메라 렌즈 구멍을 통해 세상을 엿보는 재미에 빠졌다. 카메라를 들고 세계 명승지를 돌며 여행을 즐겼다. 서른도 되기 전, 거울 뒤에 가려진 인간의 삶을 캐고 싶다며 영화감독이 되었다.

희는 화선지에 그림을 그린다. 언젠가 화랑에 들렀더니, 개인전을 연, 민이 선물로 준 것이다. 못 견디게 외로움을 타면 그림을 그려 봐. 외로움 탄다는 건 그릴 대상이 존재하기 마련이야. 희는 동그라미를 그리고, 두 개의 창과 다섯 개의 구멍을 그렸다. 그림은 유의 초상화다. 유의 취미는 골프였다. 무리하거나 과시하지 않고 즐길 줄 알던, 진정한 골프맨이었다. 만족한 스윙을 못 해도 실망하지 않았다. '골프는 영혼을 구제한 겸허한 약'이란 걸 터득했다. 파를 잡고 자신을 저울질할 때도, 힘이 들어가도 안 되던 이치를 알았다. 철저한 자신과의 싸움, 겸허함을 배우고자 했다. 유는 자신이 친 골프공이 구멍으로 쏙 들어가면 만족했다. 현자 중에 구멍의 아들이 존재하거든. 인간은 구멍에서 태어나지만, 성 씨마저 그걸 지칭한 예는 드물어. 공자가 노자를 방문했을 때였다. 노자 왈, 영원히 변치 않는 게 여인 성기거든. 공자는 그 이치를 깨닫고 이름을 공자孔子라 지었던 속설이 전해 오잖아. 희는 유의 눈가에 난 잔잔한 주름, 세상 이치에 달관한 듯한 잔잔한 미소, 그 잔잔함은 무엇이든지 파괴할 독소를 지닌 아가씨를 사로잡았다. 아가씨는 도마에 칼집 내듯 그 잔잔함에 골이 패게 하고 싶었다. 그러나 무엇이든 파괴할 독소를 지닌 자에겐 먼저 자신에게 되돌아온다던 사실에 접해야만 했다. 네가 우리 가정을 파괴했다면 난 너를 파괴할 권리가 있다는 듯, 유의 부인은 닥치는 대로 희의 소유물을 때려 부쉈다. 그 후유증은 '콰당당 탕'으로 희의 심장에 박혔다.

다음에 그린 건 리의 초상화다. 짙은 눈썹과 쌍꺼풀 눈, 검은 피부와 큼직한 코와 입술, 야성의 얼굴이었다. 리는 생선을 자른 칼잡이처럼 희의 얼굴에 칼집을 내고 싶어 했다. 내가 너를 사랑한 이상의 어떤 수고도 없다. 그 독선의 행동은 곧잘 수아를 자극해 결국 의부에게 권총을 겨눈 사건으로 나타났다. 경찰관 리는 공복답게 직업에 충실한 대신, 아내에게도 그리하여 희를 시달리게 했다. 리는 아내와 단둘이 침대에서 지낸 경우가 많았다. 수아에겐 의부가 엄마를 성의 노리개로 여긴 변태성욕자처럼 다가왔다. 리는 평소엔 권총을 직장 캐비닛에 넣어두고 열쇠로 잠가두었다. 그날은 퇴근해 안방 옷걸이에 제복을 걸어둔 채 희를 안고 침대로 뛰어들었다. 지방으로 출장 갔다 곧바로 귀가해 성에 굶주린 이리처럼 여체를 탐했다. 의부가 지방으로 내려갔을 때였다. 수아는 엄마와 단둘이 있는 게 좋았다. 의부가 돌아오자, 모녀 사이를 훼방하고 엄마를 빼앗은 약탈자로 여겼다. 수아는 순식간에 권총을 거머쥐었다. 그들은 서로의 육체에 파묻혀 수아가 권총 쥐고 가까이 온 걸 눈치채지 못했다. 꼼짝 말어, 쏜다. 쨍 울린 쇳소리가 희의 심장에 박혔다. 그 순간 희의 눈에 들어온 건 총구멍이었다. 그건 구멍이 아니라 살의를 품은 독사의 눈이었다. 얼결에 침대를 박차고 일어난 리가 부드러운 목소리로 타일렀다. 잘못 쏘면 너의 생명이 위험하단다. 인줘, 그건 아무나 다루는 게 아냐. 수아는 자신의 행동이 덧나도 보통 덧나지 않음을 깨닫고 무르춤해졌다. 그런 사이 의부는 잽싸게 권총을 낚아챘다.

벽을 타고 기이한 소리가 들린다. 여자의 흐느낌, 짐승의 신음 같기도 하다. 그런 기성은 가끔 희의 귀를 거슬리게 했다. 기이한 소리는 야유처럼, 거친 숨소리처럼 들리기도 한다. 희는 다리에 힘을 주며 일어난다. 연하의 남편과 침대에서 뒹굴다 딸이 권총을 겨눈 억장 무너진 꼴도 당했는데. 희는 삐걱거린 마루 판자를 조심스레 들어낸다. 시멘트 바닥엔 손가락이 들어갈 만한 구멍이 뚫렸다. 희는 오른쪽 눈을 갖다 댄다. 벌거숭이 남자가 개를 껴안았다. 벌거숭이 여자가 개 발 앞에 엎드렸다. 희는 눈이 먼다.

재앙

토마스는 카메라를 맨 어깨에 힘을 준다. 심장이 빠져나간 듯한 공허함이 전신을 짓누른다. 하룻밤 사이에 천재지변이 일어나 생과 사가 공존했다.

호텔에서 잠들기 전이었다. 토마스는 안느에게 전화를 걸었다.

이젠 돌아오너라.

마마의 재촉이었다.

이틀만 기다려 주세요.

수아에게도 전화를 걸었다.

얼마나 더 걸릴까.

태연스레 묻던 수아의 목소리엔 짜증이 묻혔다. 일정한 직업이 없어도 실직 수당이 나와 토마스는 생활에 불편을 느낄 정도는 아니었다. 그렇지만 언제까지 실직 수당이 나오는 것도 아니었다. 복지원의 봉사가 뒤따랐다. 그러므로 얼른 대중가요 작사자로 우뚝 서야 했다. 작곡도 겸했다. 악기를 사는 데도 적잖은 돈이 들었다. 여행도 자주 다녔다. 그럴 때마다 안느의 도움을 받았다. 이번 여행 비용은 수아가 부담했다. 일식도 보고 터키의 명승지를 두루 다니고 싶다던 토마스의 소원을 들어주었다. 그들은 남편도 아내도 서로 번 돈은 따로 관리하는 사회에 물들었다. 수아의 내조는 토마스의 마음을 데웠다.

한때 토마스는 집시 여인을 열애했다. 집시는 욕심꾸러기였다. 무엇이든지 달라는. 눈빛도 입술도 손도 자궁마저도. 혼을 강타한 사랑은 토마스가 스스로 물러나 이별을 고했다.

토마스의 사랑은 낯섦을 향한 동화였다. 도무지 동족 여인들에겐 정이 들지 않았다. 파파의 바람에 증오가 가슴 깊이 박힌 탓이었다. 파파의 여자들은 안느와 토마스를 마음대로 다뤘다. 안느에게 식사와 빨래를 하게 하고 토마스에겐 술을 따르라고 명령했다. 그런 횟수가 늘어나자, 그들 부부는 남남으로 갈라섰다.

많은 여자를 상대했던 파파는 칠순인데도 바람을 피웠다. 계모와의 다툼도 잦았다. 그들 사이에 태어난 마리와 스칼렛을 토마스는 좋아하지 않았다. 안느는 친딸처럼 거뒀다. 안느는 자주 마리와 스칼렛과 더불어 음악회를 열었다. 사람들이 무턱대고 대화를 나누면 말의 덫에 걸리기 쉬워. 악기를 다루며 음향의 조절에 따라 호흡하면 수많은 말이 리듬으로 변하는 법이거든. 안느의 지론이었다.

처음 마마가 여행 중에 만난 수아를 소개할 때도 토마스는 어떤 믿음을 지니고 맞이했다. 마마가 수아를 내 며느리로 삼고 싶다고 했을 때였다. 나 역시 코리아 여인을 내 아내로 맞이해야겠다던 믿음이 앞섰다. 마마를 향한 신뢰였다. 마마의 눈이 내 눈과 다르지 않다는 믿음은 수아를 대하자 점점 확실성을 띠었다. 그들은 결혼식을 올린 후, 삼 개월은 서로에게 탐닉했다. 덴마크와 코리아의 왕통, 혈맥과 문화, 전통과 관습, 요리와 디저트에 이르기까지, 양국이 지닌 특성을 이야기하며 밤을 새웠다. 삼 개월 지나자, 미지의 나라에 대한 호기심은 시들해졌다. 진정한 부부 관계, 삶에 대한 애착에 귀 기울이고 몸담아야 할 현실에 부딪혔다. 더욱이 수아는 타국에서 겪어야 하는 외로움, 언어 장벽에서 오는 대인과의 관계, 변덕 심한 날씨에 대한 우울, 생활과는 무관한 토마스의 취미, 그런 장애를 극복하기 위해선 무언가에 몰두해야겠다는 강한 집념이 생겼다. 웬만큼 덴마크어에 익숙해지자 직장을 구했다. 흔히 국제결혼 커플이 내뱉은 독백을 그들도 반복하는 경우가 잦았다. 난 더 이상 나아갈 곳이 없어요. 이곳에 정착 못 한다면 끝장이에요. 괜히 엄포 놓지 마. 만일 당신이 자살이라도 한다면 내 책임이란 거군.

토마스는 카페에서 생맥주를 마셨다. 무언가 가슴에 부딪혔다. 어서 돌아오너라. 마마의 근심 어린 눈빛과 당부였다. 토마스는 호텔로 향했다. 내일이면 일정을 변경해 호슨스로 돌아가리라. 그러다 일식으로 주일 성수를 하지 못한 게 마음에 걸렸다. 그 순간, 가슴에 짜릿한 통증을 느꼈다. 토마스는 발길을 돌려 가까운 교회로 들어갔다. 성전 안에는 아무도 없었다. 토마스는 성전 중앙 벽에 걸린 십자가 아래로 나아가 꿇어 엎드렸다. 주님, 용서하소서. 어제는 그만 일식 때문에 간음했거든요. 천체 학자들이 해가 빛을 잃으면 양기가 증발한대서 시험해 보고 싶었지요. 행여 일식에 매료당해 제가 남자 구실 못 할까 봐 걱정되었거든요. 다행히 이방 여자는 수많은 외국 남자들과 접촉했지만, 저의 것이 가장 멋졌다고 합니다. 제발 주님, 저는 파파의 바람기만은 닮지 않기를 간구하옵니다. 부전자전이라 침 뱉으며 수아가 코리아로 도망가면 어쩌죠. 중얼거리며 토마스는 그 자리에 쓰러졌다.

토마스는 매캐한 공기로 숨 쉼이 거북하다. 밤새 천지 괴변이 일어났는데 깊은 잠에 빠져들었다니. 땅이 갈라지고 건물은 조각났다. 내리쬐인 햇빛과 솟아오른 지열은 아직도 토해내야 할 건더기가 있는지 뜨겁다. 더 쓸어버려야 할 것이 남았는지 땅은 아직도 흔들린다. 미세한 흔들림은 심장의 파동인지도 모른다. 지진 현장이 가까울수록 시신 썩은 악취가 코를 찌른다. 여기저기 의료진이 대기하고 주민들은 구호품 배급 요원들로부터 수술용 마스크를 받기 위해 아우성이다. 파편 조각이 얼굴과 몸에 박힌 사람, 살이 팬 사람들이다. 더 큰 수술이 필요한 사람들은 병원으로 이송 중이다. 크레인은 시신과 생매장된 사람들을 끌어낸다. 토마스는 발에 챈 조각을 집는다. 매머드 호텔. 자신이 묵었던 호텔 간판 조각이다. 그 호텔도 무너졌다. 유리, 타일, 그릇, 세면 조각들이 발바닥에 뭉개져 흩어진다. 호텔에 묵은 그 많은 사람들은 어찌 되었을까. 만일 자신이 매머드 호텔에서 밤을 지냈다면? 생과 사의 여백이 풀잎 하나로 다가온다. 토마스는 자신의 존재가 풀잎 같다.

어느새 토마스는 소피아 성당 입구에 선다. 긴 그림자가 자신의 그림자를 덮는다.

– 형제여, 그대는 행운아라오.

– 아저씨도 행운아이군요.

천재지변에도 살았다는 공존의 기쁨을 그들은 행운아란 표현으로 갈음한다.

– 어떻게 화를 면했소?

― 교회 성전에서, 술에 취해.

― 예수가 불쌍한 취객을 불러들였다? 난 저 소피아 성당 안에서 친구와 밤을 새웠다오. 일식 이야기하며. 친구는 성소피아 성당 관리자라오.

잠시 침묵하더니, 사이트가 묻는다.

― 인간을 파괴할 무서운 독소가 뭔 줄 아시오?

― 지진?

마주 보고 선 그들 사이로 모래바람이 인다.

― 그건 재난이라오. 얼굴에서 슬픔이 떠나지 않으면 만사가 노.

― 기쁨이 얼굴에서 안 떠나면 만사 오케이?

토마스도 사이트가 '노'를 발음할 때처럼 '오케이'란 발음에 목청을 높인다.

― 물론. 삶의 원천이 기쁨이요. 만병 고친 약 공장도 기쁨이고. 형제는 무슨 걱정이라도?

천재지변을 당해 사람들이 아우성인데, 기쁨 타령을 하다니. 토마스는 거칠게 내뱉는다.

― 저 황무지로 가서 소고치며 춤출까요? 미치광이처럼.

― 그렇다고 세계의 슬픔을 몽땅 짊어진 예수 같은 심오한 얼굴이어야 하오?

쇳소리가 쩌렁 울린다. 표정은 무표정이다. 희로애락 어느 부분에도 속하지 않는. 토마스는 귀동냥으로 안다. 연기를 해도 무표정이 가장 어렵고 무서운 거라고. 사내는 어디서 바람같이 나타난 호칭이 어울릴 것 같다. 서부 사나이? 황야의 무법자? 서부 영화나 마카로니 웨스턴 영화에 나온 총잡이도 아니다. 철학자는 더욱 아니다. 어디서 본 듯하다. 어디더라. 머리에는 검은 터번을 둘렀다. 코가 뭉텅 하고 눈은 깊게 패었다. 토마스는 사내의 가슴까지 내려온 수염을 가위로 싹둑싹둑 자르고, 불로 태우는 환각으로 아찔해진다. 예수를 닮았다? 아니야, 너무 늙었어. 동방박사를 닮았다? 멀쑥한걸. 마호메트 후계자? 아니야. 난 말이오. 세상을 떠돌아다닌 비렁뱅이라오. 토마스가 시바스에서 처음 그를 만났을 때 자신을 그렇게 소개했다. 사이트는 시바스에서 달에 잦아든 태양이 초승달 모양으로 빛을 발한 걸 보고, 토마스의 귀에 대고 속삭였다. 묘한 조화 아니오. 사원 머리 위에 초승달 같은 해가 떴으니. 여기서 우리가 처음 만난 것도.

사이트는 소피아 성당 지붕을 가리킨다.

— 이스탄불은 기원전부터 기독교 정교를 국교로 삼은 비잔틴 제국의 수도이었소. 저 소피아 성당은 크리스천들의 중심지였거든.

15세기 중엽에는 회교국 오스만 터키에 점령당했답니다. 그들은 소피아 성당을 파괴하려 했지만, 어찌나 견고하든지 부수지 못했다오. 남은 뼈대에 비잔틴 벽화를 덧칠하고 네 개의 첨탑을 세워 회교 사원으로 개조했다오. 그러자니 자연 주민들의 정신을 지배한 건 기독교와 회교도가 공존했고요. 이때까지 예수와 마호메트 은총이 충돌 없이 조화된 이색 공간으로 이어져 온 거요. 이교도끼리 사원에서 물건을 흥정하고, 남녀가 만나 사랑을 나누기도 하오.

사이트는 턱수염을 어루만진다.

– 셀람이 뭔 줄 아시오?"

다시금 토마스는 사이트의 수염을 태우고 싶은 충동에 사로잡혔다.

– 꽃은 꽃말이 있어 꽃답거든. 내 마음을 담은 꽃을 상대에게 주어 나의 마음을 전하는 것. 아네모네는 고독, 라일락은 젊은 날의 추억, 마가렛은 진실한 사랑, 물망초는 나를 잊지 마오. 금잔화는 이별의 슬픔, 장미는 아름다움이라오. 장미여, 그대는 어떤 아름다운 연인의 선물에도 어울리는 최상의 꽃이노라.

사이트는 눈을 감고 시를 읊조린다.

– 그 셀람이 소피아 사원에서 유래 되었던 것이외다.

도대체 저 사내는 어떤 비렁뱅이에 속할까. 회교 사원 지붕 위로 일식이 일어난 걸 쳐다보며 사이트는 양손 엄지손톱을 깨물었다. 그러고는 잘려 나온 초승달 모양의 손톱을 손바닥에 놓았다. 저 일식은 바로 내 손바닥에 있다는 듯이. 토마스는 손톱을 깨물어도 행동이 자연스러운 사이트를 훑어보았다. 행동도 행동이려니와 자신의 키보다 더 큰 사이트가 거인이란 느낌이 들었다. 거인일수록 자신의 정체를 노출 시키지 않고 안개를 피우는 법이다. 사이트는 나지막이 속삭였다.

지금, 위험에 빠진 신을 구하기 위해 기도합시다.

어떤 신을?

토마스는 의뭉에 휩싸였다.

신이라면 위험에 빠진 중생을 구해야 마땅하거늘. 신에게 간구하는 게 아니고 신을 구하기 위해 기도하다니.

나의 신은 노스트라다무스.

그러고 보니 사이트는 노스트라다무스를 닮은 모습이다. 예수, 마호메트, 석가, 신은 많은데 하필이면 이름도 외우기 힘들었다.

왜 노스트라다무스인가요?

토마스의 물음에 사이트는 흔쾌히 답했다.

나는 음유시인이고, 그도 시인이거든.

시인이라니, 당치도 않아요. 그는 점성술사예요. 구태여 이름 붙이자면 예언가라 할까요.

당치도 않다니.

사이트는 노스트라다무스야말로 천재 시인이라 추켜세웠다. 그의 예언서는 성서, 코란, 불경을 능가한다고도. 하도 확신에 찬 어조라 토마스는 저항을 느꼈다.

세상엔 음유시인이 많죠. 순례자들은 입만 벙긋하면 음유시인이라고 허풍 떨지요, 나도 음유시인이라오.

토마스는 자신의 가슴팍을 가리켰다. 음유시인이란 상대방에 따라 조소 거리가 되잖아. 토마스는 얼굴을 붉혔다. 미치광이 잠꼬대를 왜 하고 다니오. 인도에서 만난 유랑자는 토마스를 깔아뭉갰다.

모래바람이 소피아 성당을 맴돈다. 토마스도 사이트도 오래된 성당을 쳐다본다.

– 1400년이나 지난 사원이 천재지변에도 멀쩡한 이유가 뭔 줄 아시오? 독특한 건축양식인 건습법을 도입한 거요. 벽 사이에 공기가 통하도록 하여 충격을 흡수하게 하는. 천재지변에도 저렇듯 관람객들이 몰린 걸 보시오. 사람들은 무사안일주의가 골수에 사무쳐 그런가 보구려.

그들은 소피아 성당을 벗어나 지진 현장으로 걸음을 옮긴다. 한 대의 트럭이 멈추자, 대기하던 재난민들이 몰려든다. 빵을 얻기 위해 손을 뻗친 재난민들의 몸부림이 풍랑을 만난 파도처럼 넘실댄다.

– 맞지 않은가.

사이트가 호재를 만난 듯 말에 힘을 준다.

– 무엇이?

– 노스트라다무스의 예언시가.

1999년 7의 달

하늘에서 공포의 대왕이 내려오리라

앙골모아의 대왕을 부활시키기 위해

그즈음 마르스는 행복의 이름으로 지배하리라.

사이트가 읊조린 예언 시를 듣고, 토마스가 항의한다.

— 지금은 칠월이 아니고 팔월인데요. 예언은 정확해야지 근사치는 아무나 발한 헛기침에 불과하죠.

— 무얼 몰라도 한참이나 모르시네. 노스트라다무스는 프랑스 출신이오. 16세기 프랑스는 태음력을 썼기에 그걸 태양력으로 환산하면 팔월이 되는 거요. 일식이 일어난 지 일주일 만에 저렇듯 참변이 일어난 게 공포의 대왕이 내려온 거나 마찬가지 아니겠소.

— 지진은 세계 어느 나라에도 일어나는 재앙 아니오. 이곳에만 공포의 대왕이 내려온 것만은 아니잖습니까.

— 바로 종말이 코앞에 당도했단 뜻이라오.

— 종말의 예언은 수천 년 전에도 존재했지요. 회개하라 천국이 가까웠노라, 세례 요한도 광야에서 외치지 않았습니까?

— 금세 내가 읊조린 예언 시 중에 앙골모아 대왕의 등장이 세인의 관심을 끌잖습니까. 그건 3차 대전을 의미하기도 하고. 아시아 연합군 또는 칭기즈칸 후예가 부활하거나 중국의 등장을 예견하기도 하오.

– 사학자들은 앙골모아를 몽골로 풀이하는데, 왜 당신의 신봉자는 몽골이란 국호를 삐딱하게 왜곡했을까요?"

– 그건 당치도 않아. 그분은 철자를 해체해 자음의 차례를 바꾼 방식을 즐겨 썼다오. 예수가 비유법을 즐겨 사용했듯이.

– 일개 점술가를 예수님과 비교하다니.

– 무얼 모르셔도 한참 모르시네. 예수는 유대인 아니오. 의사이면서 천문학자이기도 했고. 노스트라다무스는 위대한 성경학자요. 앙골모아는 적그리스도를 뜻한다오. 이미 그분은 세 명의 적그리스도를 지적했소. 나폴레옹, 히틀러, 세 번째 등장인물을 두고 사담 후세인 아니면 차이나, 몽골, 코리아 등 동아시아에서 등장할 거란 해석도 분분하오.

– 그만, 제발 코리아만은 빼 두시오.

– 무슨 사연이라도?

– 나의 아내가 코리아 출신이거든.

– 형제는 애처가인가 보구려. 어디 가도 무슨 안건을 내놓아도 트러블은 있기 마련이잖소. 형제여, 우리 논쟁은 그만두고 소피아 사원 안으로 들어가 셀람으로 화해합시다. 소피아 사원이 천재지변에도 무사한 건 더불어 화평을 누리란 뜻 아니겠소.

– 난 지금 그럴 시간이 없습니다. 선생을 보니 얼른 덴마크로 돌아가고 싶군요.

토마스는 사이트가 친 그물에서 벗어나기 위해 자리를 벗어났다.

보이지 않는 거리

— 당신의 오른눈과 왼눈 사이엔 보이지 않는 거리가 있군요.

— 그게 뭔데?

— 난 한 여자에게 예속된 사내가 아니다.

— 쉬고 싶어. 여행은 보류. 바람 잡는 것도 한계에 부딪혔거든. 이젠 숟가락 하나 손놀림 하나에도 생의 의미를 찾고 싶어. 예를 들면 숟가락엔 입술의 흔적, 먹이 사슬, 침샘이 무르녹음을 발견하는 것. 가장 기초적인 삶, 참 기쁨이 뭔 줄 알아? 당신과 나 사이에 태어날 우리 아기.

국제 전파를 타고 들려온 토마스의 고백이 절절해 수아는 안도한다.

□과 ○

친애하는 희님.

사돈께서 저를 코리아로 초대하셨지만 못 가게 되었습니다. 저의 건강이 두어 시간 정도의 단거리 여행이 알맞답니다. 또 저희 이웃에 마약중독자인 동성연애자가 있는데 지금 보호소에 격리 수용되어 치료를 받습니다. 제가 그를 돕겠다고 하자, 순순히 응한 건 카드 한 장이 효력을 본 셈이에요. 제가 그의 마마를 어렵사리 찾아내 '사랑하는 나의 아들아, 난 너를 변함없이 사랑한다'는 내용과 함께 마마 사진을 카드에 복사해 천연색으로 꾸며 보냈더니 즉각 반응이 온 거예요. 마마가 시킨 대로 하겠다는. 그의 마마랑 함께 전 그에게 간식도 건네야 하고 위문편지도 보내야 하므로 호슨스를 떠날 수 없습니다.

사돈 편지를 보니 한글 모양은 좀 딱딱한 느낌이 드는군요. 덴마크어는 부드러워 보이는데. 글씨도 인간 두뇌에서 만들어진 거라, 코리아 사람들의 머리는 생머리고, 덴마크 사람들의 머리는 곱슬머리라 그렇다고 했더니, 수아가 반대 지론을 펼치더군요. ㅁ보다는 ㅇ이 많아, 실은 한글이 훨씬 부드럽다나요. 사람도 동그라미가 되어야 바퀴가 되는 거지 네모는 굴러가지 못한다며. 수아가 덴마크 국민으로 환경에 잘 적응하니 갈수록 며느리에 대한 애정이 두터워진답니다.

인삼이 신비 약이라고 원하는 이웃들이 많습니다. 일곱 상자를 항공편으로 부쳐 주시겠어요. 크로네를 동봉하니 남은 건 사돈님의 수고비인 줄 아시고요. 부족하면 제가 코리아로 가서 사용한 비용이라 마음 가볍게 여기신다면 다행이겠습니다.

1999. 9. 9

안느 드림

앞이마 가린, 장미 속에 든 안느 사진이 사뭇 젊어 보인다. 글씨는 초록으로, 덴마크어 아래는 수아가 청색으로 한글 번역한 내용이 적혔다. 편지 내용 밑에 적힌 안느의 사인이 서양 여인의 머릿결처럼 부드럽다.

기억의 저편

희와 민이 신문을 본다. 희는 서울에서 녹차를, 민은 파리에서 블랙커피를 들이켠다. 희가 먼저 수화기를 든다.

- 오랜만에 사진다운 사진을 본 것 같아. 걸작이라 신문 앞면을 장식했나 봐.

- 뭔데?

- 제목은 '어때, 시원하지?' 무더위가 계속된 강원도 춘천 동산면 군자리 계곡에서 농부가 소에게 물을 뿌린 내용이야.

- 소에게 물 뿌린 게 무슨 화젯거리라고?

민은 독신녀. 파리에서 동양화 개인전을 열어 호평을 받은 화가다.

- 얜, 하도 소다운 소를 본 지 오래라 반가워서 그래. 손잡이처럼 돋아난 단단한 뿔을 보는 것도, 코청을 뚫어 둥긋하게 구부러진 코뚜레를 보는 것도. 든든한 모습이 믿음직스러워 등에 올라타고 싶기도 하단다. 화가 잔뜩 난 눈빛을 보자니 괜스레 이중섭 화백에게 미안한 생각이 들잖아. 이 화백이 그런 광경을 목격했다면 또 다른 경이의 황소 그림이 탄생 될 텐데. 등을 타고 흘러내린 물방울이 구슬처럼 보인 것도 황소가 흘린 비지땀이 알곡을 낳는다던 진실을 대변하지 않겠어. 이걸 오려 우송할 테니 네

가 대신 황소를 그려 보렴.

— 나무 물통 든, 떠꺼머리총각이었다면 더 좋았을 텐데. 여기 신문엔 '스포츠는 즐거워'란 제목이야. 사이클 대회 중에 투르 드 프랑스 제13구간에선 옷을 홀랑 벗은 카사뉴 베고네 남성들이 고장 이름을 엉덩이에 새기고 선수들을 향해 흔들었다. 기발한 응원이지만 선수들에게 도움 됐을지는 의문이란 내용이야. 사이클 타고 가속도로 질주한 남자선수들의 패기 찬 모습을 보자 젊음이 부러워. 그들과 관계를 맺기엔 우린 너무 겉늙었잖아.

— 서울보다 파리가 훨씬 자유로움이 질펀할 텐데, 슬쩍 재미 본다고 누가 비웃기라도 해?

— 아홉 명의 청년들이 길가에서 궁둥이를 내민 모습이 사랑스럽지 뭐냐. 지천명이 지나면 그저 순리를 따르는 게 최선이란 걸 느껴. 얼굴에 살 붙고 허리에 기름 엉기니 매사에 자신 없고 화필도 둔하단다. 그림 그리기도 여간 힘든 게 아니거든.

— 좀 더 시선을 확 당길 화젯거리는 없니?

— 얼마 전에 찬수를 만났어. 뒤늦게 희곡을 공부하기 위해 파리에 왔다나. 대학 강사로 출강한다며. 그에 대한 전문 지식을 익히기 위해서래. 상처하고 홀아비 된 지 이태 지났대. 영화감독 되었다고 으스대던 예전 모습과는 다르달지. 기름기 쏙 뺀 담백한 남자처럼 보이더라. 요즈음 어린 시절 꿈을 잘도 꾼다며.

666 표적

– 어쨌든 막달라 마을을 지나칠 때 예수의 운명은 정해졌다.

아랫배에 종기가 난 건 유와 관계 맺기 위한 신호인걸. 유는 강화에 초막이 있으니 놀러 가자고 했다. 골프장을 만들기 위해 사둔 땅이 곱절로 뛰었다며. 지평선으로 지는 해가 잦아든 낙조의 풍광은 서해안이 아니고선 만끽할 수 없을 현란함이었다. 노을이 피를 토하며 하악 하악 하악, 숨넘어가듯 핏빛 울음을 토했다.

– 그는 발에 난 상처가 성가시게 느껴져 상처 난 곳을 뜯었다.

나는 주황 비키니 수영복을 입었거든. 바닷가로 뛰어들어 피를 토한 꽃이 되고 싶었어. 그 순간 아랫배에 통증이 왔다. 나는 아픔보다 더한 몸짓으로 못 견디겠단 시늉을 했어. 땀띠 덧남을 대수롭잖게 여겼는데. 나는 유의 관심을 끌기 위해 종기를 긁어 부스럼을 만들었다. 종기가 터져 피가 배여 나왔지. '저런, 여린 살이 독이 올라 안으로 스며들면 어쩌나.' 유는 입술로 나의 상처를 빨았다.

– 피가 멈출 기색이 전혀 보이지 않자, 예수가 소리쳤다. 아무도 없어요?

리를 동해안에서 만난 건 그가 내게 연서를 보내서였다. 만나고 싶습니다. 그대 눈빛에 내 눈빛을 접목하면 그 빛으로 어둠을 밝히겠지요. 사 랑 합 니 다, 그 대 를.

– 저를 좀 도와주세요, 하고 예수는 손을 뻗어 그녀를 잡았다.

동해안의 일출은 화라락 피어오른 꽃송이였다. 나는 조가비를 보고, '밟으면 아야 소리 낼까 봐 조가비를 주웠다'던 어느 시인의 마음이 되었다. 근데 밟고 싶은 충동도 꿈틀거렸다. 조가비를 밟자, 아야 소리내기도 전, 쓱 하며 무엇이 발바닥을 파고들었다.

– 안으로 들어오세요. 발을 닦아 드릴게요. 그녀는 그의 허리를 잡았다. 온몸을 타고 흐르는, 아니 그보다 정확하게 말해서 감각이란 감각을 완전히 쓸어버린 전율을 예수는 느꼈다.

저런, 피가 흐르는군요. 아까워라. 붕대를 가져오기 전 내 혀가 방패막이 되어야겠네. 뜨거운 입김이 발바닥을 핥는 순간 나는 또 하나의 입술이 발바닥에 있는 걸 감지하고 심장의 박동이 멈춘 쾌락을 맛보았다.

– 실오라기 하나 걸치지 않은 채 마리아가 모습을 드러냈다.

232

누워 있는 예수 역시 나신이었다. 그는 생각했다. 정말 잘했구나. 그녀가 벗겨준 몸에 무엇을 걸친다는 것은 그녀에 대한 무례일 것이다.

모래사장에는 달빛이 흘렀다. 리는 나의 하늘색 수영복을 벗겼다. 비키니 수영복을 입지 못할 정도로 나의 나신은 젊음에서 벗어났다. 그래, 내 몸에 젊음이란 주사를 맞아야만 해. 회춘제는 바로 리의 정액이야. 처음이에요. 저의 요구를 거절하지 마세요. 리가 조가비 울림으로 속삭였다. 만일 남성의 첫 정액을 놓치면 난 젊음을 다신 누리지 못할 것이다.

 — 정말 잘 생기셨네요. 하지만 완벽해 보이려면 눈을 감으셔야만 해요.

달빛이 리의 알몸에 은가루를 뿌렸다. 은비늘을 긁어내듯 나는 손톱으로 리의 근육에 달을 새겼다. 강철 같은 리의 근육은 달덩어리도 녹일만한 강력한 힘이었다.

 — 어서 제 몸을 발견하세요. 예수는 순간적으로 기절할 것만 같았다. 알몸의 멋진 그녀가 그의 몸 위에서 말했다. 두려워하지 마세요.

후회하지 않을까. 난 은비늘을 지니지 못한 한물간 생선이야.
리가 거친 숨소리 내며 나의 설렘에 바람을 일으켰다. 내 몸의 은
비늘을 가지세요. 내 심장을 후벼 파서 불덩어리를 그대 심장에
붙이도록 해요.

— 당신의 몸을 발견하세요. 그는 자신의 일부인 남성이 그녀
안으로 사라지는 걸 느꼈다. 곧 남성을 감싸고 있는 화염 고리로
변한 그녀 안으로 말이다. 왕복 운동을 하면서 그는 소리 지르며
매끄럽게 빠져나간 꿈틀거리는 물고기처럼 부르르 몸을 떨었다.
불덩어리가 나의 안으로 들어오자, 파도가 광음을 냈다. 리의 몸
도 파도가 되어 넘실거렸다. 나는 파도에 휘말리면서도 그 순간
강철이 부드럽다는 이치를 경험했다.

— 이제 제 삶은 당신의 삶이에요.

리는 신음했다. 그대는 나의 생명이에요.

『예수의 제2복음』의 백미는 아무래도 예수가 막달라 마리아에
게 순결을 주던 장면이다. 사마라구가 빼어난 산문체로 독자를
사로잡았다면, 유의 따스함과 리의 관능은 희의 전신을 녹게 한
마력을 지녔달까.

바깥이 소란하다. 희는 현관문을 열고 아래층으로 내려가려다 경찰관들에게 제지당한다. 연립주택 입구에는 이미 바리케이트가 쳐져 사람들이 접근을 못 한다. 경찰관들이 고래 집 안으로 들어가 개들을 몰고 나온다. 개들이 짖지 못한 건 환각제에 취해서라고 옆집 여자가 귀띔한다. 저 똥개 말이에요. 고래가 인순이라 부르며 귀애했잖아요. 알고 보니 글쎄 고래 애인이지 뭐예요. 옆집 여자는 키들키들 웃으며 심각한 얼굴을 한다. 고래가 숨겼어요. 애인에게 그걸 물렸답디다. 저 봐요. 옆집 여자가 가리키지 않더라도 희는 들것에 실려 나간 걸 내려다본다. 국방색 담요로 가리긴 했으나 고래의 민둥산 머리와 마당발이 드러난다. 희는 눈을 뜨고도 장님이 된 기억이 꼬물꼬물 꼬리친다. 사람이 숨져도 피는 흐르는가 봐요. 자꾸만 피가 쏟아지잖습니까. 과일가게 주인이 손짓한다. 피가 현관 바닥으로 떨어진 걸 청소부들이 걸레로 닦는다. 또 하나의 들것이 뒤따른다. 몸은 담요에 가려도 산발한 여자의 머리 부분이 보인다. 옆집 여자가 계속 나불나불 지껄인다. 애인과 희희낙락거린 남편의 시중을 들어야 했으니 팔자가 참으로 고약한 여자죠. 조금이라도 싫은 눈치 보였다간 매 맞고 이빨 물리니 기막히게 불쌍한 여자예요. 학대당하고도 왜 경찰에게 고발하지 않았을까요? 아니면 도망치든지. 희는 답답해 손바닥으로 배 부분을 매만진다. 작년 봄에 수술한 자국이 아물지 않아 통증이 인다. 어느 항우장사가 고래 손아귀를 벗어나겠어요. 옆집 여자는 악바린 입김을 토한다. 저런 되바라진 인간은 미라로 만들어 길바닥에 세워두고 이마빼기에 후레새끼란 글씨를 새겨 두고 탁, 침 뱉어야 한다니까요.

777 프리즘

희는 알몸으로 거울 앞에 선다. 한쪽 벽을 차지한 거울은 해맑다. 거울을 보면 희는 하늘을 나는 새가 된다.

처녀 시절, 희는 사면이 거울 달린 방에서 지냈다. 집은 초원으로 둘러싸인 양옥이었다. 남으로 난 창을 통해 햇빛이 쏟아지면 거울에서 반사된 빛들과 어우러져 희도 덩달아 알몸으로 춤을 추었다.

희의 부친은 염색공이었다. 부친의 손을 거치면 들녘 풀이나 꽃, 양파껍질, 차 찌꺼기까지 천연 염색의 재료가 되었다. 밀가루에 치자를 섞어 튀김 옷감도 만들었다. 쑥, 달개비, 금잔화 등을 물에 붓고 끓여 건더기는 걸러 내고 액을 받아 매염제를 섞어 천에 물을 들였다. 매염제는 백반이나 철장액이었다. 백반은 시중에서 쉽게 구했다. 철장액은 사과식초에 철근과 못을 담그면 푸르스름한 물이 나왔다. 면, 삼베, 모시에 밴 천의 풀기를 빼고 무를 같이 넣어 푹 삶아 말려 물을 들였다. 천연섬유도 인조섬유도 부친의 손에 들어가면 선연한 빛을 입었다. 희는 악성 피부병 환자였다. 부친이 색의 마술사가 된 건 딸에게 항균성의 천연 염색 옷을 입히기 위해서였다. 희의 기억에 새로운 건 홍화였다. 물에 잇꽃을 담가 노란 물을 빼내 버린다. 그다음 콩깍지와 짚, 메밀대를 태워 얻은 재를 우려낸 잿물에 잇꽃이 자작자작 담길 만큼 붓는다. 시간이 지나면 주홍빛의 선연한 꽃물이 들여졌다.

아빠가 꽃물 들여 준 옷감을 엄마는 희의 치수에 맞게 재단해 옷을 만들었다. 금잔화에서 우려낸 노랑 실크 원피스를 입으면 천사의 날개옷처럼 가볍고 부드러워 하늘을 난 듯한 기분이었다. 홍화에서 우려낸 주홍 모시 저고리에 쑥색 물이 든 모시 치마를 입으면 나비처럼 하느작하느작 날 것 같았다. 달개비에서 우려낸 카키색 면 셔츠에 녹차나 홍차 찌꺼기에서 우려낸 베이지 면바지를 입으면 초원 위를 뛰놀던 사슴이 부럽지 않았다. 악성 피부병도 어느새 사라졌다.

근자에도 희는 닥종이 갤러리로 가서 천연염색에 관한 특강을 들었다. 남은 염료재료를 집으로 가져와 옷감에 물을 들였다. 엄마처럼 옷을 만든 재주가 뛰어나진 못했지만, 머플러와 면 셔츠는 손수 만들었다. 색색의 닥종이는 학과 바지저고리를 접었다. 유년 시절, 찬수와 민과 엮던 동화의 연출이었다.

부친이 딸의 이름을 지은 건 락희회사에 취직되고서였다. 얘야, 네 이름은 락희란다. 세상에서 제일 좋은 이름이지. 그건 회사 이름이잖아요. 물론 그렇지만 럭키에서 따온 락희樂喜야말로 동서양을 잇는 언어의 조화 아니냐. 자라면서 희는 조무래기들에게 럭키란 별칭으로 통했다. 찬수는 일곱 개의 구멍을 뚫고 구슬 따기 놀이를 했다. 희는 무지개를 보고 미래를 향한 꿈을 꾸었다. 일주일은 우주의 생사화복을 잇는 연결고리고, 무지개에서 파생된 일곱 빛깔은 완전한 숫자를 뜻했다. 엘리사는 일곱 번 재채기 하고 나서 숨진 아이를 살렸다. 나아만은 문둥병을 치료하기 위해 요단강에 일곱 번 들어갔다 나올 때 병이 완쾌됐다. 안느는 아들 결혼을 7월 7일 오후 7시로 정했다. 마치 럭키 셋을 지녀야 행복의 문에 도달한다는 듯.

희는 스무 살이 되자, 인생을 마침표라 여기고 무작정 덤벼들었다. 마침표는 완전해야 하고 영원성을 지녔다. 살아가면서 희는 인생은 마침표가 아니라 쉼표란 걸 어렴풋이 깨달았다. 인생은 수많은 마디로 이어졌다. 시간 마디와 공간 마디 이음은 하나의 쉼표를 풀어 가는 과정이란 걸. 그런 이치에 어느 정도 수긍한 건 리와 헤어지고 난 뒤였다. 처음부터 리와의 관계는 모래성을 쌓는 것이라는 걸 알고 시작한 것이다. 자신이 유에게 향한 무분별한 열정을 못다 푼 탓에 응어리로 남은 상처를 리에게 보상받고 싶어서였다. 무한정으로 끌린 열정을 무한정으로 끌어들이고 싶었다. 극한 이기심에서 움튼 관계는 딸의 훼방으로 막을 내렸다.

희가 신장 세포에 혹이 생긴 건 딸이 덴마크로 떠난 뒤였다. 딸의 외국행은 유와 리와 헤어질 때보다 더한 고통으로 다가왔다. 이성은 헤어지면 남남이지만 혈육은 남남일 수 없던 유한의 관계였다. 딸이 멀리 외국으로 도피한 것은 되돌릴 수 없는 자신의 과오에서 비롯되었다는 감이 일자, 위가 쓰리고 아팠다.

희는 종합병원에 입원했다. 주치의 뜻에 따라 20일 동안 정밀 검사를 받았다. 병명이 '갈색세포종양'이란 희귀병이었다. 병의 원인도 현대의학으론 규명할 순 없습니다. 최 박사가 진단을 내렸다. 암보다 더 무서운 병이겠네요. 환자의 겁먹은 눈빛을 보고 주치의는, 무섭지 않은 병은 없지요. 갈색세포종양이 신장 위에 달라붙어 호르몬 분비를 막았으니 이상이 생긴 거죠. 주치의는 인생을 살아가는 데 좌우명이 있듯, 환자에게도 자위명自慰銘이란 게 있소. 수술할 수 있는 병은 행복하다는 것. 집도가 어려워 죽을 날만 기다린 환자들이 예외로 많소. 그런 희귀병 치료는 내가 던진 호수 속의 돌을 건져 올린 것만큼이나 어렵다오. 의사의 정확한 치료와 환자의 굳은 결심이 중병도 희귀병도 낫게 한다는 건 상식이죠. 최 박사의 지시대로 희는 혈압약을 복용했다. 붉은 혈압약은 핏빛만큼 진했다. 반달이 지나자, 혈압이 170에서 120, 140에서 90으로 조정하는 데 성공, 재입원했다. 수술실로 들어가기 전, 희는 기도드렸다. 이제까진 주님이 저의 기쁨이었는데, 이제부턴 제가 주님의 기쁨이 되게 하소서였다. 과거는 주님의 사랑을 받은 거로 만족했지만, 미래는 이웃들에게 사랑을 베푸는 나날이 되도록 하소서였다. 남자에게 향했던 열정도, 딸을 위한 보살핌도, 삶에 대한 무분별한 집착도 사라졌다. 마취에서 깨어나자, 간호사의 얼굴이 흑백사진에 나타난 소묘처럼 다가왔다. 중환자실에서 무려 열 시간 넘게 수술하고 깨어났으니 감각이 없었다. 4시간이면 족하리란 수술이 8시간 더 걸려 수술을 담당한 의료진들도 가슴을 조였다. 축하합니다. 수술은 성공입니다. 최 박사의 얼굴이 액자에 걸린 히포크라테스 흉상처럼 다가왔다. 생각보다 혹이 깊은 곳에 있고 크기도 1킬로그램이었다며 숨 쉰 것이 기적이라고 했다. 다음 이어진 연습은 수술보다 더한 고통이었다. 간호사가 환자 입에 재갈을 물리고 얼굴에 산소마스크를 씌웠다. 이어 팔다리를 묶어 꼼짝 못 하게 하고선 가래침 뱉는 연습을 시켰다. 재갈은 단단하면서도 씹히지 않을 정도로 부드러웠다. 그걸 삼켜 버리면 수술해 꺼내야 하고 목에 걸리면 목숨을 잃는다고, 간호사가 말했다. 숨을 들이마시고 에헴, 하고 이른바 양반 기침을 시키고, 헛기침하면 진짜 기침으로 연결되었다. 가래도 뱉었다. 수술 부위 뱃가죽이 심히 당기고 아팠다. 그걸 5분 간격으로 훈련 시켰다. 온몸에 땀이 나 눈물이 뒤범벅되고 엄청난 인내가 필요했다. 입에 물린 재갈 때문에 소리도 지를 수 없었다. 간호사에게 악바리 모습으로 숨이 막힌다는 시늉을 하면, 석션기를 입속 깊숙이 넣었다. 흡입하는데 그에 따른 고통은 수아를 낳을 때보다 더했다. 수술 부위는 배꼽 위 부분 ㄴ 자형으로 오십 센티에 오십 바늘 이상을 꿰맸다. 피를 많이 흘린 대수술이었다. B형 혈액이 무려 32팩, 희의 몸속에는 32명의 피가 자신의 피와 연합해 흘렀다. 최 박사는 가렵지 않으냐, 몸에 반점은 없느냐, 부작용을 점검했다. 이상 없다고 하자, 만족한 표정을 지었다. 가스가 많이 나왔다고, 간호사가 황금 가스라며 주치의의 비위를 맞췄다. 희는 중환자실에서 5일 지내고 일반실로 옮겨, 5일 동안 치료받고 퇴원했다. 밤낮없이 주사 맞던 곤욕에서 해방되었다. 이제부턴 걷기 운동을 많이 해야 합니다. 주치의의 지시로 하루에 이만 보 이상을 걸었다. 아랫배에 이상이 있을 것 같아 보호 장치 복대를 두르고 걸었다. 수술 자국이 터지면 재수술 받아야 해서였다. 상처가 아물려면 5년 지나야 한다지만 희는 달포도 지나지 않아 정상인처럼 걸어 다녔다. 내가 살아 숨 쉰 건, 몸속에 흐른 피가 나만의 것이 아닌, 32인 피가 섞인 거라 여겼다. 이제부턴 나 아닌 내가 과거 나를 사로잡았던 아집을 깨어 부순다. 그리하여 겸허하게 자신을 되돌아볼 여유에 동참한다는 각오를 다졌다.

수술한다는 걸 딸에겐 안 알렸다. 딸 또한 집으로 전화를 걸지 않아 엄마가 병원에 입원했다던 사실조차도 몰랐다. 과거의 옹고집을 지우고 새로움에 동참하기 위해선 홀로서기에 길들여야 했다. 딸에게 더 이상 기대선 안 된다는 것, 진정한 홀로서기란 이웃들과 나누는 정다운 삶이었다.

거울에 비친 희의 모습은 얼마나 아름답게 보이느냐보다도 얼마나 곱게 늙느냐는 쪽으로 기울었다. 그래도 유방은 탱탱하다.

유일한 혈육인 수아를 낳을 때도 모유를 먹이지 못했다. 아무리 쥐어짜도 젖이 나오지 않고 물이 새어 나왔다. 젖이 나올만한 보약과 돼지 족발을 고아 먹었지만, 살은 쪄도 아이 양식엔 도움 되지 못했다. 모친은 넌 천상 남자에게 사랑받는 여인으로 군림하겠지. 허나 어미로선 자격 미달이란 선언을 하고야 말았다. 미혼모가 된 딸에 대한 성가심을 모친은 그렇게 표현했다. 그건 딸의 앞날에 대한 정확한 꼬집음이었다. 아이가 빨다 지친 유방은 탱탱하게 부푼 그대로 둥긋한 모양을 이루어 탑을 입으면 젖가슴이 도드라지게 드러났다. 희는 아직도 유방만은 어디에 내놓아도 뒤지지 않으리란 자신감을 지녔다.

수아가 보낸 소포에는 핑크 브래지어와 팬티와 슬립이 들었다. 사이즈는 M으로 표기되어 눈어림으로도 자신의 체격에 맞을 것 같다. 팬티엔 노란 메모지가 붙었다. 엄마, 빨리 시집 가. 딸의 의도를 알고 희는 마음이 편치 못했다. 엄마가 여생을 반려자와 함께 지내기를 바라던 딸의 고운 심성이 아니었다. 달마다 생활비를 보낼 책임감에서 벗어나고 싶은 강한 저항이었다. 희는 슬립을 걸친다. 눈은 저절로 거웃에 머문다. 속살이 아른아른 비친, 슬립에 가려진 거웃은 아직도 남자를 그리워한 끼가 드러난다. 내가 남자를 그린다면 거울은 침실에선 빠뜨릴 수 없는 거라고, 희는 다짐한다.

임신했어. 손부의 임신 소식을 듣고 노마나님은 '텐코' 하시며 숨을 거두셨어. 토마스도 시어머님도 좋아하셔. 난 그저 그래. 엄마 같은 엄마가 되면 어쩌나 싶고. 나도 엄마처럼 될 수밖에 없을 것도 같고. 토마스는 천재지변과 전쟁으로 인명이 개죽음 당한다. 이러다간 종말이 오기 전 인종이 사라지기 쉽다. 우리 아이를 많이 낳자고 해. 그럴 땐 토마스 이마의 얼룩점이 수탉 볏처럼 도드라져.

수아는 엄마에게 안부 전화하고는 수화기를 놓는다.

희는 수술한 자국을 치료받기 위해 최 박사를 다시 찾아갔다. 수술한 부위 통증이 가시지 않아 희는 불평을 늘어놓았다. 이러다간 차라리 숨진 게 훨씬 나을 것 같다고. 주치의는 손가락을 폈다 오므렸다 했다. 창조주가 인간에게 내린 선물 중에 가장 쓸모 있는 게 양손 아닌가 하오. 손가락 다섯 개는 뭣이든 가능케 할 솜씨를 부리잖습니까. 더불어 양손이라면 못할 게 없지요. 어쨌든 5는 인간의 숫자고 완전한 숫자 7에 이르려면 고난의 숫자 6을 통과해야 한다던가요.

팔월 한가위 자정 무렵, 희는 찬수의 전화를 받았다.

– 지금 창가에 앉았는데, 시간이 많이 흘렀나 봐.

– 나도 그런 걸.

희도 수긍한다.

— 저 봐. 기어코 구름을 헤치고 달님이 얼굴을 내미는군. 어쩜 거울 같은 얼굴로 날 좀 보소, 하는 것 같아. 저건 또 뭐야. 달님이 혼자 적적하실 테니 나도 동행하자며 별이 뒤따르는군.

— 왜 저 별은 구름과 숨바꼭질 하며 달님을 따를까.

— 달님을 무한정 사모한 별인가 봐. 먹장구름을 헤치고 애오라지 님의 발자취를 밟으니.

— 우리가 이렇듯 창가에 앉아 달님을 보기 위해 애태웠다는 건 어리석음 아닐까. 아니면 미친 짓?

희가 초를 쳐도 저쪽의 반응은 상쾌하다.

— 어리석음과 미친 짓은 누구든 지닌 속성 아니겠나. 진실은 캐면 캘수록 양파 같지만 어리석음과 미친 짓 뒤엔 겨자씨 하나쯤은 남는 법이거든. 이제부터 너랑 나는 저 한가위 달님처럼 거울 같은 말간 세상을 보기 위해 더불어 선을 이룸이 어떨까.

작품해설

알레고리 미학의 결실
—「나귀 타고 오신 성자」

임헌영 (문학평론가)

알레고리 기법은 카프카에 대한 벤야민의 재평가 이후 폭발적
으로 대성장했다. 발자크나 스탕달 등 유럽 리얼리즘을 세계문학
사의 전범으로 삼았던 루카치는 전위주의 미학의 모험가였던 브
레히트와 같은 뛰어난 혁명문학조차도 까칠하게 대했다. 그러니
항차 환상적인 알레고리 미학의 최고봉인 카프카조차도 정통 리
얼리즘적 관점으로만 본다면 사갈시蛇蝎視할 수밖에 없는 처지였
다. 이렇게 묻힐법했던 카프카를 세계문학의 정상에 올려놓은 건
단연 벤야민의 업적이었고, 그 평가의 핵심은 알레고리였다. 루
쉰의 『아Q정전』이나 조지 오웰의 『1984년』과 『동물농장』, 귄터
그라스의 『양철북』을 누가 감히 내칠 수 있겠는가.

한국에서도 전후 소설 중 장용학의 『요한시집』을 비롯한 초기

의 거의 모든 작품들과, 김성한의 『제우스의 자살』이나 『오분간』 등이 알레고리 미학의 매력과 성과로 평가하기에 손색이 없다.

이제는 알레고리조차도 환상적 리얼리즘 이론으로 수용하는 정도가 아니라 거의 모든 예술 장르에서 필수 불가결한 기교로 굳어져 있다. 영상미학으로는 최근 영화 〈강철비〉 같은 걸작은 알레고리의 미학적인 단련 없이는 불가능한 영역이 아닌가.

알레고리는 지적 유희와 환상적인 만풍을 기본으로 삼기에 사회풍자 소설로는 적격이다.

성지혜의 「나귀 타고 오신 성자」를 먼저 거론하고 싶은 것은 알레고리 기법으로 오늘의 세태를 풍자한 미학적인 신명 때문이다.

「나귀 타고 오신 성자」의 두 남성 주인공은 신자유주의 사회가 광분하고 있는 출세 가도의 잔혹한 생존경쟁에서 퇴출당한 현대판 돈키호테다.

정리해고 당한 Q(루쉰의 『아Q정전』을 연상)는 항의 농성을 벌이다 쫓겨 지하(감방살이, 홈리스로 지하도에서 담요 끼고 지내기, 탄압의 상징인 지하 생활자 등 다의적 개념)에서 8개월 동안 머물다 나온 우리 시대의 여러 '을'의 하나인 장삼이사의 전형이다. 초기에는 항의 집회에 백여 명이 모였으나 이런저런 구실과 요령(이기주의의 극치)으로 미꾸라지처럼 다 빠져나가고 종내에는 혼자 남아 지하 생활을 하다 봄이 되자 거리로 나섰다. 회색 차림에 긴 수염, 허리에는 담요를 두른 거지꼴이었다. 그가 거리를 헤매다 만난 게 나귀 탄 사나이 고주용이었다.

'사법고시에 합격해 미국으로 가서 국제변호사 자격증을 취득해 인권변호사'가 되는 게 꿈이었던 고주용. 그는 '가난하고 억울한 자들의 멍에'를 풀어주고, '세계인들에게 찬사'를 받는 명성으로 '코리아를 반석 위'에 올려놓을 포부를 지닌 반듯한 청년이었다. 그러나 고시에 낙방, 10년간 열공하던 고시 감옥(고시텔)을 뛰쳐나와 술타령에 몰입하던 중 음주운전으로 면허를 취소당하자 '제주도에서 삼백오십만 원을 주고 산 나귀'를 타고 주유천하 중이었다.

Q와 고주용의 첫 대면은 예수와 어부 베드로의 만남을 연상한다. 나귀 탄 고주용에게 Q가 경이의 시선으로 던진 첫 질문은 '차는 얻다 두시고?'라는 우문이었고, 현답은 운전면허 정지 때문이라는 것이었다. 둘의 대화는 기발한 작가적 발상으로 재치는 있으나 약간 길기 때문에 〈성서〉의 예수와 베드로처럼 단순명쾌한 극적인 기교가 더 어울릴 것 같다. 어쨌건 첫 대면에서 'Q는 자신도 모르게 (고주용의 나귀) 고삐를 잡는다.' 예수를 따르는 베드로처럼, 돈키호테를 따르는 산초 판사처럼.

이 요상한 일행은 빈털터리들이 무난하게 드나들 수 있는 공원에 들어갔고 거기서 야외수업하던 스무 명 남짓의 '초록 병아리' 유치원생들과 조우한다. 아이들은 편견 없이 '청학동 훈장님,

산신령 할아버지, 그 나귀 좀 탈 순 없나요?' 라고 청했고, 이에
고주용은 기꺼이 아이들은 물론, 보모 아가씨도 태워주자 그들
은 고주용에게 월계수 면류관을 씌워준다. 이 천진난만한 장면은
아직도 복마전에 입문하지 않은 어린이들이 지닌 감성과 나귀 탄
고주용의 조화로운 이상적인 삶을 상징한다.

그러나 공원을 빠져나오기 무섭게 나귀 타고 월계관을 쓴 그
는 도심에서 바로 교통경찰의 단속에 걸려든다. 이 대화 역시 일
품이라 원문 그대로를 감상할만한 가치가 있다.

"고속 문명의 수레바퀴에 대한 명상쯤으로 여겨주시오."
그들 곁으로 50톤 트럭이 검은 연기를 뿜으며 달린다.
"나귀 타고 오신 성자? 찬송하리로다. 호산나. 어찌 시민들이
뒤따르지 않으니 말세로고."
교통경찰이 피식 웃는다.

경찰은 금방 고주용의 전과기록(운전면허 취소, 트럭 무면허
운전, 시내에서 고함치다 받은 경고로 삼진 아웃)을 찾아냈고, 밤
새 짬뽕 안주로 마셔댄 소주랑 막걸리 냄새까지 맡고야 만다. 아
래 말은 무척 격조를 지닌 명대사로 두고두고 음미할 만하다.

"중국에선 자전거를 양뤼, 당나귀 아닌 양나귀라 하고, 오토바

이를 피류이즈, 방귀 뀌는 나귀라 하지요."

　교통경찰이 북경에서 대학을 다녀, 중국문화를 좀은 안다며 으스댄다. 서울에선 대학입시 삼수생이 되어, 탈서울을 결심했다. 중국 유학길에 오른 건 서울보다도 북경이 대학 들어가기가 훨씬 수월해서라고도 덧붙인다.

　"고속 문명에 대한 느림의 미학? 오토바이를 방귀 뀌는 나귀라니 정이 가는구려."

　Q가 너털웃음을, 덩달아 선생(고주용)도 하하 웃는다.

　"제가 교통경찰로 발탁되자, 대학 스승님이 훈화하셨죠."

　'고대 그리스 철학자 디오게네스는 빈 통 속에서 살았다고 해. 청빈의 가시 면류관을 쓴 셈이지. 그러다 보니 상류층이 호의호식하며 아테네 거리를 삼두마차로 달린 꼴을 못 봐 넘겼잖아. 하루는 디오게네스가 가까이 그런 마차가 달려오는 걸 보고 빈 통을 굴려 곤두박질하며 멈추게 했지 뭐냐. 그 마차에 탔던 귀족이 그냥 넘어갔겠어. 원로원에선 중벌을 내리자고 했지만, 같은 나들이 행보인데 빠르고 느린 차이를 어찌 규제하겠느냐. 시민들이 디오게네스 손을 들어 주었다고 해. 그러고 보면 그리스는 일찌감치 민주화에 길들었다고나 할까' 라고요.(중략)

　"척 보아하니, 두 분이 '만족 결핍증 환자'인 것 같은데, 이젠 그 속박에서 벗어나십시오."

　"그 처방이 있다면 가르쳐 주시죠."

선생이 한껏 목을 낮춘다.

"허무와 실망을 털털 털어 버리십시오. 지금, 이 순간을 가장 보람으로 맞이하는 게 바로 행복의 통로라는 걸 명심하시고요."

교통경찰이 그냥 가시라는 신호로 호루라기를 분다.

이 도사급 사나이들이 비록 교통경찰에 걸리기는 했을망정, 그리고 경찰이 북경 유학생 출신이긴 하지만 경찰의 훈화를 듣도록 장치한 건 아마 작가가 일탈보다는 상규를 준수하는 성격의 무의식적인 발로인지 모르겠다.

그들은 풀려나 바로 경찰의 훈시대로 일상으로 돌아가지 않고 두 곳을 더 들리는데, 하나는 시골 정자나무가 있는 마을이고, 다른 한 곳은 화성의 융건릉이다.

시골에서 노인들과의 체험을 다룬 장의 제목을 〈느림보 거북이〉로 삼은 작가의 의도는 짐작대로다. 세계인들에게 가장 널리 알려진 한국어가 '빨리빨리'인 건 우리 사회가 그동안, 아니 지금도 얼마나 강퍅하게 독촉하는 조직문화인가를 자성토록 해준다. 작가는 이걸 노인들과 개 달리기 경주로 우의화 한다. 노인은 어렸을 때 나귀 타고 달리기 대회가 있었다고 회고하며, '달리기를 겨루는 게 아니라 머무름을 즐기는 놀이'였다고 풀이해 준다.

노인정에서 만난 한 노파가 두 노인과 지극히 화평하게 동거하는 장면 역시 공존이란 무엇인가를 일깨워 준다. 이런 태평성

세의 마을을 지나면서 그간 나귀를 탔던 고주용이 '이젠 제가 길잡이가 되겠습니다' 라며 자신이 고삐를 잡고 Q에게 나귀 등에 오르도록 하는 것 역시 '갑'과 '을'의 신분 갱신을 시사해주는 인간미 넘치는 장면이다.

고주용의 고향 가까이에 있는 융건릉에서는 나귀가 입장 금지 당하자 그 입장권까지 사서 들어가 사도세자와 혜경궁 홍씨를 향한 정조의 효도 담론을 전개한다.

그러니까 나귀 탄 성자는 유치원생인 어린애와 정자나무 마을의 노인들을 둘러보고는 자기 고향으로 향하는 일정인데, 이를 통해 작가는 우리 시대의 약자인 어린이와 노인의 돌봄이야말로 천하태평의 근본임을 암시한다. 물론 이들을 화평하게 묶어내는 끈은 정조가 지녔던 효심임을 작가는 노골적으로 드러낸다.

나귀 탄 성자 둘은 각자 귀가를 결심하는데, 그건 곧 득도한 성자의 경지일 것이다.

'도둑들이 얼마나 영악한지 개도 도둑질하는 세태'인 이 복마전의 현실에서 대체 그들이 꿈꾸는 이상적인 사회는 어떤 것이었을까.

고주용의 아버지는 정계에 입문했다가 좌절(그 좌절이 오히려 득도), '선한 농부'로 살아가며 소나무를 길렀다. 허술한 담장인데도 도둑이 들지 않은 건 소나무 때문이었다는 건 기발한 착상이다. '도둑들이 그 소나무의 단정한 자태와 위엄에 감복했다지 뭡니까. 이 집엔 필히 재미 보려다간 잡히기 쉽다며 되레 도망친 사례가 우리 동네 어른들의 화젯거리였죠. 도둑들이 현관문 앞에 가지런히 놓인 신발을 보고 감히 그 집안으로 쳐들어가지 못했다는 예라 할지.'

초기 공상적 사회주의 소설에서 봄직한 장면이다.

성지혜 작품 세계
— 『향수병에는 향수가 없다』

이덕화 (문학평론가, 문학수첩 주간)

1. 들어가기

인간은 누구나 자신이 꿈꾸는 이상적인 모습이 있다. 자신이 이상적인 모습을 찾기 위해서, 혹은 표출하기 위해서 작가들은 문학을 하고 작품을 쓴다. 그러나 인간들은 그 이상적인 모습을 현실에서 찾기도 혹은 현실 너머의 세계에서 찾기도 한다. 그 이상적인 모습 또한 다양해서 자신의 타고 난 본성을 찾는 것을 목표로 하는가 하면 자신의 자존감을 지키는 것 자체를 이상으로 하는 사람도 있다. 그 도달하는 목표점 역시 천차만별이다.

많은 작가를 연구해 오면서 느낀 것은 작가의 현실 직시와 자신에 대한 철저한 성찰이 중요하다는 것을 느꼈다. 그 현실이라는 것은 우리가 몸담고 있는 현실이 어떠한 것인가를 통찰하는 것이다. 그 통찰 위에 자기 자신을 제대로 인식해야 한다는 것이다. 그러나 그것은 쉽지 않다. 역사에 대한 통시적인 안목과 공시적인 인식이 동시에 이루어질 때 가능하다. 우리나라 작가 중에 이에 성공한 작가가 박경리이다. 박경리는 역사와 철학적 토대 위에서 불합리한 현실에서 자신의 자존감을 지키기 위해 치열하게 싸웠으며, 그 이후 민족의 문제를 성찰하기 시작했고 대『토지』를 성공적인 소설로 완성할 수 있었다.

자신의 인생을 걸고 작품을 쓰는 작가라면 작품 쓰는 것에 한 번쯤은 매진하고 싶을 것이다. 그러나 우리는 누구나 박경리가 될 수는 없다. 하지만 철저한 자신의 자존감, 역사에 대한 올바른 인식, 자신에 대한 성찰이 이루지 않은 작품을 읽는 것은 설익은 작품을 읽는 것 같이 어설퍼 감동이 떨어짐은 어쩔 수 없다.

성지혜 작가는 다행히 과거 옛것에 대한 탐구를 통하여 역사와 자신을 성찰한다. 그동안 쓴 많은 작품들『옛뜰』, 『은가락지를 찾아서』, 『까치호랑이』의 작품에서 보여준 골동품 등 옛것에 대한 애착이나, 자신의 어린 시절의 반추는 이런 노력들을 보여주는 작품들이다.

이번 작품집『향수병에는 향수가 없다』에서 「향수병에는 향수가 없다」는 이런 노력들을 잇고 있다.

2. 「향수병에는 향수가 없다」

이 작품은 표제작으로 문학적 성취가 가장 높은 작품이다. 소설은 어떤 한 에피소드를 소개하는 이야기가 아니라 인과 관계에 의한 긴장을 유발하는 서사라는 것을 작가들조차 많이 잊어버리는 경우가 왕왕 있다.

이 작품은 향수가 아닌 향수병을 좋아한 새미라는 화자의 취향에 대한 궁금증을 불러일으킴으로써 긴장을 유발하고 독자는 서사에 몰입하게 된다. 서사를 진행하기 위한 필수적인 에피소드, 향수가 없는 병만을 수집하는 연유, 향수가 만들어진 유래부터 세계의 유명한 향수 등으로 치밀하게 계획된 에피소드를, 씨줄과 날줄의 이야기가 서로 상생하며 서사를 진행한다.

'서너 달 지나자, 새미의 경대 위엔 향수병들로 가득 찼다. 화장품은 서랍 속으로 들어가고 향수병들이 주인을 쫓아낸 형국이었다. 옛 향수병은 향수가 없고 빈병인데도 여인들의 애장품이라 인기 품목에 속했다.' (1)

'하필이면 엄마의 치욕 중인 치욕을 내 딸내미가 들추다니. 여름이면 그 냄새에 신경이 곤두서 민소매 옷도 못 입고 남 앞에 바로 서지도 못한 엄마의 고충을 넌 모를 거야. 새미는 침을 튀기며 고함 쳤다.'(2)

위의 인용문의 (2)의 연유로 (1)의 취미를 가지게 된 화자의 향수병에 몰입하게 된 에피소드가 이 작품의 서사 진행의 중요 이슈이다. 집안 대대로 내려오는 겨드랑이의 암내로 인해 화자는 향내에 민감하다.

'항조는 그동안 참았던 진정성을 고백했다. 인간은 누구든지 자신만의 향기를 지녔잖아. 냄새가 싫다고 자신을 스스로 고립시키면 사람 사귐도 순조롭지 못하고 외톨이로 살아가기 마련이거든.'
　　그건 사실이었다. 새미는 냄새 때문에 대인 기피증에 걸려 친인척의 방문도 꺼렸다. 그들을 접대한 지도 꽤나 오래되었다.

위의 인용문에는 나타나 있는 내로, 새미의 남편은 해외 출장이 잦아 부재 시간이 많다. 바람기마저 가진 남자이다. 남편의 부재와 바람기는 새미로 하여금 무엇에 몰입하지 않으면 견딜 수 없게 하는 요인이 된다. 또 하나의 계기가 대대로 내려오는 집안의 암내에 의한 것이다. 그러나 새미는 자신의 집안에서 대대로 내려오는 암내로 인해 새로운 삶의 전기를 마련한다.

'토리가 그 댁 마님의 환영을 받은 건 남다른 이유가 있어서였다. 마님이 강변을 산책할 때였다. 그곳 풀밭에 드러누운 토리에게 마님의 애완견이 다가가서 엎드려 꿈쩍도 안 하더란 것이다.

바로 곁에서 눈망울을 굴리던 개가 사랑스러워 토리가 린드버그를 껴안고 볼을 비볐다.'

위의 인용문은 새미 딸 토리의 암내를 맡고 이웃에 사는 프랑스 소르본느 대학에서 유학한 부인의 애완견이 토리에게서 붙어 떨어지지 않는 에피소드를 그린 서술이다. 그 계기로 향수에 관심이 많은 이웃에 사는 프랑스 유학생이었던 부인까지 사귀게 된다. 그 부인을 통하여 향수병이라든가, 향수를 모으는 호사취미가 다른 사람들과 함께 나누는 삶으로 나아가는 계기를 마련한다.

향수를 모으다 보니 이웃에게 향기를 끼쳐야겠다던 강한 의욕이 일더라고요. 루이와 머리를 맞대도 별다른 뾰족한 수가 없었어요, 연말이면 우리가 저축한 얼마를 떼어 혼혈아 미아들을 돕는 자선단체에 기부하곤 했지요.

위의 인용문을 통해 새미의 심리적 공허함, 알맹이 없는 향수병을 모으는 취향이 이웃 부인을 만남으로써 향수와 병이 합일된 충일된 삶으로 채워진다. 그것은 이웃에 향기를 끼치는 삶으로 나아간다.

이런 작품은 자료 수집에 공이 많이 들어가지만, 서사화에 실패하기 쉽다. 그런데 적절한 구성을 통한 서사 진행으로 무난하게 서사화하는 데 성공하고 있다.

성지혜 작가가 가지는 미점은 어려운 환경에서도 끝까지 문학의 끈을 놓치지 않는다는 것이다. 한두 편 작품으로 우쭐대며 그것으로 대단한 일을 한 것처럼 거만하게 구는 작가들이 많다. 성지혜 작가는 적어도 일 년에 책 한 권씩 발간하는 작가이다. 그것 자체도 훌륭한데 골동품에 관련 작품이나 옛것을 소재로 한 작품에서는 그것에 대한 해박한 지식과 유려한 문체는 어떤 누구도 넘볼 수 없는 작가임을 보여준다. 성지혜 작가의 열정과 성실성에 고개를 숙인다.

상징적 함축을 반영한 사랑의 서사
-「결을 향한 단상」

유성호 (한양대학교 교수, 문학평론가)

1

우리가 일상적 삶이나 과학 기술 분야에 쓰는 언어는 주로 사실이나 의견을 투명하게 전달하는 데 그 핵심 목적을 두고 있다. 과학에서 불확실한 이야기를 한다거나, 일상생활에서 모호한 이야기를 하면 소통이 잘 안 되지 않겠는가. 하지만 문학의 언어는 작가의 경험과 사상을 다소 불투명하게 전달함으로써 폭넓고 다양한 의미망을 형성하는 데 목적을 둔다. 그만큼 문학의 언어는 일상어에 비해 다양하고 복잡한 경험과 사상을 전달하게끔 되어 있는 것이고, 그래서 사실이나 정보 전달에 목표를 두지 않는다. 물론 소설이나 극처럼 서사를 다룬 문학 작품이라고 해서 최소한의 정보나 사실을 전달해 주지 않는 것은 아니다. 예컨대 서양에서 최초 작품으로 일컬어지는 호메로스Homeros의 『오디세이아 Odysseia』는 기원전 8세기 무렵 사람들의 삶에 대하여 아주 소중한 정보를 제공해 준다. 이 작품에 등장하는 공주는 하녀들이 빨래하는 것을 손수 도와주기도 하고, 왕 역시 농사지을 때가 되면 밭갈이를 하고 목수 일에도 뛰어난 솜씨를 보여준다. 호메로스가 살던 고대 그리스 시대에는 왕족 또한 이같이 노동을 했다는 사실을 이 작품은 잘 보여준다. 그래서 문학의 언어에 정보 전달의 기능이 전혀 없다고는 할 수 없다.

그러나 문학의 언어는 이러한 사실이나 정보를 전달하는 데 목표를 두지 않는다. 『오디세이아』가 왕족이 노동했다는 사실을 전해 주기 위해 창작된 건 아니라는 것이다. 문학은 이러한 사실 속에 담긴 경험과 사상을 예술적으로 전달하는 데 목적이 있다. 그래서 우리는 『오디세이아』를 통해 서양의 옛사람들이 가졌던 생각이나 삶의 모습을 보게 되고, 이를 통해 우리 시대에 맞는 새로운 경험을 하게 된다. 마찬가지로 김소월의 「진달래꽃」이나 김영랑의 「모란이 피기까지는」 같은 작품들 역시 '꽃'에 관한 사실이나 정보를 전달하려고 써진 것이 아니라, '꽃'을 소재로 하여 인간의 다양한 삶과 정서를 드러내려는 데 의미를 둔 것이다. 따라서 사실이나 정보를 얻기 위해서라면 문학 작품이 아닌 다른 글을 살피는 편이 한결 바람직할 것이다. 그만큼 문학의 언어는 인간의 다양한 경험과 사상을 전달하기 위해 써진 함축적 언어라고

할 수 있다. 우리 시대의 작가들은 이러한 상징적 함축을 많이 사용하는 경향을 보여 주는데, 말하자면 서사의 중심에 시적이고 서정적인 '상징'을 빈번하게 구축하는 것이다. 그 결과 서정과 서사, 상징과 진술, 재현과 표현 등이 호혜적으로 직조되면서 견고한 구심을 설정해 가는 소설이 최근에 많이 쓰이고 있다. 여기서는 그러한 상징적 함축을 반영한 사랑의 서사 몇 편을 읽어보도록 하자.

2.

인간은 몸과 마음을 아울러 갖춘 존재이다. 몸이 시키는 욕망과 마음이 시키는 독자적 출렁임은 서로의 방향을 예측하기 어려울 정도로 분열되어 있는지도 모른다. 물론 소설은 이러한 양면성을 포괄적으로 이해하고자 한다. 인간을 통합적으로 이해한다는 것은 이러한 인간의 양면성을 불가피한 존재 방식으로 받아들인다는 것을 뜻하기 때문이다. 논리와 정서, 개인과 사회, 성과속을 모두 통합적으로 파악하는 중에 삶의 정체성을 확보해 갈수 있는 믿음이 그 저류底流에 흐르고 있는 것이다. 따라서 소설의 독자들은 지적 호기심을 충족하거나, 내적 심리로 퇴행해 상상적 일탈을 꿈꾸거나, 부드럽고 아늑한 교양에 몸을 맡기면서 자신이 살아온 생에 대해 다시 한번 실존적 자부심과 자괴감을 동시에 느낄 수 있을 것이다. 이러한 인간 존재의 양면성에 주목한 성지혜의 단편 「결을 향한 단상」을 읽어보았다. 이 작품은 에세이 풍의 단정한 문장을 통해, 우리가 삶에서 만날 수 있는 많은 '결'에 대한 작가의 사유를 풀어놓는다. '숨결' 장에서는 한 아이가 태어나는 순간을, '바람결' 장에서는 그 아이 '다솔'이 자라서 집을 떠날 때 어머니가 배냇저고리를 가슴에 품게 하는 장면을 다루고 있다. 그리고 열다섯 살의 소년 다솔은 집을 떠난다.

소년은 바람도 산들바람, 회오리바람, 태풍도 있음을 알았습니다. 덩달아 바람에 당당히 맞서야만 고통에서 놓임 받아 지혜가 늘고 강건해진다는 세상 이치에 눈 밝아졌습니다. 소년은 무언가에 집착하기를 즐겼습니다. 세상 만물이 어디에서 나서 어디로 흘러가는지, 의구심에 섰었습니다. 진정 바람 같이 생수 같이 임할 신의 존재는 있는 건지. 하늘과 땅은 구만리 장천이라던데 그 길이는 얼마만 한 걸까. 마마가 항시 너를 지킨 눈동자가 있다던데 누굴까. 날개가 없으면 날지 못한 새들의 생태는 어떤 걸까. 왜 비행기는 프로펠러를 달아야만 나는 걸까. 의문은 의문을 낳았습니다.

열다섯 살 소년은 수많은 바람의 '결'을 느끼면서 앞으로 바람에 맞서야만 지혜가 늘어날 것임을 예감한다. 세상 이치에 밝아지면서 소년은 세상 만물이 어디에서 나서 어디로 흘러가는지를 묻게 된다. 그야말로 존재론적 사유에 들어선 것이다. 신神의 존재와 우주의 크기 같은 것에 관심을 가지면서, 엄마가 말씀하신 '항시 너를 지킨 눈동자'에 대한 질문을 품은 채 소년은 스스로의 존재 탐구를 지속해 간다. 그러다가 '돌결' 장에서는 제주도에 이르러, '나뭇결' 장에서는 지리산 자락 토굴에 이르러, 세상과 한 몸이 되는 경험을 치른다.

돌도 나이테를 지니고 자란다. 주위의 풍광에 눈 밝아져 무늬를 낳는다는 건 유년의 감미로운 상상이었다. 무궁화, 매화, 목련, 장미, 국화도 있네. 그러고 보면 꽃돌은 억만년의 세월을 물레질하며 그리움을 잉태한 영원불멸의 혼일 테지. 계절 따라 돌의 무늬가 달라 보인 건 저마다 현재에 초점 맞춘 환경의 적응성일 게다. 산봉우리가 도도히 손짓하고, 청노루가 뛰놀고, 강물이 흐르는, 산수화를 품기도 하잖아. 백마 타고 오는 초인도, 일세를 풍미하던 영웅들의 전투도, 손짓으로 기적을 행하던 성자의 호령도 있거늘. 저건 뭐지. 오래도록 그리움에 목멘 연인끼리 서로 만나 키스를 날리는구나.

생명이 있어서 나이테를 지니고 자라는 '돌'을 발견하고서는, 다솔은 그 안에서 세월을 물레질하며 그리움을 잉태한 영원불멸의 혼을 느낀다. 산봉우리가 손짓하고 청노루가 뛰놀고 강물이 흐르는 산수화 같은 자연 속에서 백마 타고 오는 초인도 영웅들의 전투도 성자의 호령도 상상적으로 만나게 된 것이다. 그 순간, '오래도록 그리움에 목멘 연인끼리 서로 만나 키스를 날리는' 장면이 오버랩 된다. 그런가 하면 다솔은 지리산에서 나무들의 하얀 속살을 통해 자신의 피부에 접붙이고 싶도록 깊은 정감을 느낀다. 속살의 무늬는 천지를 품은 듯 강물이 흐르고 사슴이 뛰놀고 호랑이가 어슬렁거리는 듯한 환각으로 다솔을 인도한다. 이때 나무의 나이테 역시 다솔의 성숙을 은유하고 있다. 나무들이 가지는 하늘 향한 그리움처럼 다솔은 그리움의 세월을 스스로 키질하고 있는 것이다. 앙코르 와트와 갈릴리 호숫가, 그리고 지리산 자락에서 다솔은 나이가 들어 마흔이 되었다. 꿈속에서 사랑의 이미지를 많이 만나던 그에게 돌아가신 엄마의 유언이 들려오는데, 그것은 인간답게 살아야 한다는 것이었다. 결국, 다솔은 사랑의 대상을 만나고, 만물이 '결'을 지니고 있듯이 인간도 세월을 따라 '결'을 가지고 '결'을 다스리며 살아야 한다는 자각에 이르게 된다.

다솔의 배냇저고리였다. 그들의 첫 경험이 묻은. 그곳에 마마가 수놓은, 다솔의 부모 이름 아래 다솔의 이름이 적혔던 것이다. 그 밤의 정사를 잊지 못해, 이런 경사가 오기를 기다렸노라. 고백하는 나탈리의 눈동자가 별꽃처럼 튀었다. 어제가 오늘인 듯, 내일이 오늘인 듯, 나이테를 풀기도 되감기도 하던 여유는, 성경을 거울삼아 자신의 나신에 접목한 소망의 산실이라며. '너희가 내 안에 거하고 내 말이 너희 안에 거하면 무엇이든지 원하는 대로 구하라. 그리하면 이루리라.' 그 말씀을 붙잡고 인고의 나날을 견뎠노라고.

만물은 결을 지녔습니다. 세월이 흐름에 따라 그만한 결이 생기게 마련이고, 그만의 무늬가 아로새겨져 격을 이루지요. 우리는 만물의 연장인 인간입니다. 세상의 모든 결을 다스릴 능력을 지녔지요. 우리는 인간답게 사는 게 생의 목표 아니겠습니까. 가장 인간다운 삶이란 내가 네가 되고, 네가 내가 되는, 남녀가 동심 일체에서 일군 화평한 가정을 뜻합니다. 그게 바로 인간이 누려야 할 복락이고 생의 가르침입니다.

집 떠날 때 어머니가 주신 배냇저고리가 진정한 그의 인도자였다. 사랑하는 나탈리의 눈동자가 별꽃처럼 튈 때 다솔은 '너희가 내 안에 거하고 내 말이 너희 안에 거하면 무엇이든지 원하는 대로 구하라. 그리하면 이루리라.' 라는 말씀을 붙잡고 인고의 나날을 견딘 자신을 회상한다. 만물이 결을 지녔듯이, 다솔은 '우리는 인간답게 사는 게 생의 목표 아니겠습니까. 가장 인간다운 삶이란 내가 네가 되고, 네가 내가 되는, 남녀가 동심 일체에서 일군 화평한 가정을 뜻합니다. 그게 바로 인간이 누려야 할 복락이고 생의 가르침입니다.' 라는 결혼식 주례의 말씀을 새긴다. 이처럼 성지혜 작가가 그려내는 인간 본원의 그리움은 인간 존재의 양면성 곧 마음의 깨달음과 몸의 욕망이라는 것을 통합체로 이끈다. 이때 그리움이란 주체가 가지는 창의적인 기능의 일환으로서, 작가는 이러한 속성을 통해 주체로 하여금 경험적으로 자신을 회복하고 삶 속에 남아 있는 인간으로서의 가능성을 탈환하게끔 한다. 무의미한 관성의 집적으로 보이는 우리 삶은 이때 그 어느 제도적 형식보다도 한 시대를 예리하게 징후적으로 알 수 있게 하는 살아 있는 보고寶庫로 거듭나게 된다. 이처럼 성지혜 작가의 소설은 미세하고도 역동적인 삶의 '결'을 탐사하고 파악하고 형상화함으로써, 그만의 근원적 사랑과 그리움의 깊이를 완성해 간다. 거기에 '결'이라는 상징적 함축과 '배냇저고리'를 둘러싼 사랑의 서사가 농울 치고 있는 셈이다.

고독한 시대의 의미
–「777 프리즘」

전철희 (문학평론가)

　바야흐로 선거철이다. 후보자들은 나라의 안녕과 정책의 핵심보다도 상대를 비방하고 서로 자기주장만 내세우는 혼란을 거듭한다. 이런 환경에서 과연 문학은 무엇을 할 수 있을까, 화두에 휘말리기 마련이다.

　본래 소설은 '나'와 다른 사람의 삶을 대리 체험해 주는 창구로 기능해 왔다. 가령 제인 오스틴의 소설은 빅토리아 시대에 사랑을 고민하는 여성의 삶을 경험하게 하고, 밀란 쿤데라의 소설은 스탈린주의 치하에서 살아가는 병약한 지식인의 삶이 어떤 것인지를 보여 준 것으로 읽혔다. 허나 타인의 말을 경청하지 않는 작금의 상황에서 '나'와 다른 사람의 목소리를 들려주는 것이 유의미한 일일까? 이 상황에서도 우리가 어떻게든 타인의 삶을 이해

해야 한다면 그 이유는 무엇인가?

많은 예술가들이 이런 문제들을 고민하고 있지만, 당연하게도 뾰족한 묘수는 없다. 섣불리 답을 내리기보다는, 현재의 상황을 이해하면서 문학의 독자적 가치를 찬찬히 생각해 보는 편이 더 윤리적인 태도일지도 모르겠다.

1. 성지혜의 「777 프리즘」

성지혜의 「777 프리즘」은 다소 복잡하게 느껴질 수 있는 작품이다. 서사가 연대기적 시간 순서에 따라 진행되는 것이 아니라, 다양한 인물들의 심리를 함께 부감하는 방식으로 이루어졌기 때문이다. 이 작품은 '희'의 이야기로 시작된다. 희의 외동딸 수아는 덴마크 남자 토미스와 결혼하고 출가했다. 수아가 국제결혼한 것은 물론 토마스를 사랑해서였지만, 부모에 대한 원망도 이민을 부추기는 요인으로 작용했다. 희의 입장에선 하나뿐인 자식이 국제결혼을 했다는 사실 자체가 섭섭하고, 결혼 이후 토마스가 수아에게 하는 일도 미더워 보이지 않는다.

이들 모녀의 관계는 우리 주변에서도 쉽게 볼 수 있는 것이다. 결혼은 다르게 살아온 두 집안을 갑작스레 결합시킨다. 그리고 그 과정에서 부모와 자식은 어느 정도 서운한 마음을 가질 수 있고, 신랑과 신부 집안이 충돌을 겪게 되는 경우 또한 부지기수이다. 하물며 딸이 국제결혼 한다고 외국에 나갔다면, 모녀간의 감정이 좋지 않고 서로의 집안에 대해 경계하는 것 또한 자연스러운 일이라고도 할 수 있다.

그런데 이들은 서로에 대한 서운함을 가슴 속에 담고 있지만, 그 마음을 표현하진 않는다. 이 작품 속 인물들은 사실 누구도 큰 잘못을 하지 않았다. 그들은 그저 각각의 방식에 따라 자신의 삶을 살았을 뿐이다. 그런 사실을 알기 때문에 작품 속 누구도 짜증이나 화를 표출하지 않는다. 그들 모두는 아쉬운 마음이 있어도 표현하지 않고 삭히면서 살아간다.

「777 프리즘」은 이들의 관계를 묘사할 뿐, 자극적인 사건을 제시하진 않는다. 아니, 이 말은 정확하지 않을 수 있다. 소설의 중후반부에서 희는 몸이 편치 않아 수술을 받고, 토마스는 어딘가로 여행을 갔다가 죽을 위기를 겪었다. 당연히 이런 사건들이 그들의 삶에서 중요한 변곡점이 될 것이다. 그러나 이 작품은 그런 사건을 자극적인 서사로 풀어내는 대신, 다양한 일들을 겪으면서 개별 인물들이 갖는 마음을 묘사하는 일에 집중한다.

다양한 사람들의 심리를 보여주기 위해 이 작품은 한 인물의 이야기를 따라가다가 특정한 순간이 되면 다른 인물의 심리를 이어 묘사하는 일종의 옴니버스 구성을 취하고 있다. 달리 말하자면 이 작품은 하나의 빛을 여러 가지로 분화시켜 가시화하는 프리즘처럼, 다양한 색채로 살고 있는 사람들의 모습을 있는 그대로 보여준다. 소설이 진행되는 동안 희, 수아, 토마스의 심리가 차례로 묘사된다. 작품을 다 읽고 나면, 그들이 각자의 고민을 가지고 힘겹게 살아왔으며 아마 미래에도 그럴 것임을 독자는 쉽게 예상할 수 있다.

그런데 이 작품은 이들의 감정을 그려내는 데에만 집중하진 않는다. 작중에서는 예수, 막달라 마리아, 노스트라다무스 등 종교적 인물들에 대한 언급이 자주 나오고, 『예수의 제2복음』과 『수도원의 비망록』이라는 책이 언급되기도 한다. 이 작품은 주류 종교계 교단과는 조금 다른 방식으로 종교적 성찰을 해나간다. 앞서 언급한 책 중 『예수의 제2복음』은 예수의 '인간적'인 모습을 보여주었다는 이유로 화제가 되고 종교계의 항의를 받기도 했던 것으로 유명하다. 아무래도 주류 종교 교단에서는 예수를 신과 인간의 결합체이자 완전무결한 존재로 형상화하고, 우리는 마땅히 그를 절대자(messiah)로 경배해야 한다고 주장한 경우가 많다. 『예수의 제2복음』은 그런 주장에 맞서, 신이 불완전한 인간 중 한 명이었다는 점을 강조한다. 성지혜의 작품 「777 프리즘」 또한 그런 시각을 어느 정도 받아들인 것으로 생각된다.

그런데 이런 '신성모독적'인 태도가 종교 자체에 대한 비판으로만 귀결되진 않을 것이다. 도리어 우리가 경배해 온 종교지도자들도 불완전한 인간일 수 있었다는 사실은, 우리가 인간으로서의 한계를 가지고 살아간 그들에게 공감하도록 만들어 준 매개가 될 수 있다. 익히 알려져 있듯 예수는 십자가에 못 박혀 죽었다.

만약 그가 완전무결한 불사의 존재였다면, 지금처럼 많은 사람이 그와의 일체감을 느끼기는 조금 더 힘들었을 수 있다. 다른 인간들처럼 그 또한 절망하고 결국 죽음을 맞이한 존재였기 때문에, 도리어 우리는 그를 연민하고 살아갈 용기를 얻을 수 있게 된 것이다. 「777 프리즘」의 등장인물들은 전부 자신만의 사연을 가지고 힘겹게 하루하루를 살아가는 존재들이다. 그들은 약한 인간이기 때문에 신성한 존재를 생각할 수 있고 자기 자신의 무력함을 통감할 때도 있다. 그렇지만 어쨌거나 이들은 자신만의 방식대로 살아가고 세상에 넘쳐나는 신비를 느낀다. 누군가는 그런 태도에서 '어리석음'을 읽어낼 수도 있겠지만, 자신의 삶에서 가치를 찾아내려는 이들의 모습은 힘차고 건강해 보인다.

　—달님을 무한정 사모한 별인가 봐. 먹장구름 헤치고 애오라지 님의 발자취를 밟으니.
　—우리가 이렇듯 창가에 앉아 달님을 보기 위해 애태웠다는 건 어리석음 아닐까. 아니면 미친 짓? (중략)
　—어리석음과 미친 짓은 누구든 지닌 속성 아니겠나. 진실은 캐면 캘수록 양파 같지만 어리석음과 미친 짓 뒤엔 겨자씨 하나쯤은 남는 법이거든. 이제부터 너랑 나는 저 한가위 달님처럼 거울 같은 말간 세상을 보기 위해 더불어 선을 이룸이 어떨까.

「777 프리즘」은 다양한 인물이 자신들만의 방식으로 세상에서 희망을 찾아내고 살아가려는 모습을 보여준 가작이다. 작가가 이 후에는 어떤 인물의 이야기를 어떻게 그려낼지를 눈여겨 볼 필요가 있으리라 생각된다.

그리고 그리니 마냥 그리워

초판 1쇄 인쇄일 • 2024년 5월 22일
초판 1쇄 발행일 • 2024년 5월 27일

지은이 • 성지혜
펴낸이 • 임성규
펴낸곳 • 문이당

등록 • 1988. 11. 5. 제 1-832호
주소 • 서울특별시 강북구 도봉로 46길 8
전화 • 928-8741~3(영) 927-4990~2(편)
팩스 • 925-5406

전자우편 munidang88@naver.com

ISBN 978-89-7456-581-7 03810

값은 뒤표지에 표시되어 있습니다.